# MAIGRET EN MER DU NORD

*Le Pendu de Saint-Pholien*

*Un crime en Hollande*

Georges Simenon, écrivain belge de langue française, est né à Liège en 1903. Il est l'un des auteurs les plus traduits au monde. À seize ans, il devient journaliste à *La Gazette de Liège*. Son premier roman, publié sous le pseudonyme de Georges Sim, paraît en 1921 : *Au pont des Arches, petite histoire liégeoise*. En 1922, il s'installe à Paris et écrit des contes et des romans populaires. Près de deux cents romans, un bon millier de contes et de très nombreux articles sont parus entre 1923 et 1933... En 1929, Simenon rédige son premier Maigret : *Pietr le Letton*. Lancé par les éditions Fayard en 1931, le personnage du commissaire Maigret rencontre un immense succès. Simenon écrira en tout soixante-quinze romans mettant en scène les aventures de Maigret (ainsi que vingt-huit nouvelles). Dès 1931 Simenon commence à écrire ce qu'il appellera ses « romans durs » : plus de cent dix titres, du *Relais d'Alsace* (1931) aux *Innocents* (1972). Parallèlement à cette activité littéraire foisonnante, il voyage beaucoup. À partir de 1972, il cesse d'écrire des romans. Il se consacre alors à ses vingt-deux *Dictées*, puis rédige ses *Mémoires intimes* (1981). Simenon s'est éteint à Lausanne en 1989. Il fut le premier romancier contemporain dont l'œuvre fut portée au cinéma dès le début du parlant avec *La Nuit du carrefour* et *Le Chien jaune*, parus en 1931 et adaptés l'année suivante. Beaucoup de ses romans ont été portés au grand écran et à la télévision. Les différentes adaptations de Maigret, ou plus récemment celles de romans durs (*La Mort de Belle*, avec Bruno Solo) ont conquis des millions de téléspectateurs.

GEORGES SIMENON

# *Maigret en mer du Nord*

## Le Pendu de Saint-Pholien

## Un crime en Hollande

PRESSES DE LA CITÉ

*Le Pendu de Saint-Pholien*

# 1

*Le crime du commissaire Maigret*


Personne ne s'aperçut de ce qui se passait. Personne ne se douta que c'était un drame qui se jouait dans la salle d'attente de la petite gare où six voyageurs seulement attendaient, l'air morne, dans une odeur de café, de bière et de limonade.

Il était cinq heures de l'après-midi et la nuit tombait. Les lampes avaient été allumées mais, à travers les vitres, on distinguait encore dans la grisaille du quai les fonctionnaires allemands et hollandais, de la douane et du chemin de fer, qui battaient la semelle.

Car la gare de Neuschanz est plantée à l'extrême nord de la Hollande, sur la frontière allemande.

Une gare sans importance. Neuschanz est à peine un village. Aucune grande ligne ne passe par là. Il n'y a guère de trains que le matin et le soir, pour les ouvriers allemands qui, attirés par les gros salaires, travaillent dans les usines des Pays-Bas.

Et la même cérémonie se reproduit chaque fois. Le train allemand s'arrête à un bout du quai. Le train hollandais attend à l'autre bout.

Les employés à casquette orange et ceux en uniforme verdâtre ou bleu de Prusse se rejoignent, passent ensemble l'heure de battement prévue pour les formalités de la douane.

Comme il n'y a qu'une vingtaine de voyageurs par convoi, que ce sont des habitués qui appellent les douaniers par leur prénom, ces formalités sont vite terminées.

Et les gens vont s'asseoir au buffet, qui a les caractéristiques de tous les buffets de frontière. Les prix sont inscrits en *cents* et en *pfennig.* Une vitrine contient du chocolat hollandais et des cigarettes allemandes. On sert du genièvre et du schnaps.

Ce soir-là, il faisait lourd. Une femme sommeillait à la caisse. Un jet de vapeur s'échappait du percolateur. La porte de la cuisine était ouverte et on entendait les sifflements d'un appareil de T.S.F. qu'un gamin manipulait.

C'était familial, et pourtant il suffisait de quelques détails pour épaissir l'atmosphère d'une touche trouble d'aventure et de mystère.

Les uniformes des deux pays, par exemple ! Ce mélange d'affiches pour les sports d'hiver allemands et pour la Foire commerciale d'Utrecht…

Une silhouette, dans un coin : un homme d'une trentaine d'années, aux vêtements usés jusqu'à la trame, au visage décoloré, mal rasé, coiffé d'un chapeau souple, d'un gris indéfinissable, qui avait peut-être traîné dans toute l'Europe.

Il était arrivé par le train de Hollande. Il avait montré un billet pour Brême et l'employé lui avait expliqué en allemand qu'il avait choisi la ligne la moins directe, où il n'existe pas de rapides.

L'homme avait fait signe qu'il ne comprenait pas. Il avait commandé du café, en français, et tout le monde l'avait observé avec curiosité.

Il avait des yeux fiévreux, trop enfoncés dans les orbites. Il fumait en tenant sa cigarette collée à la lèvre inférieure et ce simple détail suffisait à exprimer de la lassitude ou du dédain.

À ses pieds, une petite valise, en fibre, comme on en vend dans tous les bazars. Elle était neuve.

Quand il fut servi, il tira de sa poche une poignée de monnaie où il y avait des jetons français, belges, et de petites piécettes hollandaises en argent.

La serveuse dut choisir elle-même les pièces qu'il lui fallait.

On remarquait moins un voyageur qui s'était assis à la table voisine, grand et lourd, large d'épaules. Il portait un épais pardessus noir à col de velours et son nœud de cravate était monté sur un appareil en celluloïd.

Le premier, crispé, ne cessait d'observer les employés à travers la porte vitrée, comme s'il craignait de rater le train.

Le second l'examinait, sans fièvre, d'une façon presque implacable, en tirant des bouffées de sa pipe.

Le voyageur agité quitta sa place l'espace de deux minutes, pour se rendre au lavabo. Alors, sans même se baisser, d'un simple mouvement du pied, l'autre attira vers lui la petite valise et poussa à sa place une valise exactement pareille.

Une demi-heure plus tard, le train partait. Les deux hommes s'installèrent dans le même compartiment de troisième classe, mais ne s'adressèrent pas la parole.

À Leer, le train se vida, continua néanmoins sa route pour ces deux voyageurs.

Il était dix heures quand le convoi pénétra sous la verrière monumentale de Brême où les lampes à arc rendaient tous les visages blafards.

Le premier voyageur ne devait pas connaître un mot d'allemand, car il se trompa plusieurs fois de chemin, pénétra dans le restaurant des premières classes et n'échoua qu'après maintes allées et venues au buffet des troisièmes, où il ne s'attabla pas.

Il désigna du doigt des petits pains qui contenaient des saucisses, expliqua par gestes qu'il voulait les emporter et paya encore en tendant une poignée de monnaie.

Plus d'une demi-heure durant, il erra dans les rues spacieuses qui avoisinent la gare, sa petite valise à la main, avec l'air de chercher quelque chose.

Et l'homme au col de velours, qui le suivait sans impatience, comprit quand il vit enfin son compagnon foncer vers un quartier plus pauvre qui s'amorçait sur la gauche.

L'objet de ses recherches était simplement un hôtel à bon marché. Le jeune homme, dont la démarche devenait lasse, en examina plusieurs avec méfiance avant de choisir un établissement de dernier ordre dont la porte était surmontée d'une grosse boule blanche en verre dépoli.

Il tenait toujours sa valise d'une main, de l'autre ses petits pains aux saucisses enveloppés de papier de soie.

La rue était animée. Le brouillard commençait à tomber, filtrant les lumières des vitrines.

L'homme au lourd pardessus eut quelque peine à se faire donner la chambre voisine de celle du premier voyageur.

Une chambre pauvre, pareille à toutes les chambres pauvres du monde, à cette différence près, peut-être, que la pauvreté n'est nulle part aussi lugubre qu'en Allemagne du Nord.

Mais il y avait une porte de communication entre les deux pièces, à cette porte une serrure.

Ainsi l'homme put-il assister à l'ouverture de la valise, qui ne contenait que de vieux journaux.

Il vit le voyageur devenir livide à un point tel que cela faisait mal, tourner et retourner la valise entre ses mains tremblantes, éparpiller les journaux dans la chambre.

Les petits pains se trouvaient sur la table, toujours enveloppés, mais le jeune homme, qui n'avait pas mangé depuis quatre heures de l'après-midi, ne leur accorda pas un regard.

Il se précipita vers la gare en faisant des détours, en demandant dix fois son chemin, en répétant avec un accent qui déformait tellement le mot que ses interlocuteurs le comprenaient à peine :

— *Bahnhof !…*

Il était si nerveux que, pour mieux se faire entendre, il imitait le bruit du train !

Il arriva à la gare. Il erra dans l'immense hall, aperçut quelque part des bagages en tas et s'approcha comme un voleur afin de s'assurer que sa valise n'y était pas.

Et il tressaillait chaque fois que quelqu'un passait avec une valise du même genre.

Son compagnon le suivait toujours, sans détourner son regard pesant.

À minuit seulement, l'un derrière l'autre, ils rentrèrent à l'hôtel.

La serrure découpa le spectacle du jeune homme affalé sur une chaise, la tête entre les mains. Quand il se leva, il fit claquer ses doigts dans un geste à la fois rageur et fataliste.

Et ce fut la fin. Il tira un revolver de sa poche, ouvrit la bouche toute grande et pressa la gâchette.

L'instant d'après, il y avait dix personnes dans la chambre, dont le commissaire Maigret, qui n'avait pas quitté son manteau à col de velours, essayait d'interdire l'accès. On entendait répéter les mots *Polizei* et *Mörder*, qui signifie assassin.

Mort, le jeune homme était encore plus piteux que vivant. On voyait les semelles trouées de ses chaussures, et le pantalon s'était relevé dans sa chute, découvrant une invraisemblable chaussette rouge, un tibia livide et velu.

Un agent arriva, prononça quelques mots d'une voix impérieuse et tout le monde se massa sur le palier, sauf Maigret qui exhiba sa médaille de commissaire à la Police Judiciaire de Paris.

L'agent ne parlait pas le français. Maigret ne bafouillait que quelques mots d'allemand.

Dix minutes plus tard, déjà, une voiture stoppait en face de l'hôtel et des fonctionnaires en civil faisaient irruption.

Sur le palier, maintenant, le mot *Franzose* avait succédé au mot *Polizei* et on regardait le commissaire avec curiosité. Mais quelques ordres suffirent à faire cesser toute agitation, à couper court à la rumeur aussi nettement qu'on coupe un courant électrique.

Les locataires rentrèrent chez eux. Dans la rue, un groupe silencieux se tint à distance respectueuse.

Le commissaire Maigret avait toujours sa pipe aux dents, seulement elle était éteinte. Et son visage charnu, comme sculpté dans une glaise compacte à vigoureux coups de pouce, avait une expression qui frisait la peur ou la débâcle.

— Je vous demanderai la permission de faire mon enquête en même temps que vous ferez la vôtre ! dit-il. Une chose est certaine c'est que cet homme s'est suicidé. C'est un Français...

— Vous le suiviez ?...

— Ce serait trop long à vous expliquer... Je voudrais que votre service technique prît de lui des photographies aussi nettes que possible, sur toutes ses faces...

Le silence avait succédé à l'agitation dans la chambre où ils n'étaient plus que trois à circuler.

L'un d'eux, jeune et rose, le crâne rasé, portait une jaquette et des pantalons rayés, essuyait de temps en temps les verres de ses lunettes à branches d'or. Il avait un titre comme *docteur en police scientifique.*

L'autre, aussi rose, mais moins solennel dans sa tenue, fouillait partout et s'efforçait de s'exprimer en français.

On ne trouva rien, qu'un passeport au nom de Louis Jeunet, né à Aubervilliers, ouvrier mécanicien.

Quant au revolver, il portait la marque de la fabrique d'armes de Herstal (Belgique).

À la Police Judiciaire, quai des Orfèvres, personne n'imaginait, cette nuit-là, un Maigret silencieux, comme écrasé par la fatalité, assistant aux opérations de ses collègues allemands, se rangeant pour faire place aux photographes, aux médecins légistes, attendant, le front têtu, la pipe toujours éteinte, le pitoyable butin qu'on lui remit vers trois heures du matin : les vêtements du mort, son passeport et une douzaine de photographies que l'éclairage au magnésium achevait de rendre hallucinantes.

Il n'était pas loin – il était même bien près de penser – qu'il venait de tuer un homme.

Et cet homme, il ne le connaissait pas ! Il ne savait rien de lui ! Rien ne prouvait qu'il avait des comptes à rendre à la justice !

Cela avait commencé la veille à Bruxelles, de la façon la plus inattendue. Maigret s'y trouvait en mission. Il avait conféré avec la Sûreté belge au sujet de réfugiés italiens qu'on avait expulsés de France et dont l'activité donnait des inquiétudes.

Un voyage qui ressemblait à une partie de plaisir ! Les entrevues avaient été plus courtes qu'il était prévu. Le commissaire disposait de quelques heures.

Et il avait pénétré, en simple curieux, dans un petit café de la Montagne aux Herbes Potagères.

Il était dix heures du matin. Le café était à peu près désert. Pourtant, alors qu'un patron jovial et familier lui parlait d'abondance, Maigret avait remarqué un client installé tout au fond de la salle, dans la pénombre, et qui se livrait à un singulier travail.

L'homme était miteux. Il avait tout du « sans-travail professionnel » comme on en rencontre dans
toutes les capitales, à la recherche d'une occasion.

Or, il tirait des billets de mille francs de sa poche,
les comptait, les enveloppait de papier gris et ficelait
le paquet, écrivait une adresse.

Trente billets pour le moins ! Trente mille francs
belges ! Maigret avait sourcillé et, quand l'inconnu
était sorti après avoir payé le café qu'il avait bu, il
l'avait suivi jusqu'au plus proche bureau de poste.

Là, il avait pu lire par-dessus l'épaule de l'homme
l'adresse tracée d'une écriture qui n'avait rien de
l'écriture d'un primaire :

*Monsieur Louis Jeunet*
*18, rue de la Roquette, Paris*

Mais ce qui l'avait le plus frappé, c'était la mention : *Imprimé.*

Trente mille francs voyageant comme du simple
papier journal, comme de vulgaires prospectus ! Car
l'envoi ne fut même pas recommandé ! Un postier le
pesa, annonça :

— Septante centimes…

Et l'expéditeur sortit après avoir payé. Maigret
avait noté le nom et l'adresse. Il avait suivi son homme
et, un instant, il avait été amusé par l'éventualité de
faire un cadeau à la police belge. Tout à l'heure, il irait
trouver le chef de la Sûreté bruxelloise et lui dirait
négligemment :

— À propos, en prenant un verre de gueuse-
lambic, j'ai mis la main sur un malfaiteur… Vous
n'aurez qu'à le cueillir à tel endroit…

Maigret était très gai. Il y avait sur la ville un doux
soleil d'automne qui mettait des bouffées de chaleur
dans l'air.

À onze heures, l'inconnu achetait pour trente-deux
francs une valise en imitation cuir – voire en imitation
fibre ! – dans une boutique de la rue Neuve. Et Maigret, par jeu, acheta la même, sans chercher à prévoir
la suite de l'aventure.

À onze heures et demie, l'homme pénétrait dans un
hôtel d'une ruelle dont le commissaire ne parvint pas
à voir le nom. Il en ressortait un peu plus tard et prenait, à la gare du Nord, le train d'Amsterdam.

Cette fois, le policier hésita. Peut-être l'impression
d'avoir déjà vu cette tête quelque part influa-t-elle sur
sa décision ?

— Ce n'est, sans doute, qu'une affaire de rien du
tout !… Mais si c'était une affaire importante ?…

Rien ne l'appelait d'urgence à Paris. À la frontière
hollandaise, il fut frappé par le fait que l'homme, avec
une adresse qui révélait l'habitude de ces sortes
d'exercices, hissait sa valise sur le toit du wagon avant
d'arriver au poste de douane.

— On verra bien quand il s'arrêtera quelque
part !…

Seulement, il ne s'arrêta pas à Amsterdam, où il se
contenta de prendre un billet de troisième classe pour
Brême. Et ce fut la traversée de la plaine hollandaise,
avec ses canaux sillonnés de bateaux à voiles qui semblaient voguer en pleins champs.

Neuschanz… Brême…

Maigret, à tout hasard, avait opéré la substitution
des valises. Des heures durant, il avait cherché en vain

à classer l'individu dans une des catégories connues de la police.

— Trop nerveux pour un véritable bandit international ! Ou alors, ce n'est qu'un comparse qui fera prendre ses chefs !... Un conspirateur ?... Un anarchiste ?... Il ne parle que le français et il n'y a plus guère de conspirateurs en France, ni même d'anarchistes militants !... Un petit escroc solitaire ?...

Un escroc eût-il vécu si pauvrement après avoir expédié trente billets de mille francs dans un simple papier gris ?

L'homme ne buvait pas d'alcool, se contentait, aux gares où l'attente était longue, d'avaler du café et parfois un petit pain ou une brioche.

Il ne connaissait pas la ligne, car il s'informait à chaque instant, s'inquiétait de savoir s'il était dans la bonne direction, s'inquiétait même avec exagération.

Il n'était pas vigoureux. Ses mains portaient néanmoins les stigmates du travail manuel. Les ongles étaient noirs, trop longs, ce qui laissait supposer qu'il n'avait pas travaillé depuis un certain temps.

Son teint révélait l'anémie, sinon la misère.

Et Maigret, peu à peu, avait oublié le bon tour qu'il voulait jouer à la police belge en lui apportant, comme en se jouant, un malfaiteur pieds et poings liés.

Le problème le passionnait. Il se cherchait des excuses à lui-même :

— Amsterdam n'est pas si loin de Paris !...

Puis :

— Bah ! De Brême, par le rapide, je serai de retour en treize heures...

L'homme était mort. Il n'avait sur lui aucune pièce compromettante, aucun objet révélateur de son genre d'activité, sinon un banal revolver portant la marque la plus répandue en Europe.

Il semblait ne s'être tué que parce qu'on lui avait volé sa valise ! Sinon, pourquoi eut-il acheté au buffet de la gare des petits pains qu'il n'avait pas mangés ?

Et pourquoi cette journée de voyage, depuis Bruxelles où il eût pu tout aussi bien se faire sauter la cervelle que dans un hôtel allemand ?

Restait sa valise, qui donnerait peut-être le mot de l'énigme. Et c'est pourquoi, quand le corps eut été emporté, nu, roulé dans un drap, et hissé dans un fourgon officiel, après avoir été examiné, photographié, étudié de la plante des pieds au cuir chevelu, le commissaire s'enferma dans sa chambre.

Il avait les traits tirés. S'il bourra une pipe, à petits coups de pouce, selon son habitude, ce fut uniquement pour essayer de se persuader qu'il était calme.

Le visage souffreteux du mort l'agaçait. Il le revoyait sans cesse faisant claquer ses doigts et, sans transition, ouvrant la bouche toute grande pour y tirer un coup de revolver.

Cette sensation de gêne, presque de remords, était telle qu'il ne toucha la valise en fibre qu'après une pénible hésitation.

Et pourtant cette valise-là devait contenir sa justification ! N'allait-il pas y trouver la preuve que l'homme sur qui il avait la faiblesse de s'apitoyer était un escroc, un dangereux malfaiteur, peut-être un assassin ?

Les clefs pendaient encore, comme dans le magasin de la rue Neuve, à une ficelle nouée à la poignée.

Maigret souleva le couvercle, retira d'abord un complet gris sombre, moins usé que celui du mort.

Sous le complet, il y avait deux chemises sales, élimées au col et aux poignets, roulées en boule.

… Un faux-col à petites rayures roses, qui avait été porté au moins quinze jours, car il était tout noir à l'endroit où il avait touché le cou de son propriétaire… Tout noir et effiloché…

C'était tout !… La valise montrait son fond de papier vert et les deux sangles dont on ne s'était pas servi, avec boucles et émerillons neufs.

Maigret secoua les vêtements, fouilla les poches. Elles étaient vides ! La gorge serrée par une indéfinissable angoisse, il s'obstina, dans sa volonté, dans son besoin de trouver quelque chose.

Un homme ne s'était-il pas tué parce qu'on lui avait volé cette valise ?… Et elle ne contenait qu'un vieux complet, que du linge sale !…

Pas un papier ! Rien de ce qui peut s'appeler un document ! Pas même un indice permettant de faire des suppositions sur le passé du mort !

La chambre était tapissée d'un papier neuf, bon marché, dont les couleurs crues dessinaient des fleurs agressives. Par contre, les meubles étaient usés, boiteux, démantibulés, et sur la table il y avait un tapis en indienne qu'on ne pouvait toucher qu'avec répugnance.

La rue était déserte. Les boutiques avaient fermé leurs volets. Mais au carrefour, à cent mètres de là, des autos ne cessaient de défiler dans une rumeur rassurante.

Maigret regarda la porte de communication, la serrure vers laquelle il n'osa plus se pencher. Il se souvint que les experts, prévoyants, avaient dessiné sur le plancher de la chambre voisine les contours du cadavre.

Il s'y rendit sur la pointe des pieds, pour ne pas réveiller les locataires, peut-être aussi parce que le mystère lui pesait aux épaules, avec, à la main, le complet de la valise qui gardait ses faux plis.

La silhouette, sur le sol, était difforme, mais mathématiquement exacte.

Quand il essaya d'y appliquer le veston, le pantalon et le gilet, il eut une lueur dans les yeux, mordit machinalement le tuyau de sa pipe.

Les vêtements étaient au moins de trois tailles trop grands ! Ce n'étaient pas ceux du mort !

Ce que le vagabond gardait si jalousement dans sa valise, ce à quoi il attachait un tel prix qu'il s'était tué parce qu'il l'avait perdu, c'était le costume d'un autre !

## 2

### *M. Van Damme*

Les journaux de Brême se contentèrent d'annoncer en quelques lignes qu'un Français, nommé Louis Jeunet, mécanicien, s'était suicidé dans un hôtel de la ville et que la misère semblait être le motif de son geste.

Mais, à l'heure où paraissaient ces lignes, le lendemain matin, l'information n'était déjà plus exacte. En feuilletant le passeport, en effet, Maigret avait été frappé par une particularité.

À la sixième page, réservée au signalement, où figurent en colonne les mentions *âge, taille, cheveux, front, sourcils*, etc., le mot *front* précédait le mot *cheveux* au lieu de lui succéder.

Or, six mois plus tôt, la Sûreté de Paris avait découvert à Saint-Ouen une véritable usine de faux passeports, livrets militaires, cartes d'étranger et autres papiers officiels. On avait mis la main sur un certain nombre de ces documents. Mais les faussaires avaient eux-mêmes avoué que des centaines de pièces sortant de leurs presses étaient en circulation depuis plusieurs années, et que, faute de comptabilité, ils étaient incapables de fournir la liste de leurs clients.

Le passeport prouvait que Louis Jeunet était un de ceux-ci et que, par conséquent, il ne s'appelait pas Louis Jeunet.

Par le fait, la seule base à peu près solide de l'enquête se dérobait. L'homme qui s'était tué cette nuit-là n'était plus qu'un inconnu !

Il était neuf heures quand le commissaire, à qui les autorités avaient donné toutes les autorisations désirables, arriva à la morgue où, dès l'ouverture des portes, le public serait admis à circuler.

C'est en vain qu'il chercha un coin sombre pour y prendre une faction dont, il est vrai, il n'attendait pas grand-chose. La morgue était moderne, comme la plus grande partie de la ville et comme tous les édifices publics.

Et c'était plus sinistre encore que l'antique morgue du quai de l'Horloge, à Paris. Plus sinistre à cause, précisément, de la netteté des lignes et des plans, du blanc uniforme des murs qui reflétaient une lumière crue, des appareils frigorifiques astiqués comme dans une centrale électrique.

Cela faisait penser à une usine modèle, une usine dont la matière première serait des corps humains !

Le faux Louis Jeunet était là, moins défiguré qu'on eût pu s'y attendre, car des spécialistes avaient en quelque sorte reconstitué son visage.

Il y avait aussi une jeune femme, un noyé pêché dans le port.

Le gardien, luisant de santé, sanglé dans un uniforme sans un grain de poussière, avait l'air d'un gardien de musée.

En une heure, contre toute attente, il défila une trentaine de personnes. Et, comme une femme demandait à voir un corps qui n'était pas exposé dans la salle, on entendit des sonneries électriques, des chiffres lancés par téléphone.

Dans un local du premier étage, un des casiers d'une vaste armoire occupant tout un mur glissa, se posa sur un monte-charge et, quelques instants plus tard, une boîte d'acier émergeait au rez-de-chaussée comme, dans certaines bibliothèques, les livres arrivent à la salle de lecture.

C'était le corps demandé ! La femme se pencha, sanglota, fut emmenée vers un bureau du fond où un jeune secrétaire prit note de sa déclaration.

Peu de gens s'intéressaient à Louis Jeunet. Pourtant, vers dix heures, un homme vêtu avec recherche, qui descendait d'une auto particulière, pénétra dans la salle, chercha des yeux le suicidé et l'examina avec attention.

Maigret n'était qu'à quelques pas. Il s'approcha et, en détaillant le visiteur, eut l'impression qu'il n'avait pas affaire à un Allemand.

Dès qu'il vit bouger le commissaire, d'ailleurs, l'homme tressaillit, manifesta de la gêne, dut avoir à l'égard de Maigret la même pensée que celui-ci avait eue à son sujet.

— Vous êtes français ? questionna-t-il le premier.

— Oui. Vous aussi ?

— C'est-à-dire que je suis belge… Mais je vis à Brême depuis quelques années…

— Et vous connaissiez un nommé Jeunet ?…

— Non !… Je… J'ai lu ce matin dans le journal qu'un Français s'était suicidé à Brême… J'ai habité longtemps Paris… J'ai eu la curiosité de venir jeter un coup d'œil…

Maigret était d'un calme pesant, comme il l'était toujours dans ces moments-là. Et même, son visage prenait alors une expression si têtue, si peu subtile, qu'il avait quelque chose de bovin.

— Vous appartenez à la police ?…

— Oui ! À la Police Judiciaire…

— Et vous avez fait le voyage tout exprès ?… Qu'est-ce que je dis ?… Ce n'est pas possible, puisque le suicide a eu lieu cette nuit !… Vous connaissez des compatriotes, à Brême ?… Non ? Dans ce cas, si je puis vous être utile à quelque chose… Voulez-vous accepter l'apéritif ?…

Un peu plus tard, Maigret le suivait, prenait place dans la voiture que son compagnon conduisait lui-même.

Et celui-ci parlait d'abondance. C'était le type même de l'homme d'affaires jovial, remuant. Il semblait connaître tout le monde, saluait des passants, désignait des immeubles, expliquait :

— Ici, le Norddeutscher Lloyd… Vous avez entendu parler du nouveau paquebot qu'ils ont lancé ?… Ce sont mes clients…

Il montra un building dont presque toutes les fenêtres portaient des enseignes différentes.

— Au quatrième, à gauche, vous apercevez mon bureau…

On lisait sur les vitres, en lettres de porcelaine : *Joseph Van Damme, commission, importation, exportation.*

— Croiriez-vous que je reste parfois un mois sans avoir l'occasion de parler français ? Mes employés et même ma secrétaire sont allemands... Les affaires l'exigent...

Il eût été difficile de lire une pensée quelconque sur le visage de Maigret, dont la dernière des qualités semblait bien être la subtilité. Il approuvait. Il admirait ce qu'on lui demandait d'admirer, y compris la voiture dont Van Damme lui vantait la suspension brevetée.

Il pénétra avec lui dans une grande brasserie regorgeant d'hommes d'affaires qui parlaient fort, tandis qu'un orchestre viennois jouait inlassablement et que s'entrechoquaient les chopes de bière.

— Vous n'imaginez pas le nombre de millions représentés par cette clientèle ! s'extasiait Van Damme. Tenez !... Vous ne comprenez pas l'allemand ?... Notre voisin est en train de vendre une cargaison de laine qui vogue en ce moment entre l'Australie et l'Europe... Il a trente ou quarante bateaux sur l'eau... Je pourrais vous en montrer d'autres... Qu'est-ce que vous buvez ?... Je vous recommande la Pilsen...

» À propos...

Maigret ne sourit même pas de la transition.

— À propos, qu'est-ce que vous pensez de ce suicide ?... Un indigent, comme le prétendent les journaux d'ici ?...

— C'est possible...

— Vous faites une enquête à son sujet ?...

— Non ! Cela regarde la police allemande... Et, comme le suicide est établi...

— Évidemment !... Remarquez que, si cela me frappe, c'est seulement parce qu'il s'agit d'un Français... Car il en vient si peu dans le Nord !...

Il se leva pour aller serrer la main d'un homme qui sortait, revint, affairé.

— Vous m'excuserez !... Le directeur d'une grosse compagnie d'assurances... Il vaut une centaine de millions... Mais écoutez donc, commissaire... Il est près de midi... Vous accepterez bien de déjeuner avec moi...

» Je ne puis que vous inviter au restaurant, car je suis célibataire... Vous ne mangerez pas comme à Paris... J'essaierai pourtant que vous ne déjeuniez pas trop mal...

» C'est dit, n'est-ce pas ?...

Il appela le garçon, paya. Et, pour tirer son portefeuille de sa poche, il eut un geste que Maigret avait vu souvent aux hommes d'affaires de son espèce qui prennent l'apéritif aux environs de la Bourse, un geste inimitable, une façon de se renverser en arrière en bombant la poitrine, en rentrant le menton, et d'ouvrir avec une négligence satisfaite cette chose sacrée, cette gaine de cuir matelassée de billets.

— Allons !...

Il ne lâcha le commissaire que vers cinq heures, après l'avoir entraîné dans son bureau où il y avait trois employés et une dactylographe.

Encore avait-il fait promettre à Maigret que, s'il ne quittait pas Brême le jour même, ils passeraient la soirée ensemble dans un cabaret fameux.

Le policier se retrouva dans la foule, seul avec des pensées qui étaient loin d'être au point. Étaient-ce même des pensées à proprement parler ?

Il rapprochait en esprit deux silhouettes, deux hommes, et il essayait d'établir un rapport entre eux.

Car il y en avait un ! Van Damme ne s'était pas dérangé pour aller se pencher à la morgue sur le cadavre d'un inconnu. Et le plaisir de parler français ne l'avait pas seul poussé à inviter Maigret à déjeuner.

D'ailleurs, il n'avait pris peu à peu sa vraie personnalité qu'à mesure que le commissaire lui paraissait plus indifférent à l'affaire – et peut-être plus bête !

Le matin, il était inquiet. Son sourire manquait de spontanéité.

Quand le policier l'avait quitté, au contraire, c'était bien le petit brasseur d'affaires qui va, qui vient, qui s'agite, qui parle, s'extasie, se frotte aux grosses personnalités financières, conduit son auto, téléphone, jette des ordres à sa dactylo et offre des dîners fins, content et fier d'être lui.

De l'autre côté, un vagabond anémique, aux vêtements usés, aux semelles trouées, qui avait acheté des petits pains aux saucisses sans prévoir qu'il ne les mangerait pas !

Van Damme devait avoir trouvé un autre compagnon pour l'apéritif du soir, dans une même atmosphère de musique viennoise et de bière.

À six heures, un casier métallique roulerait sans bruit, se refermerait sur le corps nu du faux Jeunet, et le monte-charge l'acheminerait vers la glacière dont il occuperait jusqu'au lendemain un compartiment numéroté.

Maigret se dirigeait vers la *Polizei Praesidium.* Des agents, le torse nu malgré la saison, faisaient de la gymnastique dans une cour entourée de murs d'un rouge cru.

Au laboratoire, un jeune homme aux yeux rêveurs l'attendait près d'une table où tous les objets ayant appartenu au mort étaient rangés, ornés d'étiquettes.

Il parlait un français correct, appliqué, mettait son orgueil à trouver le mot juste.

Il commença par le complet grisâtre que Jeunet portait au moment du suicide, expliqua que les doublures avaient été décousues, toutes les coutures examinées et qu'on n'avait rien découvert.

— Le costume sort de La Belle Jardinière à Paris. Le tissu comporte cinquante pour cent de coton. C'est donc un vêtement bon marché. On a relevé des taches de graisse, entre autres de graisse minérale qui semble indiquer que l'homme a travaillé ou s'est trouvé fréquemment dans une usine, un atelier ou un garage. Son linge ne porte aucune marque. Les chaussures ont été achetées à Reims. Même observation que pour le costume : qualité vulgaire, fabrication en grande série. Les chaussettes sont des chaussettes en coton comme les camelots en vendent à quatre ou cinq francs la paire. Elles sont trouées, mais n'ont jamais été ravaudées.

» Tous ces vêtements ont été enfermés dans un sac de fort papier, secoués, et la poussière recueillie soumise à l'analyse.

» On a obtenu ainsi confirmation de la provenance des taches de graisse. En effet, le tissu est imprégné d'une fine poudre métallique qu'on ne trouve que dans les effets des ajusteurs, tourneurs et en général de ceux qui travaillent dans les ateliers de construction mécanique.

» Ces indices sont absents des vêtements que j'appellerai les vêtements *B* et qui n'ont pas été portés depuis plusieurs années, six ans au minimum.

» Autre différence : dans les poches du costume *A*, on trouve des débris de tabac de la régie française, que vous appelez du tabac gris.

» Dans les poches *B*, au contraire, il reste un peu de poussière de tabac jaune imitant le tabac égyptien.

» Mais j'en arrive au point le plus important. Les taches relevées sur le costume *B* ne sont plus des taches de graisse. Ce sont d'anciennes taches de sang humain, probablement du sang artériel.

» Le tissu n'a pas été lavé depuis des années. L'homme qui portait ce vêtement a dû être littéralement inondé de sang. Enfin des déchirures pourraient faire supposer qu'il y a eu lutte car, à divers endroits, aux revers entre autres, la trame est arrachée comme si des ongles s'y étaient incrustés.

» Ces vêtements *B* portent une marque : celle de Roger Morcel, tailleur, rue Haute-Sauvenière, à Liège.

» Quant au revolver, il est d'un modèle qu'on ne fabrique plus depuis deux ans.

» Si vous voulez me laisser votre adresse, je vous enverrai une copie du rapport que je dois établir pour mes chefs.


À huit heures du soir, Maigret en avait fini avec les formalités. La police allemande lui avait remis les vêtements du mort ainsi que ceux de la valise, que l'expert appelait les vêtements *B*. Et il avait été décidé que, jusqu'à nouvel avis, le corps serait gardé à la disposition des autorités françaises au frigorifique de la morgue.

Maigret avait pris copie de la fiche de Joseph Van Damme, né à Liège, de parents flamands, voyageur de commerce, puis directeur d'une maison de commission qui portait son nom.

Il avait trente-deux ans. Il était célibataire. Il n'y avait que trois ans qu'il était installé à Brême où, après des débuts difficiles, il semblait faire de bonnes affaires.

Le commissaire rentra dans sa chambre d'hôtel, y resta longtemps assis au bord du lit, les deux valises de fibre posées devant lui.

Il avait ouvert la porte de communication avec la pièce voisine, où tout était resté dans le même état que la veille. Et il fut frappé par le peu de désordre que le drame avait laissé. Au mur, sous une fleur rose de la tapisserie, une toute petite tache brune, la seule tache de sang. Sur la table, les deux pains aux saucisses toujours enveloppés de papier. Une mouche y était posée.

Le matin, Maigret avait envoyé à Paris deux photographies du mort, en priant la P.J. de les faire publier par le plus grand nombre de journaux possible.

Est-ce là qu'il fallait chercher ? À Paris où, du moins, le policier possédait une adresse : celle à laquelle Jeunet s'envoyait, de Bruxelles, trente billets de mille francs.

Fallait-il chercher à Liège, où le vêtement *B* avait été acheté quelques années auparavant ? À Reims, d'où provenaient les souliers du mort ? À Bruxelles, où Jeunet avait fait un paquet des trente mille francs ? À Brême, où il était mort et où un certain Joseph Van

Damme était venu jeter un coup d'œil sur son cadavre, tout en se défendant de le connaître ?

L'hôtelier se présenta, fit un long discours en allemand et le commissaire crut comprendre qu'on lui demandait si la chambre du drame pouvait être remise en état et louée.

Il émit un grognement affirmatif, se lava les mains, paya et s'en fut avec ses deux valises qui tranchaient, de par leur médiocrité flagrante, avec sa silhouette confortable.

Il n'avait pas plus de raisons de prendre son enquête par un bout que par l'autre. Et, s'il se décida pour Paris, ce fut surtout parce que cette atmosphère violemment étrangère, en le choquant à chaque instant dans ses habitudes et dans sa mentalité, finissait par produire sur lui un effet déprimant.

Il n'était pas jusqu'au tabac jaunâtre et trop léger qui ne lui enlevât l'envie de fumer.

Dans le rapide, il dormit, s'éveilla à la frontière belge alors que le jour se levait, traversa Liège une demi-heure plus tard et laissa errer par la portière un regard mou.

Le train ne restait en gare que trente minutes, si bien que Maigret n'avait pas le temps de se rendre rue Haute-Sauvenière.

À deux heures de l'après-midi, il débarquait à la Gare du Nord, fonçait dans la foule parisienne, et son premier soin était de s'arrêter au bureau de tabac.

Il dut chercher un instant de la monnaie française dans ses poches. On le bouscula. Les deux valises étaient posées à ses pieds. Quand il voulut les reprendre, il n'en trouva plus qu'une, regarda en vain autour de lui, se rendit compte qu'il ne servirait de rien d'alerter les agents.

Un détail, d'ailleurs, le rassura. La valise qu'on lui avait laissée portait une petite ficelle avec deux clefs nouée à la poignée. C'était celle qui contenait les vêtements.

Le voleur avait emporté la valise aux vieux journaux.

Était-ce un simple voleur, comme il en rôde dans les gares ? N'était-il pas étrange, dans ce cas, qu'il eût choisi un sac de si piteux aspect ?

Maigret prit place dans un taxi, savourant à la fois sa pipe et le grouillement familier de la rue. À un kiosque, il aperçut une photographie, en première page d'un journal, et reconnut de loin le portrait de Louis Jeunet, expédié de Brême.

Il faillit passer chez lui, boulevard Richard-Lenoir, pour se changer et embrasser sa femme, mais l'incident de la gare le rendait soucieux.

— Si c'est vraiment aux vêtements *B* qu'on en voulait, comment, à Paris, a-t-on pu être averti que je les transportais et que j'arriverais à telle heure exactement ?

Autour de la silhouette maigre, du visage blême du vagabond de Neuschanz et de Brême, on eût dit que des mystères multiples venaient s'agglutiner. Des ombres s'agitaient, comme sur la plaque photographique qu'on plonge dans le révélateur.

Et il faudrait les préciser, éclairer les visages, mettre un nom sur chacun, reconstituer des mentalités, des existences entières.

Pour le moment, il n'y avait, au milieu de la plaque, qu'un corps dévêtu, une tête que les médecins allemands avaient tripatouillée pour lui rendre son aspect normal et que découpait une lumière crue.

Les ombres ?... Un homme d'abord qui, dans Paris, au même instant, se sauvait avec la valise... Un autre qui, de Brême ou d'ailleurs, l'avait renseigné... Peut-être le jovial Joseph Van Damme ?... Peut-être pas !... Et encore le personnage qui, des années plus tôt, avait porté le complet B... Et celui qui, dans la lutte, l'avait arrosé de son sang...

Celui aussi qui avait procuré au faux Jeunet les trente mille francs, ou à qui cet argent avait été volé !...

Il y avait du soleil, du monde aux terrasses des cafés que réchauffaient des braseros. Des chauffeurs s'interpellaient. Des grappes humaines assaillaient les autobus et les tramways.

Parmi toute cette foule en mouvement, et la foule de Brême, de Bruxelles, de Reims, d'ailleurs encore, il faudrait cueillir deux, trois, quatre, cinq individus...

Peut-être plus ?... Peut-être moins ?...

Maigret regarda avec tendresse la façade austère de la Préfecture, traversa la cour, sa petite valise à la main, salua le garçon de bureau, par son prénom.

— Tu as reçu mon télégramme ?... Tu as fait du feu ?...

— Et il y a une dame qui est ici pour le portrait !... Voilà deux heures qu'elle attend au parloir...

Maigret ne prit pas la peine de retirer son manteau et son chapeau. Il ne posa même pas sa valise.

La salle d'attente, au bout du couloir où s'alignent les bureaux des commissaires, est une pièce vitrée, meublée de quelques chaises de velours vert, avec, sur le seul mur de maçonnerie, la liste des policiers tués en service commandé.

Sur une des chaises, une femme était assise, encore jeune, vêtue avec cette correction des humbles qui révèle les longues heures de couture sous la lampe et les arrangements de fortune.

Sur un manteau de drap noir, elle portait un col de fourrure très étroit. Ses mains, gantées de fil gris, tenaient un sac qui, comme la valise de Maigret, était en imitation de cuir.

Le commissaire ne fut-il pas frappé par une ressemblance confuse entre elle et le mort ?

Non pas une ressemblance de traits ! Mais une ressemblance d'expression, de *classe*, si l'on peut dire.

Elle aussi avait ces prunelles grises, ces paupières fatiguées de ceux que le courage a abandonnés. Les narines étaient pincées, le teint trop mat.

Elle attendait depuis deux heures et elle n'avait certainement pas osé changer de place, ni même bouger. À travers les vitres, elle regarda Maigret sans espérer que ce fût enfin lui qu'elle devait voir.

Il ouvrit la porte.

— Si vous voulez me suivre dans mon bureau, madame...

Elle parut étonnée qu'il la fît passer devant lui, resta un instant comme désemparée au milieu de la pièce. En même temps que son sac, elle tenait à la main un journal froissé qui laissait voir la moitié de la photographie.

— On me dit que vous connaissez l'homme dont...

Mais il n'avait pas fini de parler qu'elle se cachait le visage dans les mains, se mordait les lèvres et, dans un sanglot qu'elle essaya en vain d'étouffer, gémit :

— C'est mon mari, monsieur…

Alors, par contenance, il alla chercher un lourd fauteuil qu'il roula vers elle.

*L'herboristerie de la rue Picpus*

Les premiers mots, dès qu'elle put parler, furent :

— A-t-il beaucoup souffert ?...

— Non, madame. Je puis vous affirmer que la mort a été instantanée...

Elle regarda le journal qu'elle avait à la main, dut faire un effort pour articuler :

— Dans la bouche ?...

Et, comme le commissaire se contentait de hocher la tête, elle dit gravement, soudain calme, fixant le plancher, avec la voix qu'elle eût prise pour parler d'un enfant espiègle :

— Il ne pouvait rien faire comme tout le monde !...

Ce n'était pas une amante, pas même une épouse. On sentait en elle, qui n'avait pas trente ans, une tendresse maternelle, une douceur résignée de sœur de charité.

Les pauvres sont habitués à refréner l'expression de leur désespoir, parce que la vie les attend, le travail, les nécessités de tous les jours, de toutes les heures. Elle s'essuyait les yeux de son mouchoir, et son nez, devenu un peu rouge, l'empêchait d'être jolie.

Le pli des lèvres oscillait entre une moue de chagrin et un vague sourire tandis qu'elle regardait le commissaire.

— Vous me permettez de vous poser quelques questions ? dit celui-ci qui s'installa à son bureau. Votre mari s'appelait bien Louis Jeunet ?... Quand vous a-t-il quittée pour la dernière fois ?...

Elle faillit pleurer à nouveau. Ses paupières se remplirent de liquide. Ses doigts avaient tassé le mouchoir en un petit tampon très dur.

— Il y a deux ans... Mais je l'ai revu une fois, qui collait son visage à la vitrine... Si ma mère n'avait pas été là...

Il comprit qu'il n'avait plus qu'à la laisser parler. Elle le faisait autant pour elle que pour lui.

— Vous voulez connaître toute notre vie, n'est-ce pas ?... C'est le seul moyen de comprendre pourquoi Louis a fait ça... Mon père était infirmier à Beaujon... Il avait monté une petite herboristerie, rue Picpus, que tenait ma mère...

» Voilà six ans, mon père est mort, et nous avons continué à vivre du commerce, maman et moi...

» J'ai fait la connaissance de Louis...

— Vous dites qu'il y a six ans de cela ?... Il s'appelait déjà Jeunet ?...

— Oui... répliqua-t-elle avec étonnement. Il était fraiseur dans un atelier de Belleville... Il gagnait bien sa vie... Je ne sais pas pourquoi les choses ont été si vite... Vous ne pouvez pas savoir... Il était impatient de tout... On aurait dit qu'une fièvre le rongeait...

» Je le fréquentais depuis un mois à peine qu'on se mariait et qu'il venait vivre chez nous…

» Le logement, derrière la boutique, est trop petit pour trois… Nous avons loué une chambre pour maman rue du Chemin-Vert… Elle me laissait l'herboristerie, mais, comme elle n'avait pas assez d'économies pour vivre, nous lui donnions deux cents francs tous les mois…

» On a été heureux, je vous jure !… Louis partait à son travail, le matin… Ma mère venait me tenir compagnie… Le soir, il ne sortait pas…

» Je ne sais pas comment vous expliquer… Et pourtant j'ai toujours senti que quelque chose n'allait pas !…

» Tenez ! Comme si, par exemple, Louis n'eût pas été de notre monde, comme si cette atmosphère, parfois, l'eût accablé…

» Il était très tendre…

Ses traits se brouillèrent. Elle fut presque belle tandis qu'elle avouait :

— Je ne pense pas que beaucoup d'hommes soient ainsi… Il me prenait tout à coup dans ses bras… Il me regardait dans les yeux, si profondément que cela faisait mal… Quelquefois il me repoussait alors d'un geste inattendu, que je n'ai vu faire que par lui, et il soupirait pour lui-même :

» — Pourtant, je t'aime bien, va, ma petite Jeanne !…

» C'était fini. Il s'occupait d'une chose ou de l'autre, sans se tourner vers moi, passait des heures à arranger un meuble, à me fabriquer un ustensile pratique, à réparer une horloge…

» Ma mère ne l'aimait pas beaucoup, justement parce qu'elle comprenait qu'il n'était pas comme un autre…

— N'avait-il pas, parmi ses effets, des objets qu'il gardait précieusement ?…

— Comment le savez-vous ?…

Elle eut un petit sursaut d'effroi, dit plus vite :

— Un vieux costume !… Une fois, il est rentré alors que je l'avais tiré d'une boîte en carton posée sur la garde-robe et que j'étais occupée à le brosser. J'allais même réparer les déchirures… Le costume aurait encore été bon à mettre dans la maison… Louis me l'a arraché des mains, s'est fâché, a crié des mots méchants et, ce soir-là, on aurait juré qu'il me détestait…

» C'était un mois après notre mariage… Depuis lors…

Elle soupira, regarda Maigret avec l'air de s'excuser de n'avoir à lui faire qu'un si pauvre récit.

— Il est devenu plus étrange ?…

— Ce n'est pas sa faute, j'en suis sûre !… Je crois qu'il était malade… Il se rongeait… Quand, pendant une heure, nous avions été heureux, dans la cuisine où nous nous tenions, je le voyais soudain changer… Il ne parlait plus… Il regardait les objets et moi-même avec un mauvais sourire… Puis il allait se jeter sur son lit sans me dire bonsoir…

— Il n'avait pas d'amis ?…

— Non ! Jamais personne n'est venu le voir…

— Il ne voyageait pas, ne recevait pas de correspondance ?…

— Non ! Et il n'aimait pas rencontrer des gens chez nous… Parfois, une voisine qui n'avait pas de

machine à coudre venait piquer sur la mienne et
c'était le meilleur moyen de mettre Louis en colère…

» Pas une colère comme tout le monde en a…
Quelque chose de rentré… Et c'était lui qui semblait
souffrir !…

» Quand je lui ai annoncé que nous allions avoir un
enfant, il m'a regardée avec des yeux de fou…

» C'est dès ce moment-là, et surtout après la naissance du petit, qu'il s'est mis à boire, par crises, par
périodes…

» Et pourtant je sais qu'il l'aimait ! Il le regardait de
temps en temps comme il me regardait au début, avec
adoration…

» Le lendemain, il rentrait ivre, se couchait, fermait
la porte de la chambre à clef et y passait des heures,
des journées entières…

» Les premières fois, il m'a demandé pardon, en
pleurant… Peut-être que, si maman ne s'en était pas
mêlée, je serais parvenue à le garder… Mais ma mère
a voulu le sermonner… Il y a eu des scènes…

» Surtout quand Louis restait deux ou trois jours
sans aller travailler !…

» Les derniers temps, nous avons été tout à fait
malheureux… Vous savez ce que c'est, n'est-ce
pas ?… Il devenait de plus en plus méchant… Ma
mère l'a mis deux fois à la porte en lui rappelant qu'il
n'était pas chez lui…

» Je suis sûre, moi, qu'il n'était pas responsable !…
Quelque chose le poussait, le poussait !… Il lui arrivait de me regarder encore, ou bien notre fils, avec les
yeux que je vous ai dits…

» Seulement c'était plus rare… Cela ne durait
pas… La dernière scène a été odieuse… Maman était

là… Louis s'était servi de l'argent du comptoir et elle l'a traité de voleur… Il était tout pâle, avec des yeux rouges, comme dans ses mauvais jours… Il avait un regard de dément…

» Je le vois encore s'approcher de moi comme pour m'étrangler. J'ai crié, terrorisée :

» — Louis !…

» Et il est parti, en refermant la porte si fort que la vitre s'est brisée…

» Il y a deux ans de cela… Des voisines l'ont vu passer de temps en temps… Je me suis renseignée à son usine de Belleville où on m'a répondu qu'il n'y travaillait plus…

» Mais quelqu'un l'a aperçu dans un petit atelier de la rue de la Roquette qui fabrique des pompes à bière…

» Moi, je l'ai revu une fois, voilà peut-être six mois, à travers la vitrine… Maman, qui vit à nouveau avec moi et le petit, était dans la boutique… Elle m'a empêchée de courir à la porte…

» Vous jurez qu'il n'a pas souffert, qu'il est mort sur le coup ?… C'était un malheureux, n'est-ce pas ? Vous devez le comprendre, maintenant…

Elle avait vécu son récit avec une telle intensité, son mari, en outre, avait eu tant d'emprise sur elle, qu'à son insu elle avait, en parlant, les expressions de physionomie qu'elle évoquait.

Comme au début, Maigret fut frappé par une ressemblance gênante entre cette femme et l'homme qui, à Brême, avait fait claquer ses doigts avant de se tirer une balle dans la bouche.

Mieux, cette fièvre dévorante qu'elle venait de décrire semblait l'avoir gagnée. Elle se taisait et tous ses nerfs continuaient à vibrer. Elle haletait à vide. Elle attendait quelque chose, sans savoir quoi.

— Il ne vous a jamais parlé de son passé, de son enfance ?...

— Non... Il ne parlait pas beaucoup... Je sais seulement qu'il est né à Aubervilliers... Et j'ai toujours pensé qu'il avait reçu une éducation au-dessus de sa situation... Il avait une belle écriture... Il connaissait le nom latin de toutes les plantes... Quand la mercière d'à côté avait une lettre difficile à écrire, c'est à lui qu'elle s'adressait...

— Et jamais vous n'avez vu sa famille ?

— Il m'a dit, avant notre mariage, qu'il était orphelin... Je voudrais encore vous demander quelque chose, monsieur le commissaire... Est-ce qu'on va le ramener en France ?...

Comme il hésitait à répondre, elle ajouta en détournant la tête pour cacher sa gêne :

— Maintenant, l'herboristerie est à ma mère... Et l'argent !... Je sais qu'elle ne voudra pas faire de frais pour rapatrier le corps... Ni me donner de quoi aller le voir !... Est-ce que, dans ce cas-là...

Sa gorge se serrait et elle se baissa rapidement pour ramasser son mouchoir tombé sur le plancher.

— Je ferai le nécessaire, madame, pour que votre mari soit ramené.

Elle lui adressa un sourire émouvant, écrasa une larme sur sa joue.

— Vous avez compris, je le sens !... Vous pensez comme moi, monsieur le commissaire !... Il n'était pas responsable !... C'était un malheureux !...

— Disposait-il de grosses sommes d'argent ?

— Rien que sa paie… Au début, il me rendait tout… Puis, quand il s'est mis à boire…

Un petit sourire encore, mais très triste, et pourtant très miséricordieux.

Elle partit un peu plus calme, en serrant autour de son cou l'étroite fourrure tandis que sa main gauche étreignait toujours le sac et le journal plié menu.


Au 18, rue de la Roquette, Maigret trouva un hôtel de dernier ordre.

Cette partie de la rue se trouve à moins de cinquante mètres de la place de la Bastille. La rue de Lappe, avec ses bals musettes et ses bouges, y débouche.

Chaque rez-de-chaussée est un bistro, chaque maison un hôtel que hantent des rôdeurs, d'éternels sans-travail, des émigrants et des filles.

Cependant, dans cet inquiétant refuge de la pègre, quelques ateliers sont encastrés où, toutes portes ouvertes, on manie le marteau, le chalumeau oxhydrique, dans un va-et-vient de lourds camions.

Et c'est un contraste violent entre la vie active, les ouvriers réguliers, les employés qui s'affairent, lettres de voiture à la main, et les silhouettes sordides ou insolentes qui flânent alentour.

— Jeunet ! grommela le commissaire en poussant la porte du bureau de l'hôtel, situé à l'entresol.

— N'est pas ici !

— Il a toujours sa chambre ?

On avait flairé la police. On répondait avec mauvaise humeur.

— Le 19, oui !

— À la semaine ?… Au mois ?…

— Au mois !

— Vous avez du courrier pour lui ?

On commença par ruser. En fin de compte, on remit à Maigret le paquet que Jeunet s'était envoyé à lui-même de Bruxelles.

— Il en recevait beaucoup de semblables ?

— Des fois…

— Jamais d'autre correspondance ?…

— Non !… Peut-être qu'en tout il a reçu trois paquets… Un homme tranquille… Je ne vois pas pourquoi la police lui cherche des misères…

— Il travaillait ?…

— Au 65, dans la rue…

— Régulièrement ?…

— Cela dépendait… Des semaines oui… Des semaines non…

Maigret exigea la clef de la chambre. Mais il n'y trouva rien, qu'une paire de chaussures hors d'usage – la semelle s'était complètement séparée de l'empeigne –, un tube qui avait contenu de l'aspirine et une combinaison de mécanicien jetée dans un coin.

En descendant, il questionna à nouveau le gérant, apprit que Louis Jeunet ne recevait personne, qu'il ne fréquentait pas les femmes et qu'à peu de chose près il avait une existence monotone, hormis quelques voyages qui duraient trois ou quatre jours.

Mais on ne loge pas dans un de ces hôtels, dans ce quartier, s'il n'y a pas une fissure quelconque ! Le gérant le savait aussi bien que Maigret. Il grogna en fin de compte :

— Ce n'est pas ce que vous pensez… Lui, c'était la boisson !… Et encore ! par crises… Des neuvaines, comme nous disions, ma femme et moi… Il était trois semaines sérieux, à aller à son travail tous les jours… Puis, pendant tout un temps, il buvait jusqu'à en tomber raide sur son lit…

— Il n'y avait rien de suspect dans son attitude ?

Mais l'homme haussa les épaules, comme pour dire que, dans son établissement, il ne venait que des gens suspects.

Au 65, on fabriquait des machines à soutirer la bière, dans un vaste atelier ouvert sur la rue. Maigret fut reçu par un contremaître qui avait déjà vu le portrait de Jeunet dans le jounal.

— J'allais justement écrire à la police ! dit-il. Il travaillait encore ici la semaine dernière… Un garçon qui gagnait huit francs cinquante par heure !

— Quand il travaillait !

— Vous êtes au courant ?… Quand il travaillait, oui !… Il y en a beaucoup comme ça… Mais, en général, les autres boivent régulièrement un coup de trop, ou bien se paient une bonne cuite le samedi… Lui, c'était tout à coup, sans qu'on puisse le prévoir, qu'il se saoulait des huit jours d'affilée… Une fois qu'il y avait du travail urgent, je suis allé le voir dans sa chambre… Eh bien ! il buvait, là, tout seul, à même la bouteille posée par terre à côté du lit… Ça n'était pas gai, je vous jure !

À Aubervilliers, rien ! Un Louis Jeunet, fils de Gaston Jeunet, journalier, et de Berthe Marie Dufoin, domestique, était inscrit sur les registres d'état civil. Gaston Jeunet était décédé dix ans plus tôt. Sa femme avait quitté la région.

Quant à Louis Jeunet, on ne savait rien de lui, sinon que six ans auparavant il avait écrit de Paris pour réclamer un extrait d'acte de naissance.

N'empêche que le passeport était faux, que par conséquent l'homme qui s'était tué à Brême, après avoir épousé l'herboriste de la rue Picpus et en avoir eu un fils, n'était pas le vrai Jeunet !

Les Sommiers de la Préfecture ne révélèrent rien non plus. Aucune fiche au nom de Jeunet, aucune dont les empreintes digitales correspondissent avec celles du mort, relevées en Allemagne.

Donc, le désespéré n'avait jamais eu de comptes à rendre à la justice, ni en France, ni à l'étranger, car on consulta les fiches transmises par la plupart des nations européennes.

On ne pouvait remonter qu'à six ans en arrière. On trouvait alors un Louis Jeunet, fraiseur, qui travaillait et menait l'existence d'un bon ouvrier.

Il se mariait. Il possédait déjà ce complet *B* qui provoquait sa première scène avec sa femme et qui, des années plus tard, devait être la cause de sa mort.

Il ne fréquentait personne, ne recevait pas de courrier. Il paraissait connaître le latin et par le fait avoir reçu une instruction au-dessus de la moyenne.

Dans son bureau, Maigret rédigea une note pour réclamer le corps à la police allemande, expédia quelques affaires courantes et, l'air buté, saumâtre, ouvrit une fois de plus la valise jaune dont l'expert de Brême avait si soigneusement étiqueté le contenu.

Il y ajouta le paquet des trente billets belges, s'avisa soudain d'en faire sauter la ficelle et copia les numéros des billets, en adressa la liste à la Sûreté bruxelloise à qui il demanda d'en rechercher la provenance.

Il faisait tout cela lourdement, l'air appliqué, comme s'il eût voulu se donner l'illusion qu'il se livrait à un travail utile.

Mais de temps en temps son regard se posait avec une sorte de rancune sur les photographies étalées et sa plume restait en suspens tandis qu'il mordillait le tuyau de sa pipe.

Il allait partir à regret, rentrer chez lui et remettre la suite de l'enquête au lendemain quand on lui annonça que Reims l'appelait au téléphone.

C'était au sujet du portrait publié par les journaux. Le patron du *Café de Paris*, rue Carnot, affirmait avoir vu l'homme dont il s'agissait dans son établissement, six jours plus tôt, et, s'il s'en souvenait, c'est qu'il avait dû en fin de compte refuser à boire à son client déjà ivre.

Maigret hésita. Pour la seconde fois, il était question de Reims, d'où provenaient les souliers du mort.

Or, ces souliers, très usés, avaient été achetés plusieurs mois auparavant. Donc, ce n'était pas accidentellement que Louis Jeunet se rendait dans cette ville.

Une heure plus tard, le commissaire prenait place dans l'express de Reims où il arrivait à dix heures du soir. Le *Café de Paris*, assez luxueux, était rempli de gens de la bonne bourgeoisie. Trois billards étaient occupés. À plusieurs tables, on jouait aux cartes.

C'était le café traditionnel de la province française, où les clients serrent la main de la caissière et où les garçons appellent familièrement les consommateurs par leur nom. Des notables de la ville. Des représentants de commerce.

Et, de place en place, des boules nickelées contenant les torchons.

— Je suis le commissaire à qui vous avez téléphoné
tout à l'heure…

Debout près du comptoir, le patron surveillait le
personnel, tout en donnant des avis aux joueurs de
billard.

— Ah ! oui… Eh bien ! je vous ai dit tout ce que je
sais…

Il parlait bas, l'air un peu embarrassé.

— Tenez !… Il s'est assis dans ce coin, près du
troisième billard, et il a commandé une fine, puis une
autre, une troisième… Il était à peu près cette
heure-ci… Les clients le regardaient de travers parce
que… comment dire ?… il n'avait pas tout à fait le
genre de la maison.

— Il avait des bagages ?…

— Une vieille valise, dont la fermeture était
cassée… Je me rappelle que, quand il est sorti, la
valise s'est ouverte et que des nippes sont tombées
par terre… Il a même demandé une ficelle pour la
fermer…

— Il a parlé à quelqu'un ?

Le patron regarda un des joueurs de billard, un
grand garçon mince, vêtu avec recherche, qui avait
tout du fort joueur dont les amateurs suivent avec respect les carambolages.

— Pas exactement… Vous ne voulez pas boire
quelque chose ?… Nous pourrions nous asseoir ici,
tenez !…

Il choisit une table écartée, où étaient rangés les
plateaux.

— Vers minuit, il était aussi blanc que ce marbre... Il avait peut-être bu huit ou neuf fines... Et son regard avait une fixité qui me déplaisait... Il y a des gens à qui l'alcool fait cet effet... Ils ne s'agitent pas, ne divaguent pas mais, à un certain moment, ils tombent raides... Tout le monde l'avait remarqué... Je suis allé lui dire que je ne pouvais plus le servir et il n'a pas protesté...

— Il y avait encore des joueurs ?

— Ceux que vous voyez au troisième billard... Ce sont des habitués qui sont ici chaque soir, organisent des concours, forment un club... L'homme est parti... C'est alors qu'il y a eu l'incident de la valise ouverte... Je ne sais pas comment il a pu nouer la ficelle, dans l'état où il était... J'ai fermé, une demi-heure plus tard... Ces messieurs sont partis en me serrant la main et je me souviens que quelqu'un a dit :

» — Nous allons le retrouver quelque part dans le ruisseau !

Le patron regarda une fois de plus le joueur élégant, aux mains blanches et soignées, à la cravate impeccable, dont les souliers vernis craquaient chaque fois qu'il tournait autour du billard.

— Je ne vois pas pourquoi je ne vous dirais pas tout... Sans compter que c'est sans doute un hasard, ou une erreur !... Le lendemain, un voyageur de commerce qui vient tous les mois, et qui était ici ce soir-là, m'a confié qu'il avait rencontré, vers une heure du matin, l'ivrogne et M. Belloir qui marchaient côte à côte... Il les a même vus pénétrer tous deux chez M. Belloir...

— C'est ce grand blond ?...

— Oui… Il habite à cinq minutes d'ici, une jolie maison rue de Vesle… C'est le sous-directeur de la Banque de Crédit…

— Le voyageur n'est pas ici ?…

— Non ! Il fait sa tournée habituelle, dans l'Est… Il ne reviendra que vers la mi-novembre… Je lui ai dit qu'il avait dû se tromper… Il a tenu bon… J'ai failli en parler à M. Belloir, en plaisantant… Puis je n'ai pas osé… Il aurait pu se froisser, n'est-ce pas ?… Je vous demanderai de ne pas faire état de ce que je viens de vous raconter… Ou, en tout cas, que cela n'ait pas l'air de venir de moi… Dans notre profession…

Le joueur, qui avait achevé une série de quarante-huit points, regardait autour de lui pour juger de l'effet produit, enduisait de craie verte le bout de sa canne, sourcillait imperceptiblement en voyant Maigret en compagnie du patron.

Car celui-ci, comme la plupart des gens qui veulent prendre un air désinvolte, avait une mine anxieuse de conspirateur.

— À vous de jouer, monsieur Émile !… lui annonça, de loin, Belloir.

# 4

## *Le visiteur inattendu*

La maison était neuve et il y avait dans ses lignes, dans les matériaux employés, une recherche tendant à donner une sensation de netteté, de confort, de modernisme tempéré et de fortune bien assise.

Des briques rouges, fraîchement rejointoyées ; de la pierre de taille ; une porte en chêne verni, ornée de cuivres…

Il était seulement huit heures et demie du matin quand Maigret se présenta, avec l'arrière-pensée de surprendre ainsi la vie intime de la famille Belloir.

La façade, en tout cas, s'harmonisait avec l'aspect du sous-directeur de banque et, quand la porte fut ouverte par une domestique au tablier immaculé, cette impression s'accrut. Le corridor était vaste, limité par une porte aux glaces biseautées. Les murs étaient en imitation marbre et le sol en granit de deux tons formant des figures géométriques.

À gauche, des portes à deux battants, en chêne clair : les portes du salon et de la salle à manger.

À un portemanteau, des vêtements, dont un pardessus d'enfant de quatre ou cinq ans. Un porte-parapluie ventru, d'où émergeait un jonc à pommeau d'or.

Le commissaire n'eut que le temps d'un regard pour s'imprégner de cette atmosphère d'existence solidement organisée. Il avait à peine prononcé le nom de M. Belloir que la domestique répliquait :

— Si vous voulez vous donner la peine de me suivre, *ces messieurs* vous attendent...

Elle marcha vers la porte vitrée. Par l'entrebâillement d'une autre porte, le commissaire aperçut la salle à manger, chaude et propre, la table bien dressée où une jeune femme en peignoir et un gamin de quatre ans prenaient leur petit déjeuner.

Au-delà de la porte vitrée s'amorçait un escalier aux boiseries claires, couvert d'un tapis à ramages rouges retenu à chaque marche par une barre de cuivre.

Une grosse plante verte, sur le palier. Déjà la domestique tenait le bouton d'une nouvelle porte, celle d'un bureau, où trois hommes tournèrent la tête en même temps.

Il y eut comme un choc, une gêne pesante, une angoisse même qui durcit les regards et seule ne s'en aperçut pas la servante qui prononçait le plus naturellement du monde :

— Si vous voulez vous débarrasser...

Un des trois hommes était Belloir, correct, ses cheveux blonds bien lissés ; son voisin, dont la tenue était moins soignée, était un inconnu pour Maigret ; mais le troisième n'était autre que Joseph Van Damme, l'homme d'affaires de Brême.

Deux personnes parlèrent à la fois. Belloir fit un pas en fronçant les sourcils, dit d'une voix un peu sèche, un peu hautaine, en harmonie avec le décor :

— Monsieur... ?

Mais en même temps Van Damme, s'efforçant d'avoir sa rondeur coutumière, s'écriait en tendant la main à Maigret :

— Par exemple ! Quel hasard de vous rencontrer ici ?…

Le troisième se tut, suivait cette scène des yeux avec l'air de n'y rien comprendre.

— Excusez-moi de vous déranger, commença le commissaire. Je ne m'attendais pas à interrompre une réunion aussi matinale…

— Pas du tout ! Pas du tout !… riposta Van Damme. Asseyez-vous ! Un cigare ?…

Il y en avait une caisse sur le bureau d'acajou. Et l'homme d'affaires s'empressa, ouvrit cette caisse, choisit lui-même un havane, tout en parlant.

— Attendez que je trouve mon briquet !… J'espère que vous n'allez pas me dresser une contravention parce qu'il n'est pas estampillé ?… Pourquoi, à Brême, ne pas m'avoir dit que vous connaissez Belloir ?… Quand je pense que nous aurions pu faire la route ensemble !… Je suis parti quelques heures après vous… Un télégramme, au sujet d'une affaire qui m'appelait à Paris… J'en ai profité pour venir serrer la main de Belloir…

Celui-ci ne perdait rien de sa raideur, regardait tour à tour les deux hommes comme s'il désirait une explication. C'est vers lui que Maigret se tourna pour prononcer :

— Je vais abréger ma visite autant que possible, étant donné que vous attendez quelqu'un…

— Moi ?… Comment le savez-vous ?…

— C'est simple ! Votre domestique m'a dit que j'étais attendu. Or, comme vous ne pouviez pas m'attendre, il est évident que...

Ses yeux riaient, malgré lui, mais ses traits restaient immobiles.

— Commissaire Maigret, de la Police Judiciaire !... Vous m'avez peut-être aperçu hier au soir au *Café de Paris*, où je voulais recueillir certains renseignements au sujet d'une affaire en cours.

— Ce n'est pas l'histoire de Brême, au moins ? fit Van Damme avec une fausse désinvolture.

— Justement si !... Voulez-vous, monsieur Belloir, regarder cette photographie et me dire si c'est bien celle de l'homme que vous avez reçu ici une nuit de la semaine dernière ?...

Il tendit un portrait du mort. Le sous-directeur de banque se pencha, mais sans le regarder, ou plutôt sans y fixer son regard.

— Je ne connais pas cet individu !... affirma-t-il en rendant la photo à Maigret.

— Vous êtes certain que ce n'est pas l'homme qui vous a adressé la parole alors que vous reveniez du *Café de Paris* ?...

— De quoi parlez-vous ?...

— Vous m'excuserez d'insister... Je suis en quête d'un renseignement qui n'a d'ailleurs qu'une importance médiocre... Et je me suis permis de vous déranger, persuadé que vous n'hésiteriez pas à seconder la justice... Ce soir-là, un ivrogne était assis près du troisième billard, où vous faisiez votre partie... Il a attiré l'attention de tous les consommateurs... Il est sorti un peu avant vous et, par la suite, lorsque vous avez quitté vos amis, il s'est approché de vous...

— Je crois me souvenir... Il m'a demandé du feu...

— Et vous êtes rentré ici en sa compagnie, n'est-ce pas ?...

Belloir eut un assez vilain sourire.

— Je ne sais pas qui vous a raconté cette fable. Il n'est guère dans mon caractère de recueillir des rôdeurs...

— Vous pourriez avoir reconnu en lui un ami, ou...

— Je choisis mieux mes amis !

— Si bien que vous êtes rentré seul ?

— Je l'affirme...

— Cet homme était-il le même que celui dont je viens de vous montrer le portrait ?

— Je l'ignore... Je ne l'ai même pas regardé...

Van Damme avait écouté avec une visible impatience et plusieurs fois il avait été sur le point d'intervenir. Quant au troisième personnage, qui portait une petite barbe brune et des vêtements noirs comme en adoptent encore certains artistes, il regardait par la fenêtre, essuyant parfois la buée dont son haleine couvrait la vitre.

— Dans ce cas, il ne me reste qu'à vous remercier et à m'excuser encore, monsieur Belloir...

— Un instant, commissaire ! lança Joseph Van Damme. Vous n'allez pas partir ainsi ?... Restez un moment avec nous, je vous en prie, et Belloir va nous offrir une de ces vieilles fines qu'il a toujours en réserve... Vous savez que je vous en veux de n'être pas venu dîner avec moi, à Brême ?... Je vous ai attendu toute la soirée...

— Vous avez voyagé en chemin de fer ?

— En avion ! Je voyage presque toujours en avion, comme la plupart des hommes d'affaires, d'ailleurs !... À Paris, l'envie m'a pris de serrer la main de mon vieux camarade Belloir... Nous avons fait nos études ensemble...

— À Liège ?...

— Oui... Et voilà maintenant près de dix ans que nous ne nous sommes vus... Je ne savais même pas qu'il était marié !... C'est drôle, de le retrouver papa d'un grand garçon !... Vous n'en avez pas encore fini avec votre suicidé ?...

Belloir avait sonné la servante, à qui il commanda d'apporter de la fine et des verres. Et, dans chacun de ses gestes, qui étaient volontairement lents et précis, on percevait une fièvre concentrée.

— L'enquête ne fait que commencer, murmura Maigret sans insister. On ne peut pas prévoir si elle sera longue ou si, dans un jour ou deux, l'affaire ne sera pas classée...

La sonnerie de la porte d'entrée retentit. Les trois hommes se lancèrent un regard furtif. On entendit des voix dans l'escalier. Quelqu'un disait, avec un accent belge assez prononcé :

— Ils sont tous là-haut ?... Je connais le chemin... Laissez !...

Et, de la porte, il cria :

— Salut, vous autres !...

Mais les mots tombèrent dans un silence compassé. Il regarda autour de lui, vit Maigret, et ses yeux interrogèrent ses compagnons.

— Vous… vous m'attendiez ?…

Les traits de Belloir se crispèrent. Il s'avança vers le commissaire :

— Jef Lombard, un camarade !… dit-il du bout des dents.

Et, en détachant toutes les syllabes :

— Le commissaire Maigret, de la Police Judiciaire…

Le nouveau venu reçut une petite secousse, balbutia d'une voix machinale qui eut des intonations comiques :

— Ah !… bien… très bien…

Puis, troublé, il remit son pardessus à la domestique, la poursuivit pour prendre des cigarettes dans sa poche.


— Un Belge aussi, commissaire… Vous assistez à une vraie réunion de Belges… Vous devez penser que cela ressemble à une conspiration… Et la fine, Belloir ?… Un cigare, commissaire ?… Jef Lombard est le seul à encore habiter Liège… Le hasard fait que nos affaires nous appellent tous à la fois dans le même coin et nous avons décidé de fêter cette occasion par un joyeux gueuleton ! Si j'osais…

Il regarda les autres avec une légère hésitation.

— … Vous avez manqué le dîner que je voulais vous offrir à Brême… Acceptez de déjeuner avec nous tout à l'heure…

— J'ai malheureusement des engagements, répondit Maigret. Au surplus, il est temps que je vous laisse à vos affaires.

Jef Lombard s'était approché de la table. Il était grand et maigre, avec des traits irréguliers, des membres trop longs, un teint pâle.

— Ah !... Voici la photo que je cherchais... fit le commissaire comme pour lui-même. Je ne vous demande pas, monsieur Lombard, si vous connaissez cet homme, car ce serait un hasard par trop miraculeux...

Il lui mettait néanmoins la photographie sous les yeux et il vit la pomme d'Adam du Liégeois devenir plus saillante, s'animer d'un étrange mouvement de haut en bas et de bas en haut.

— Je ne connais pas... parvint-il à articuler d'une voix rauque.

Belloir tapotait le bureau du bout de ses doigts aux ongles manucurés. Joseph Van Damme cherchait quelque chose à dire.

— Alors, je n'aurai pas le plaisir de vous revoir, commissaire ?... Vous rentrez à Paris ?...

— Je ne sais pas encore... Mes excuses, messieurs...

Comme Van Damme lui serrait la main, les autres durent le faire aussi. La main de Belloir était sèche et dure. Celle du personnage barbu se tendit d'une façon hésitante. Jef Lombard, lui, était en train d'allumer une cigarette dans un coin du bureau et il se contenta d'un grognement et d'un signe de tête.

Maigret passa près de la plante verte émergeant d'une énorme porcelaine, foula à nouveau le tapis aux barres de cuivre. Dans le corridor, il entendit le bruit aigre d'un violon manié par un élève et une voix de femme qui disait :

— Pas si vite... Le coude à hauteur du menton... Doucement !...

C'étaient Mme Belloir et son fils. Il les entrevit de la rue, à travers les rideaux du salon.

Il était deux heures et Maigret achevait de déjeuner au *Café de Paris* quand il vit entrer Van Damme, qui regarda autour de lui comme s'il cherchait quelqu'un. L'homme d'affaires sourit en apercevant le commissaire, s'avança vers lui la main tendue.

— Voilà ce que vous avez appelé des obligations ! dit-il. Vous déjeunez tout seul, au restaurant !… J'ai bien compris… Vous avez voulu nous laisser entre nous…

Il appartenait décidément à cette catégorie d'hommes qui s'accrochent à vous sans y être invités, refusant de s'apercevoir que l'accueil qu'on leur réserve n'est peut-être pas encourageant.

Maigret se donna le malin plaisir de rester très froid, et pourtant Van Damme s'installa à sa table.

— Vous avez fini ? Dans ce cas, vous me permettrez de vous offrir le pousse-café… Garçon !… Voyons, qu'est-ce que vous prenez, commissaire ?… Un vieil armagnac ?…

Il se fit apporter la carte des alcools fins, appela le patron, se décida en fin de compte pour un armagnac 1867 et exigea des verres à dégustation.

— À propos… Est-ce que vous rentrez à Paris ?… Je m'y rends cet après-midi et, comme j'ai horreur du train, je compte louer une voiture… Si vous le voulez bien, je vous emmène… Qu'est-ce que vous dites de mes amis ?

Il huma son armagnac d'un air critique, sortit un étui à cigares de sa poche.

— Je vous en prie… Ils sont très bons… Il n'y a qu'une maison à Brême où l'on puisse en trouver et elle les importe directement de La Havane…

Maigret avait son expression la plus neutre, son regard le plus vide de pensées.

— C'est drôle, de se retrouver après quelques années !… reprit Van Damme, qui ne semblait pas capable de supporter le silence. À vingt ans, au départ, on est tous, si je puis dire, sur la même ligne… Quand on se revoit ensuite, on est étonné du fossé qui s'est creusé entre les uns et les autres… Je ne veux pas dire de mal d'eux… N'empêche que tout à l'heure, chez Belloir, je n'étais pas à mon aise…

» Cette lourde atmosphère de province !… Et Belloir lui-même, tiré à quatre épingles !… Pourtant il n'a pas trop mal réussi… Il a épousé la fille de Morvandeau, le Morvandeau des sommiers métalliques… Tous ses beaux-frères sont dans l'industrie… Quant à lui, il a une assez jolie situation à la banque, dont il deviendra un jour ou l'autre directeur…

— Et le petit barbu ? questionna Maigret.

— Celui-là… Il fera peut-être son chemin… En attendant, je crois qu'il tire le diable par la queue… Il est sculpteur, à Paris… Il paraît qu'il a du talent… Mais que voulez-vous ?… Vous l'avez vu, avec son costume d'un autre siècle… Rien de moderne !… Aucune aptitude pour les affaires…

— Jef Lombard ?…

— Le meilleur garçon de la terre !… Jeune homme, c'était ce qu'on appelle un rigolo, qui vous aurait tenu en haleine des heures durant…

» Il se destinait à la peinture… Pour vivre, il a fait des dessins pour les journaux… Puis il a travaillé la photogravure, à Liège… Il est marié… Je pense qu'il attend son troisième gosse…

» C'est vous dire que j'ai eu l'impression d'étouffer parmi eux !… Des petites vies, des petits soucis… Ce n'est pas leur faute, mais j'ai hâte de me replonger dans l'atmosphère des affaires…

Il vida son verre, regarda la salle presque déserte où un garçon, assis à une table du fond, lisait le journal.

— C'est convenu ?… Vous rentrez à Paris avec moi ?…

— Mais vous n'emmenez pas le petit barbu en compagnie de qui vous êtes venu ?…

— Janin ?… Non ! À l'heure qu'il est, il a déjà repris le train…

— Marié ?…

— Pas tout à fait. Mais il a toujours une amie ou l'autre qui vit avec lui pendant une semaine ou un an… Puis il change !… Et il vous présente régulièrement sa compagne sous le nom de Mme Janin… Garçon !… Remettez-nous ça !…

Maigret, par instants, était obligé de voiler son regard qui devenait trop aigu. Le patron vint personnellement lui dire qu'on le demandait au téléphone, car il avait laissé à la Préfecture l'adresse du *Café de Paris.*

C'étaient des nouvelles de Bruxelles, parvenues par fil à la P.J. *Les trente billets de mille francs avaient été remis par la Banque Générale de Belgique à un nommé Louis Jeunet, en paiement d'un chèque signé Maurice Belloir.*

Quand il ouvrit la porte de la cabine téléphonique, Maigret aperçut Van Damme qui, ne se sachant pas observé, laissait ses traits se détendre. Et, du coup, il paraissait moins rond, moins rose, moins gonflé surtout de santé et d'optimisme.

Il dut sentir qu'un regard pesait sur lui et il tressaillit, redevint automatiquement l'homme d'affaires jovial, lança :

— C'est dit ?... Vous m'accompagnez ?... Patron !... Voulez-vous faire le nécessaire pour qu'on vienne nous prendre en voiture et qu'on nous conduise à Paris ?... Une auto confortable, n'est-ce pas ?... En attendant, qu'on remplisse les verres...

Il grignota le bout d'un cigare et, l'espace d'une seconde à peine, alors qu'il fixait le marbre de la table, ses prunelles se ternirent, les commissures des lèvres s'abaissèrent comme si le tabac lui eût paru trop amer.

— C'est quand on vit à l'étranger qu'on apprécie les vins et les alcools de France !...

Les mots sonnèrent creux. On sentait un abîme entre eux et les pensées qui roulaient derrière le front de l'homme.

Jef Lombard passa dans la rue. Sa silhouette était rendue un peu floue par les rideaux de tulle. Il était seul. Il marchait à grands pas lents, mornes, sans rien voir du spectacle de la ville.

Il tenait à la main un sac de voyage qui rappela à Maigret les deux valises jaunes. Mais c'était déjà une qualité supérieure, avec deux courroies et une gaine pour la carte de visite.

Les talons des souliers commençaient à s'user d'un côté. Les vêtements n'étaient pas brossés chaque jour. Jef Lombard se dirigeait vers la gare, à pied.

Van Damme, une grosse chevalière de platine au doigt, s'entourait d'un nuage odorant que pimentait le fumet aigu de l'alcool. On entendait le murmure de la voix du patron qui téléphonait au garage.

Belloir devait quitter sa maison neuve et se diriger vers le portail en marbre de la banque, tandis que sa femme promenait leur fils le long des avenues.

Tout le monde le saluait. Son beau-père était le plus gros négociant de la région. Ses beaux-frères étaient dans l'industrie. Il avait un bel avenir.

Janin, lui, avec sa barbiche noire et sa lavallière, roulait vers Paris – en troisième classe, Maigret l'aurait parié.

Et, tout en bas de l'échelle, il y avait le blême voyageur de Neuschanz et de Brême, le mari de l'herboriste de la rue Picpus, le fraiseur de la rue de la Roquette, aux ivresses solitaires, qui allait contempler sa femme à travers les vitres de la boutique, s'envoyait à lui-même des billets de banque enveloppés comme de vieux journaux, achetait des petits pains aux saucisses dans un buffet de gare et se tirait une balle dans la bouche parce qu'on lui avait pris un vieux complet qui ne lui appartenait pas.

— Vous y êtes, commissaire ?

Maigret sursauta et ce fut un regard tout brouillé qu'il fixa sur son compagnon, si brouillé que celui-ci, gêné, essaya de rire – mal ! – et balbutia :

— Vous rêviez ?… Vous sembliez en tout cas loin d'ici… Je parie que c'est encore votre suicidé qui vous tracasse…

Pas tout à fait ! Car, au moment précis où on l'interpellait, Maigret, sans savoir lui-même pourquoi, faisait un drôle de compte, le compte des enfants mêlés à cette histoire : un rue Picpus, entre sa mère et sa grand-mère, dans une boutique fleurant la menthe et le caoutchouc ; un à Reims, qui apprenait à tenir le coude à hauteur du menton en passant l'archet sur les cordes d'un violon ; deux à Liège, chez Jef Lombard, où on en attendait un troisième…

— Un dernier armagnac, pas vrai ?…

— Merci… Cela suffit…

— Allons ! le coup de l'étrier, ou plutôt du marchepied…

Joseph Van Damme fut seul à rire, comme il éprouvait sans cesse le besoin de le faire, à la façon d'un gamin qui a peur de descendre à la cave et qui siffle pour se persuader qu'il a du courage.

# 5

## *La panne de Luzancy*

Il y eut rarement, tandis qu'on roulait à vive allure dans la nuit tombante, un silence de trois minutes. Toujours Joseph Van Damme trouvait quelque chose à raconter, et, l'armagnac aidant, il parvenait à garder son enjouement.

L'auto était une ancienne voiture de maître aux coussins fatigués, avec des porte-bouquets et des vide-poches en marqueterie. Le chauffeur portait un *trench-coat* et avait le cou entouré d'une écharpe tricotée.

À certain moment, alors qu'on roulait depuis près de deux heures, les gaz furent coupés et la voiture stoppa au bord du chemin, à un kilomètre au moins d'un village dont on apercevait quelques lumières voilées de brume.

Le chauffeur se pencha sur ses roues arrière, ouvrit la portière, annonça qu'un pneu était crevé et qu'il en avait pour un quart d'heure environ à réparer.

Les deux hommes descendirent. Déjà le mécanicien installait un cric sous l'essieu, tout en affirmant qu'il n'avait pas besoin d'aide.

Qui, de Maigret ou de Van Damme, proposa de marcher ? À vrai dire, ni l'un ni l'autre. Ce fut naturel. Ils firent d'abord quelques pas sur la route, aperçurent un petit chemin au bout duquel courait l'eau rapide d'une rivière.

— Tiens !… La Marne !… remarqua Van Damme. Elle est en crue…

Ils suivirent le chemin, à pas lents, en fumant leur cigare. On entendait un bruit confus dont on ne comprit la provenance qu'une fois sur la rive.

À cent mètres, de l'autre côté de l'eau, il y avait une écluse, celle de Luzancy, dont les abords étaient déserts, les portes closes. Et aux pieds des deux hommes, c'était le barrage, avec sa chute laiteuse, son bouillonnement, ses remous, son courant puissant. La Marne était grosse.

Dans l'obscurité, on devinait des branches d'arbres, peut-être des arbres entiers qui passaient au fil de l'eau, heurtaient le barrage et finissaient par le franchir.

Une seule lumière : celle de l'écluse, en face.

À ce moment précis, Joseph Van Damme, poursuivant son discours, disait :

— … Les Allemands font chaque année des efforts inouïs pour capter l'énergie des rivières, imités en cela par les Russes… En Ukraine, on construit un barrage qui coûtera cent vingt millions de dollars, mais qui fournira l'énergie électrique à trois provinces…

Ce fut imperceptible : la voix fléchit sur les mots *énergie électrique*. Puis elle reprit de l'ampleur. Puis l'homme éprouva le besoin de tousser, de tirer son mouchoir de sa poche et de se moucher.

Ils étaient à moins de cinquante centimètres de l'eau et soudain Maigret, poussé dans le dos, perdit l'équilibre, oscilla, roula en avant, s'accrocha des deux mains aux herbes du talus, les pieds dans l'eau, tandis que son chapeau glissait déjà par-dessus le barrage.

Le reste fut rapide, car le commissaire attendait le coup. Des mottes de terre cédaient sous sa main droite.

Mais la gauche avait saisi une branche flexible qu'il avait repérée.

Quelques secondes s'étaient à peine écoulées qu'il était à genoux sur le chemin de halage, puis debout, et qu'il criait à une silhouette qui s'éloignait :

— Halte !…

Chose étrange, Van Damme n'osait pas courir. Il se dirigeait vers la voiture en pressant à peine le pas, en se retournant, les jambes coupées par l'émotion.

Et il se laissa rejoindre, tête basse, le cou enfoncé dans le col de son pardessus. Il n'eut qu'un geste, un geste de rage, comme s'il eût frappé du poing une table imaginaire, et il gronda entre ses dents :

— Imbécile !…

À tout hasard, Maigret avait sorti son revolver. Sans le lâcher, sans cesser d'observer son compagnon, il secoua ses pantalons mouillés jusqu'aux genoux, tandis que l'eau giclait de ses chaussures.

Le chauffeur, sur la route, donnait de petits coups de corne pour annoncer que la voiture était en ordre de marche.

— Allez !… fit le commissaire.

Et ils reprirent leur place, en silence. Van Damme avait toujours son cigare entre les dents. Il évitait le regard de Maigret.

Dix kilomètres. Vingt kilomètres. Une agglomération qu'on traversa au ralenti. Des gens qui circulaient dans des rues éclairées. Puis à nouveau la route.

— Vous ne pouvez quand même pas m'arrêter…

Le commissaire tressaillit, tant ces mots, prononcés lentement, d'une voix têtue, étaient inattendus. Et pourtant ils répondaient avec exactitude à ses préoccupations !

On atteignait Meaux. La grande banlieue succédait à la campagne. Une pluie fine commençait à tomber et chaque goutte, lorsqu'on passait devant un réverbère, devenait une étoile. Le policier prononça alors, la bouche près du cornet acoustique :

— Vous nous conduirez à la Préfecture, quai des Orfèvres…

Il bourra une pipe qu'il ne put fumer parce que ses allumettes étaient mouillées. Il ne voyait pas le visage de son voisin, tourné vers la portière, réduit à un profil perdu qu'estompait la pénombre. Mais on le sentait farouche.

Il y avait maintenant dans l'atmosphère quelque chose de dur, d'à la fois fielleux et concentré.

Maigret lui-même avançait un peu les maxillaires inférieurs dans une expression hargneuse.

Cela se traduisit, quand l'auto se rangea en face de la Préfecture, par un incident saugrenu. Le policier était sorti le premier.

— Venez ! prononça-t-il.

Le chauffeur attendait d'être payé et Van Damme ne semblait pas s'en préoccuper. Il y eut un instant de flottement. Maigret dit, non sans se rendre compte du ridicule de la situation :

— Eh bien ?... C'est vous qui avez loué la voiture...

— Pardon... Si c'est comme prisonnier que j'ai voyagé, c'est à vous de payer...

Ce détail ne trahissait-il pas tout le chemin parcouru depuis Reims et surtout la transformation qui s'était opérée chez le Belge ?

Maigret paya, montra sans mot dire le chemin à son compagnon, referma la porte de son bureau où son premier soin fut de tisonner le poêle.

Il ouvrit ensuite un placard, en tira des vêtements et, sans se soucier de son hôte, changea de pantalon, de chaussettes et de souliers, mit à sécher près du feu les effets mouillés.

Van Damme s'était assis, sans y être invité. En pleine lumière, le changement était plus frappant encore.

Il avait laissé à Luzancy sa fausse bonhomie, sa rondeur, son sourire un peu contraint et, traits tirés, le regard sournois, il attendait.

Maigret s'occupa encore dans la pièce en feignant de se désintéresser de lui, mit des dossiers en ordre, téléphona à son chef pour lui demander un renseignement qui n'avait aucun rapport avec l'affaire.

Enfin, se campant devant Van Damme, il prononça :

— Où, quand et comment avez-vous connu le suicidé de Brême, voyageant avec un passeport au nom de Louis Jeunet ?...

L'autre tressaillit à peine. Mais il leva la tête en un geste décidé, répliqua :

— À quel titre suis-je ici ?

— Vous refusez de répondre à ma question ?

Van Damme rit, d'un rire nouveau, ironique, méchant.

— Je connais les lois aussi bien que vous, commissaire. Ou bien vous m'inculpez et j'attends de voir le mandat d'arrêt, ou bien vous ne m'inculpez pas et rien ne m'oblige à vous répondre.

» Dans le premier cas, le code prévoit que je puis attendre, pour parler, d'être assisté d'un avocat.

Maigret ne se fâcha pas, ne parut même pas contrarié par cette attitude. Au contraire ! Il regarda son compagnon avec curiosité, avec peut-être une certaine satisfaction.

Grâce à l'incident de Luzancy, Joseph Van Damme avait été forcé d'abandonner ses attitudes artificielles. Non seulement celles qu'il prenait devant Maigret, mais celles qu'il prenait devant le monde et jusque devant lui-même !

Il ne restait à peu près rien de l'homme d'affaires joyeux et superficiel de Brême, allant des grandes tavernes à son bureau moderne et de son bureau dans les restaurants réputés. Rien de sa légèreté de commerçant heureux en affaires, abattant la besogne et accumulant l'argent avec une allègre énergie, un appétit de gros viveur !

Il n'y avait plus qu'un visage buriné, à la chair sans couleur, et on eût juré qu'en une heure des poches avaient eu le temps de se former sous les paupières !

N'est-ce pas qu'une heure avant Van Damme était encore un homme libre qui, s'il avait quelque chose sur la conscience, gardait l'assurance que lui donnaient sa réputation, son argent, sa patente et son habileté ?

Il avait lui-même marqué cette différence.

À Reims, il offrait tournée sur tournée. Il tendait à son compagnon des cigares de luxe. Il commandait et le patron s'affairait pour lui plaire, téléphonait au garage en recommandant d'envoyer la voiture la plus confortable.

Il était *quelqu'un* !

À Paris, il avait refusé de payer la course. Il parlait du code. On le sentait prêt à discuter, à se défendre pied à pied, âprement, comme on défend sa tête.

Et il était furieux contre lui-même ! Son exclamation, après le geste des bords de la Marne, le prouvait !

Il n'avait rien prémédité. Il ne connaissait pas le chauffeur. Au moment de la panne, même, il n'avait pas pensé tout de suite au parti à en tirer.

Seulement au bord de l'eau… Ces remous… Les arbres qui passaient comme de simples feuilles mortes… Sottement, sans réfléchir, il avait donné ce coup d'épaule…

Il rageait ! Il devinait que son compagnon avait attendu ce geste.

Sans doute comprenait-il même qu'il était perdu et il n'en était que plus décidé à se défendre en désespéré.

Il voulut allumer un nouveau cigare et Maigret le lui prit de la bouche, le lança dans la charbonnière, en profita pour enlever le chapeau que Van Damme avait gardé sur la tête.

— Je vous préviens que j'ai à faire… Si vous ne vous décidez pas à m'arrêter selon les formes prévues, je vous prie de bien vouloir me rendre la liberté… Dans le cas contraire, je serais forcé de porter plainte pour séquestration arbitraire…

» J'aime mieux vous dire que, pour ce qui est du bain que vous avez pris, je nierai énergiquement… Vous avez fait un faux pas dans la glaise détrempée du chemin de halage… Le chauffeur affirmera que je n'ai pas cherché à m'enfuir, ce que j'aurais fait si j'avais vraiment tenté de vous noyer…

» Quant au reste, j'attends toujours de savoir ce que vous avez à me reprocher… Je suis venu à Paris pour affaires… Je le prouverai… Je suis allé ensuite à Reims voir un vieux camarade aussi honorablement connu que moi-même…

» J'ai eu la naïveté, vous ayant rencontré à Brême, où les Français sont rares, de vous prendre en amitié, de vous offrir à manger et à boire et enfin de vous ramener à Paris en voiture…

» Vous avez montré, à mes amis et à moi, la photographie d'un homme que nous ne connaissons pas… Il s'est tué !… C'est matériellement prouvé… Aucune plainte n'a été déposée et par conséquent il n'y a pas d'action de justice régulière…

» C'est tout ce que j'ai à vous dire…

Maigret alluma sa pipe à l'aide d'un papier plié qu'il introduisit dans le poêle et laissa tomber :

— Vous êtes absolument libre…

Il ne put contenir un sourire, tant Van Damme fut décontenancé par cette trop facile victoire.

— Que voulez-vous dire ?

— Que vous êtes libre ! C'est tout ! J'ajoute que je suis prêt à vous rendre votre politesse et à vous offrir à dîner…

Il avait rarement été aussi gai. L'autre le regardait avec une stupeur teintée d'effroi, comme si chacune de ces paroles eût été lourde de menace déguisée. Il se leva, hésitant.

— Je suis libre de retourner à Brême ?…

— Pourquoi pas ? Vous venez de dire vous-même que vous ne vous êtes rendu coupable d'aucun délit…

Un instant, on put croire que Van Damme allait reprendre son assurance, sa gaieté, accepter peut-être l'invitation à dîner et expliquer son geste de Luzancy comme une maladresse, ou un coup de folie.

Mais le sourire de Maigret fit fondre cette velléité d'optimisme. Il saisit son chapeau, le mit sur sa tête d'un geste sec.

— Combien vous dois-je pour la voiture ?

— Rien du tout… Trop heureux de vous avoir rendu service…

Les lèvres de l'homme ne frémissaient-elles pas ? Il ne savait comment se retirer. Il cherchait quelque chose à dire. Il finit par hausser les épaules et se diriger vers la porte en grommelant, sans qu'on pût savoir au juste à qui ou à quoi ce mot s'appliquait :

— Idiot !…

Dans l'escalier, où le commissaire, accoudé à la rampe, le regardait disparaître, il répétait encore la même chose.

Le brigadier Lucas passait, des dossiers à la main, se dirigeant vers le bureau du chef.

— Vite !… Ton chapeau… Ton pardessus… Suis ce bonhomme-là jusqu'au bout du monde s'il le faut…

Et Maigret prit les dossiers des mains de son subordonné.


Le commissaire venait de remplir un certain nombre de demandes d'information surmontées chacune d'un nom, qui, transmises aux diverses brigades, lui reviendraient avec des renseignements détaillés sur les intéressés, à savoir : Maurice Belloir, sous-directeur de banque, rue de Vesle, à Reims, originaire de Liège ; Jef Lombard, photograveur à Liège ; Gaston Janin, sculpteur, rue Lepic, à Paris ; et Joseph Van Damme, commissionnaire en marchandises à Brême.

Il en était à la dernière fiche quand le garçon de bureau lui annonça qu'un homme demandait à être entendu au sujet du suicide de Louis Jeunet.

Il était tard. Les locaux de la Police Judiciaire étaient à peu près déserts. Dans le bureau voisin, pourtant, un inspecteur tapait un rapport à la machine.

— Faites entrer !…

Le personnage qu'on introduisit s'arrêta à la porte, l'air gauche ou anxieux, et peut-être regrettait-il déjà sa démarche.

— Entrez !… Asseyez-vous…

Maigret l'avait jaugé. Il était grand et maigre, avec des cheveux très blonds, un visage mal rasé, des vêtements usés qui n'étaient pas sans rappeler ceux de

Louis Jeunet. Un bouton manquait au pardessus, dont le col était gras, les revers poussiéreux.

À d'autres petits riens encore, à une certaine façon d'être, de s'asseoir, de regarder, le commissaire reconnaissait l'irrégulier qui, même s'il est en règle, ne peut surmonter son angoisse en face de la police.

— Vous venez à la suite de la publication du portrait par les journaux ?... Pourquoi ne vous êtes-vous pas présenté immédiatement ?... Il y a deux jours que la photographie a paru...

— Je ne lis pas les journaux... commença l'homme. C'est par hasard que ma femme en a rapporté un bout qui enveloppait ses commissions...

Maigret avait déjà été frappé quelque part par cette mobilité des traits, par ce frémissement continu des narines et surtout par ce regard inquiet, d'une inquiétude maladive.

— Vous connaissiez Louis Jeunet ?...

— Je ne sais pas... Le portrait est mauvais... Mais il me semble... Je crois que c'est mon frère...

Maigret poussa malgré lui un soupir de soulagement. Il lui sembla que, cette fois, tout le mystère allait s'éclaircir d'un seul coup. Et il alla se camper le dos au poêle, dans une pose qui lui était familière lorsqu'il était de bonne humeur.

— Dans ce cas, vous vous appelez Jeunet ?

— Non... Justement... C'est ce qui m'a fait hésiter à venir... C'est pourtant bien mon frère !... J'en suis sûr, maintenant que je vois une meilleure photo sur le bureau... Cette cicatrice, tenez !... Mais je ne comprends pas pourquoi il s'est tué, ni surtout pourquoi il a changé de nom...

— Quel est le vôtre ?...

— Armand Lecocq d'Arneville… J'ai apporté mes papiers…

Et cela encore, ce geste vers la poche pour y prendre un passeport crasseux, trahissait son irrégulier, habitué à être suspecté et à exhiber ses pièces d'identité.

— … d'Arneville avec une minuscule ?… en deux mots ?…

— Oui…

— Vous êtes né à Liège… poursuivit le commissaire en jetant un coup d'œil au passeport. Vous avez trente-cinq ans… Quelle est votre profession ?…

— Pour le moment, je suis garçon de bureau dans une usine d'Issy-les-Moulineaux… Nous habitons Grenelle, ma femme et moi…

— Vous êtes inscrit comme mécanicien…

— Je l'ai été… J'ai fait de tout…

— Même de la prison ! affirma Maigret en tournant les pages du livret. Vous êtes déserteur…

— Il y a eu amnistie… Je vais vous expliquer. Mon père avait de l'argent… Il dirigeait une affaire de pneus… Mais je n'avais que six ans quand il a abandonné ma mère, qui venait de donner le jour à mon frère Jean… Tout est venu de là !…

» Nous nous sommes installés dans un petit logement, rue de la Province, à Liège… Les premiers temps, mon père versait assez régulièrement une somme pour notre entretien…

» Il faisait la noce. Il avait des maîtresses… Une fois, quand il nous a apporté la mensualité, il y avait une femme dans l'auto qui attendait en bas…

» Il y a eu des scènes… Mon père a cessé de payer, ou bien il ne donnait que des acomptes… Ma mère a fait des ménages et peu à peu elle est devenue à moitié folle…

» Pas folle au point d'être internée… Mais elle abordait les gens pour leur raconter ses malheurs… Elle pleurait en marchant dans la rue…

» Je n'ai guère vu mon frère… Je courais avec les gamins du quartier… Dix fois on nous a conduits au commissariat de police… Puis j'ai été placé dans une quincaillerie…

» Je rentrais le moins possible à la maison, où ma mère pleurait toujours, attirait des vieilles femmes du voisinage pour se lamenter avec elles…

» À seize ans, je me suis engagé dans l'armée, en demandant d'être envoyé au Congo… Je n'y suis resté qu'un mois… Pendant huit jours, je me suis caché à Matadi, puis je me suis embarqué clandestinement à bord d'un paquebot qui rentrait en Europe…

» On m'a découvert… J'ai fait de la prison… Je me suis enfui et je suis venu en France, où j'ai exercé des tas de métiers…

» J'ai crevé de faim… J'ai couché aux Halles… Je n'ai pas toujours été bien reluisant, mais je vous jure que depuis quatre ans je suis sérieux…

» Même que je me suis marié !… Une ouvrière d'usine, qui continue à travailler, car je ne gagne pas lourd et il m'arrive de rester sans travail…

» Je n'ai jamais essayé de retourner en Belgique… Quelqu'un m'a dit que ma mère était morte dans un asile d'aliénés et que mon père vivait encore…

» Mais il n'a jamais voulu s'occuper de nous… Il a un second ménage…

Et l'homme eut un sourire oblique, comme pour s'excuser.

— Et votre frère ?...

— Ce n'est pas la même chose... Jean était sérieux... À l'école, il a obtenu une bourse et il a pu entrer au collège... Quand j'ai quitté la Belgique pour le Congo, il n'avait que treize ans et depuis je ne l'ai pas revu...

» J'ai eu quelquefois des nouvelles, car il m'arrive de rencontrer des Liégeois... Le collège fini, des gens se sont occupés de lui pour lui permettre de suivre les cours de l'Université...

» Il y a dix ans de cela... Par la suite, tous les compatriotes que j'ai vus m'ont dit qu'ils ne savaient rien de lui, qu'il avait dû gagner l'étranger, car on n'en entendait plus parler...

» Cela m'a porté un coup de voir la photographie, et surtout de penser qu'il était mort à Brême, sous un faux nom...

» Vous ne pouvez pas comprendre... Moi, je suis mal parti... J'ai raté... J'ai fait des bêtises...

» Mais, quand je me souviens de Jean, à treize ans... Il me ressemblait, avec quelque chose de plus calme, de plus sérieux... Il lisait déjà des vers... Il passait des nuits à étudier, tout seul, en s'éclairant de bouts de bougie qu'un sacristain lui donnait...

» J'étais sûr qu'il deviendrait quelque chose... Tenez ! tout gamin, il n'aurait pas couru les rues pour tout l'or du monde... Au point que les mauvais garçons du quartier se moquaient de lui !...

» Moi, j'avais toujours besoin d'argent et je n'hésitais pas à en réclamer à ma mère, qui se privait pour m'en donner... Elle nous adorait... À seize ans, on ne comprend pas... Mais je me rappelle maintenant d'un jour que j'ai été odieux, parce que j'avais promis à une gamine de la conduire au cinéma…

» Ma mère n'avait pas d'argent… Je pleurais, je menaçais… Une œuvre venait de lui fournir des médicaments et elle est allée les revendre…

» Vous comprenez ?… Et voilà que c'est Jean qui est mort, comme ça, là-bas, sous un autre nom !…

» J'ignore ce qu'il a fait… Je n'arrive pas à croire qu'il a suivi la même route que moi… Vous penseriez ainsi si vous l'aviez connu enfant…

» Est-ce que vous savez quelque chose ?…

Maigret rendit le passeport à son interlocuteur.

— Connaissez-vous, à Liège, des Belloir, des Van Damme, des Janin, des Lombard ? questionna-t-il.

— Un Belloir, oui… Le père était médecin, dans notre quartier… Le fils faisait des études… Mais c'étaient des gens « bien », qui ne me regardaient pas…

— Et les autres ?…

— J'ai déjà entendu le nom de Van Damme… Il me semble qu'il y avait, rue de la Cathédrale, une grande épicerie de ce nom… Mais c'est déjà si vieux !…

Et Armand Lecocq d'Arneville ajouta après une courte hésitation :

— Je pourrai voir le corps de Jean ?… On l'a ramené ?…

— Il arrivera à Paris demain…

— On est sûr qu'il s'est vraiment tué ?…

Maigret détourna la tête, gêné à l'idée qu'il en était plus que certain, qu'il avait assisté au drame, qu'il l'avait provoqué inconsciemment.

Son interlocuteur tortillait sa casquette, se balançait d'une jambe à l'autre, attendant qu'on lui donnât
congé. Et ses yeux enfoncés dans les orbites, ses prunelles pareilles à de gris confettis perdues dans les
paupières pâles rappelaient tellement les yeux
humbles et anxieux du voyageur de Neuschanz que
Maigret sentit dans sa poitrine un âcre pincement qui
ressemblait à un remords.

# 6

## *Les pendus*

Il était neuf heures du soir. Maigret était chez lui, boulevard Richard-Lenoir, sans faux-col, sans veston, et sa femme était occupée à coudre, quand Lucas entra, secoua ses épaules détrempées par la pluie qui tombait à seaux.

— L'homme est parti, dit-il. Comme je ne savais pas si je devais le suivre à l'étranger...

— Liège ?...

— C'est cela ! Vous êtes déjà au courant ? Il avait ses bagages à l'*Hôtel du Louvre.* Il y a dîné, s'est changé et a pris le rapide de 8 h 19 pour Liège... Billet simple de première classe... Il a acheté toute une pile de journaux illustrés à la bibliothèque de la gare...

— À croire qu'il le fait exprès de se jeter dans mes jambes ! grommela le commissaire. À Brême, alors que j'ignore même son existence, c'est lui qui se présente à la morgue, m'invite à déjeuner, s'accroche à moi... J'arrive à Paris : il y est quelques heures plus tôt ou plus tard... Probablement plus tôt, car il a voyagé en avion... Je me rends à Reims et il s'y trouve avant moi... Il y a une heure, j'ai décidé d'aller

demain à Liège et l'y voilà dès ce soir !... Le plus fort,
c'est qu'il sait parfaitement que je vais arriver et que
sa présence là-bas est presque une charge contre
lui !...

Et Lucas, qui ne connaissait rien de l'affaire, de
supposer :

— Il veut peut-être attirer les soupçons sur lui
pour sauver quelqu'un d'autre ?...

— Il s'agit d'un crime ? questionna paisiblement
Mme Maigret sans cesser de coudre.

Mais son mari se leva en soupirant, regarda le fauteuil où il était si bien installé un instant auparavant.

— À quelle heure y a-t-il encore un train pour la
Belgique ?

— Il n'y a plus que le train de nuit, à 21 h 30. Il
arrive à Liège vers six heures du matin...

— Veux-tu préparer ma valise ? dit le commissaire
à sa femme. Un verre de quelque chose, Lucas ?...
Sers-toi !... Tu connais l'armoire... Je viens de recevoir de la prunelle que ma belle-sœur fait elle-même,
en Alsace... C'est la bouteille à long col...

Il s'habilla, tira de la valise de fibre jaune le
complet *B* et le mit, bien enveloppé, dans son sac de
voyage. Une demi-heure plus tard, il sortait en
compagnie de Lucas qui questionnait, tandis que tous
deux attendaient un taxi :

— Quelle est cette affaire ?... Je n'en ai pas
entendu parler dans la maison...

— Et moi, je n'en sais pas beaucoup plus ! affirma
le commissaire. Un drôle de gosse est mort, devant
moi, bêtement, et il y a autour de ce geste-là un sacré
grouillement que j'essaie de démêler... Je fonce là-
dedans comme un sanglier et cela ne m'étonnerait pas

si je finissais par me faire taper sur les doigts… Voici une voiture… Je te dépose en ville ?…

Il était huit heures du matin quand il quitta l'*Hôtel du Chemin de Fer*, en face de la gare des Guillemins, à Liège. Il avait pris un bain, s'était rasé, et il portait sous le bras un paquet qui contenait, non le complet *B* tout entier, mais le veston.

Il trouva la rue Haute-Sauvenière, une rue en pente, très animée, où il s'informa du tailleur Morcel. C'était une maison mal éclairée où un homme en bras de chemise saisit le veston, le tourna et le retourna longtemps entre ses mains tout en posant des questions.

— C'est un très vieux vêtement ! affirma-t-il après réflexion. Il est déchiré. On ne peut plus rien en tirer…

— Il ne vous rappelle rien ?

— Rien du tout… Le col est mal coupé… C'est de l'imitation de drap anglais, fabriquée à Verviers…

Et l'homme commençait à bavarder.

— Vous êtes français ?… Ce veston appartient à quelqu'un que vous connaissez ?…

Maigret soupira, reprit l'objet tandis que son interlocuteur parlait toujours et finissait par où il eût dû commencer :

— Vous comprenez ! moi, je ne suis installé ici que depuis six mois… Si j'avais fait ce costume-là, on n'aurait pas eu le temps de l'user…

— Et M. Morcel ?

— À Robermont !

— C'est loin d'ici ?

Le tailleur rit, ravi de la méprise, expliqua :

— Robermont, c'est le cimetière… M. Morcel est mort au début de l'année et c'est moi qui ai repris l'affaire…

Maigret se retrouva dans la rue, avec son paquet sous le bras. Il gagna la rue Hors-Château, une des plus anciennes de la ville, où, au fond d'une cour, une plaque en zinc portait la mention : *Photogravure Centrale – Jef Lombard – Travaux rapides en tous genres.*

Les fenêtres, dans le style du Vieux-Liège, étaient à petits carreaux. Au milieu de la cour aux petits pavés inégaux se dressait une fontaine sculptée aux armes d'un grand seigneur de jadis.

Le commissaire sonna. Il entendit des pas qui descendaient du premier étage et une vieille femme entrouvrit l'huis, désigna une porte vitrée.

— Vous n'avez qu'à la pousser. L'atelier est tout au fond du corridor.

Une longue pièce, éclairée par une verrière, où deux hommes en blouse bleue circulaient parmi des plaques de zinc, des baquets pleins d'acides, tandis que le sol était jonché d'épreuves des clichés, de papiers maculés d'encre grasse.

Des affiches tapissaient les murs. On y avait collé aussi des couvertures de journaux illustrés.

— M. Lombard ?…

— Il est au bureau, avec un monsieur… Passez par ici… Attention de ne pas vous salir !… Vous tournerez à gauche… C'est la première porte…

Ces bâtiments avaient dû être construits morceau par morceau. On montait et on descendait des marches. Des portes s'ouvraient sur des pièces abandonnées.

C'était à la fois archaïque et d'une étrange bonhomie, qui se retrouvait d'ailleurs chez la vieille qui
avait la première accueilli Maigret et chez les ouvriers.

Arrivé dans un couloir mal éclairé, le commissaire
entendit des éclats de voix, crut reconnaître le timbre
de Joseph Van Damme, essaya de comprendre. Mais
c'était trop confus. Il fit encore quelques pas et alors
les voix se turent. Une tête passa par l'entrebâillement
d'une porte, celle de Jef Lombard.

— C'est pour moi ? cria-t-il sans reconnaître le
visiteur dans la pénombre.

Le bureau était une pièce plus petite que les autres,
meublée d'une table, de deux chaises et de rayonnages pleins de clichés. Sur la table en désordre, on
voyait des factures, des prospectus, des lettres à en-
tête de diverses maisons de commerce.

Van Damme était là, assis sur un coin du bureau,
et, après un vague signe de tête à l'adresse de Maigret, il resta immobile, regardant droit devant lui d'un
air renfrogné.

Jef Lombard était en tenue de travail, les mains
sales, de petites taches noirâtres sur la figure.

— Vous désirez ?…

Il débarrassait une chaise encombrée de papiers, la
poussait vers le visiteur, cherchait le bout de cigarette
qu'il avait posé sur un rayon dont le bois commençait
à brûler.

— Un simple renseignement, dit le commissaire
sans s'asseoir. Je m'excuse de vous déranger. Je voudrais savoir si vous avez connu, voilà quelques années,
un certain Jean Lecocq d'Arneville…

Il y eut nettement comme un déclic. Van Damme
tressaillit, mais évita de se tourner vers Maigret.

Quant au photograveur, il se baissa d'un geste brusque pour ramasser un papier froissé qui traînait par terre.

— J'ai… je crois que j'ai déjà entendu ce nom-là… murmura-t-il. C'est… c'est un Liégeois, n'est-ce pas ?…

Il était pâle. Il changea une pile de clichés de place.

— Je ne sais pas ce qu'il est devenu… Il… il y a si longtemps !…

— Jef !… Vite, Jef !…

C'était une voix de femme, dans le dédale des corridors. Une femme qui courait, essoufflée, et qui s'arrêta devant la porte ouverte, si émue que ses jambes tremblaient et qu'elle s'épongeait du coin de son tablier. Maigret reconnut la vieille qui l'avait reçu.

— Jef !…

Et lui, pâle d'émotion, les yeux brillants :

— Eh bien ?…

— Une fille !… Vite !…

Il regarda autour de lui, balbutia quelque chose d'indistinct et s'élança dehors en courant.


Les deux hommes restèrent seuls et Van Damme, tirant un cigare de sa poche, l'alluma lentement, écrasa l'allumette du pied. Il avait les traits durs, comme à la Préfecture, le même pli des lèvres, le même mouvement des mâchoires.

Mais le commissaire feignit de ne pas s'apercevoir de sa présence et, les mains dans les poches, la pipe aux dents, commença à faire le tour du bureau en examinant les murs.

C'est à peine si, de-ci de-là, quelques centimètres de la tapisserie étaient encore visibles car, partout où il n'y avait pas de rayons, des dessins, des eaux-fortes, des peintures étaient appliqués.

Les peintures n'étaient pas encadrées. C'étaient de simples toiles sur châssis, des paysages assez malhabiles où l'herbe et le feuillage des arbres étaient du même vert épais.

Quelques caricatures, signées *Jef*, parfois rehaussées d'aquarelle, parfois découpées dans un journal local.

Mais ce qui frappait Maigret, c'était l'abondance de dessins d'un autre genre, qui étaient des variations sur un même thème. Les papiers étaient jaunis. Quelques dates permettaient de situer à une dizaine d'années en arrière l'époque où ces croquis avaient été exécutés.

Ils étaient d'une autre facture, infiniment plus romantique, qui n'était pas sans rappeler la manière de Gustave Doré imitée par un débutant.

Un premier dessin à la plume représentait un pendu qui se balançait à une potence sur laquelle un énorme corbeau était perché. Et la pendaison était le leitmotiv d'une vingtaine d'œuvres au moins, au crayon, à la plume, à l'eau-forte.

L'orée d'une forêt, avec un pendu à chaque branche d'arbre... Ailleurs, le clocher d'une église et, aux deux bras de la croix, sous le coq, un corps humain qui se balançait...

Il y avait des pendus de toutes sortes. Certains étaient vêtus à la mode du XVIᵉ siècle et formaient comme une Cour des Miracles où tout le monde se balançait à quelques pieds au-dessus de terre...

Il y avait un pendu loufoque, en haut-de-forme, en habit, la canne à la main, dont la potence était un bec de gaz…

Au-dessous d'un autre croquis, quelques lignes : quatre vers de la *Ballade des Pendus*, de Villon.

Des dates. Toujours la même époque ! Tous ces dessins macabres, faits dix ans plus tôt, voisinaient maintenant avec des croquis à légende pour journaux amusants, avec des dessins d'almanach, des paysages des Ardennes et des affiches publicitaires.

Le thème du clocher revenait, lui aussi. Et l'église tout entière ! Vue de face, de profil, d'en bas… Le portail, tout seul… Les gargouilles… Le parvis, avec ses six marches que la perspective rendait immenses…

La même église ! Et, pendant que Maigret allait d'un mur à l'autre, il sentait que Van Damme s'agitait, mal à l'aise, tourmenté peut-être par la même tentation qu'à l'écluse de Luzancy.

Un quart d'heure s'écoula ainsi et Jef Lombard revint, les prunelles humides, en se passant la main sur le front que couvrait une mèche de cheveux.

— Vous m'excuserez… dit-il. Ma femme vient d'accoucher… Une fille…

Il y avait une pointe d'orgueil dans sa voix mais, tandis qu'il parlait, son regard allait avec angoisse de Maigret à Van Damme.

— C'est le troisième enfant… Et pourtant je suis aussi bouleversé que la première fois !… Vous avez vu ma belle-mère, qui en a eu onze et qui est en train de sangloter de joie… Elle est allée crier la bonne nouvelle aux ouvriers… Elle voulait les emmener voir la petite…

Son regard suivit le regard de Maigret, fixé sur les deux pendus du clocher, et il devint plus nerveux, il murmura avec une gêne visible :

— Des péchés de jeunesse… C'est très mauvais… Mais je croyais alors que je deviendrais un grand artiste…

— C'est une église de Liège ?…

Jef ne répondit pas tout de suite. Il dit enfin, comme à regret :

— Elle n'existe plus, depuis sept ans… On l'a abattue pour construire une église neuve… Elle n'était pas belle… Elle n'avait même aucun style… Mais elle était très vieille, avec quelque chose de mystérieux dans toutes ses lignes, dans les ruelles qui l'entouraient et qui ont été rasées depuis…

— Comment s'appelait-elle ?

— L'église Saint-Pholien… La nouvelle, qui se dresse à sa place, porte le même nom…

Joseph Van Damme s'agitait comme si tous ses nerfs lui eussent fait mal. Une agitation intérieure, qui ne se trahissait que par des mouvements à peine perceptibles, par une irrégularité dans la respiration, un frémissement des doigts, un balancement de la jambe appuyée au bureau.

— Vous étiez marié à cette époque ? questionna Maigret.

Lombard rit.

— J'avais dix-neuf ans !… Je suivais les cours de l'Académie… Tenez !…

Et il désigna, avec un regard nostalgique, un portrait raté, aux teintes mornes, où on le reconnaissait néanmoins, grâce à l'irrégularité caractéristique de ses traits. Ses cheveux lui tombaient sur la nuque. Il portait une tunique noire, boutonnée jusqu'au cou, sur laquelle une lavallière s'étalait.

Le tableau était d'un romantisme échevelé et il n'y manquait même pas la tête de mort traditionnelle dans le fond.

— Si vous m'aviez dit alors que je deviendrais photograveur !… ironisa Jef Lombard.

Il semblait aussi gêné par la présence de Van Damme que par celle de Maigret. Mais il ne savait évidemment pas comment leur donner congé.

Un ouvrier vint lui demander un renseignement au sujet d'un cliché qui n'était pas prêt.

— Qu'on revienne après midi !…

— Il paraît que c'est trop tard !

— Tant pis ! Dis-leur que j'ai une fille…

C'était un mélange trouble de joie, de nervosité, peut-être d'angoisse que trahissaient ses yeux, ses gestes, la pâleur de son teint piqueté de petites taches d'acide.

— Si vous voulez me permettre de vous offrir quelque chose ?… Nous irons à la maison…

Ils marchèrent tous trois le long des corridors enchevêtrés, franchirent la porte que la vieille avait ouverte auparavant à Maigret.

Il y avait des carreaux bleus dans le couloir. Et il régnait comme une odeur de propreté, avec, pourtant, des fadeurs imprécises, peut-être des moiteurs de chambre de malade.

— Les deux gosses sont chez mon beau-frère… Par ici…

Il ouvrit la porte de la salle à manger où les petites vitres des fenêtres ne laissaient filtrer qu'un jour avare. Les meubles étaient sombres, avec des reflets sur les cuivres posés un peu partout.

Au mur, un grand portrait de femme, signé *Jef*, plein de maladresses, mais trahissant une application évidente à idéaliser le modèle.

Maigret comprit que c'était sa femme, chercha ailleurs et, comme il s'y attendait, retrouva des pendus. Les meilleurs ! Ceux qu'on avait jugés dignes d'être encadrés !

— Vous prendrez bien un verre de genièvre ?

Le commissaire sentait peser sur lui le regard farouche de Joseph Van Damme, que chaque détail de cette entrevue avait l'air d'outrer.

— Vous disiez tout à l'heure que vous avez connu Jean Lecocq d'Arneville...

On entendait des pas à l'étage supérieur, où devait être la chambre de l'accouchée.

— Un vague camarade !... répondit distraitement Jef Lombard, l'oreille tendue à un léger vagissement.

Et, levant son verre :

— À la santé de ma petite !... Et de ma femme !...

Il détourna la tête, brusquement, vida son verre d'un trait, alla chercher quelque chose d'inexistant dans le buffet pour cacher son trouble ; mais le commissaire n'en entendit pas moins le sourd déclic d'un sanglot étouffé.

— Il faut que je monte là-haut... Pardonnez-moi... Un jour comme aujourd'hui...


Van Damme et Maigret ne s'étaient pas adressé la parole. Tandis qu'ils traversaient la cour, frôlaient la fontaine, le commissaire observait son compagnon avec ironie, se demandant ce qu'il allait faire.

Mais, une fois dans la rue, Van Damme se contenta de toucher le bord de son chapeau et de s'éloigner à grands pas vers la droite.

À Liège, les taxis sont rares. Maigret, faute de connaître les lignes de tramway, rentra à pied à l'*Hôtel du Chemin de Fer*, déjeuna, se renseigna sur les journaux locaux.

À deux heures, il pénétrait dans l'immeuble du journal *La Meuse* au moment précis où Joseph Van Damme en sortait. Les deux hommes passèrent à un mètre l'un de l'autre sans se saluer et le commissaire grommela à part lui :

— Il continue à me précéder !…

Il s'adressa à un huissier, demanda à consulter les collections du journal, dut remplir une fiche et attendre l'autorisation d'un administrateur.

Certains détails l'avaient frappé : Armand Lecocq d'Arneville avait appris que son frère avait quitté Liège à l'époque, à peu près, où Jef Lombard dessinait des pendus avec une obstination maladive.

Et le complet *B*, que le vagabond de Neuschanz et de Brême transportait dans la valise jaune, était très vieux – au moins six ans, disait l'expert allemand – peut-être dix !

Au surplus, la présence de Joseph Van Damme à *La Meuse* ne suffisait-elle pas à renseigner le commissaire ?

On l'introduisit dans une pièce au parquet ciré comme une patinoire, aux meubles somptueux, solennels, et l'huissier à chaîne d'argent questionna :

— La collection de quelle année désirez-vous
consulter ?

Maigret avait déjà repéré les énormes cartonnages
contenant chacun les journaux d'une année et rangés
tout autour de la pièce.

— Je trouverai seul… dit-il.

Cela sentait l'encaustique, le vieux papier et le luxe
officiel. Sur la table tendue de moleskine, il y avait des
lutrins destinés à recevoir les encombrants volumes.
Tout était si propre, si net, si austère que le commissaire osa à peine tirer sa pipe de sa poche.

Quelques instants plus tard, il feuilletait, jour par
jour, les journaux de « l'année des pendus ».

Des milliers de titres défilaient devant ses yeux.
Certains rappelaient des événements mondiaux.
D'autres avaient trait à des faits locaux : l'incendie
d'un grand magasin (une page entière pendant trois
jours), la démission d'un échevin, l'augmentation du
prix des tramways.

Soudain, des déchirures, au ras de la reliure. Un
journal – celui du 15 février – avait été arraché.

Maigret se précipita dans l'antichambre, ramena
l'huissier.

— Quelqu'un est venu avant moi, n'est-ce pas ?…
C'est bien cette collection qu'il a demandée ?…

— Oui… Il n'est resté que cinq minutes ici…

— Vous êtes de Liège ?… Vous vous souvenez de
ce qui peut s'être passé à cette date ?…

— Attendez… Dix ans… C'est l'année de la mort
de ma belle-sœur… J'y suis !… Il y avait les grandes
inondations !… Même qu'on a dû attendre huit jours
pour l'enterrement, parce qu'on ne circulait plus
qu'en barque dans les rues proches de la Meuse…

D'ailleurs, lisez les articles… *Le roi et la reine visitent les sinistrés…* Il y a des photos… Tiens ! Il manque un numéro !… C'est extraordinaire… Il faudra que je le signale au directeur…

Maigret se pencha pour ramasser sur le parquet un fragment de papier journal qui était tombé quand Joseph Van Damme, sans nul doute, arrachait les pages correspondant au 15 février.

# 7

## *Les trois*

Il existe à Liège quatre journaux quotidiens. Maigret mit deux heures à faire le tour des rédactions et, comme il s'y attendait, il trouva partout un numéro qui manquait à la collection : celui du 15 février.

La vie de la ville battait son plein dans un quadrilatère de rues qu'on appelle le Carré, où se trouvent les magasins de luxe, les grandes brasseries, les cinémas et les dancings.

C'est là que tout le monde se rencontre et, trois fois pour le moins, le commissaire aperçut Joseph Van Damme qui se promenait, la canne à la main.

Quand il rentra à l'*Hôtel du Chemin de Fer*, deux messages l'attendaient. Un télégramme de Lucas, d'abord, qu'au moment de partir il avait chargé de certaines besognes.

*Cendres trouvées dans poêle chambre Louis Jeunet, rue Roquette, examinées par expert. Stop. Reconnu restes billets de banque belges et français. Stop. Quantité fait supposer forte somme.*

L'autre message était une lettre, apportée à l'hôtel par un commissionnaire. Elle était tapée à la machine, sur du papier sans marque dont les dactylos se servent pour les copies. Elle disait :

*Monsieur le commissaire,*

*J'ai l'honneur de vous faire savoir que je suis disposé à vous donner tous éclaircissements utiles à l'enquête que vous avez entreprise.*

*Pour certaines raisons, je suis tenu à la prudence et je vous serais obligé, si ma proposition vous intéresse, de vous trouver ce soir, vers onze heures, au Café de la Bourse, situé derrière le théâtre Royal.*

*Dans cette attente, je vous prie d'agréer, monsieur le commissaire, les assurances de mes sentiments les plus distingués.*

Pas de signature. Par contre, des formules assez inattendues, par leur banalité commerciale même, dans un billet de cette sorte : *j'ai l'honneur de vous faire savoir... je vous serais obligé... si ma proposition vous intéresse... dans cette attente... assurances de mes sentiments les plus distingués...*

Maigret dîna tout seul à une table et s'aperçut que, presque à son insu, le cours de ses préoccupations avait changé. Il pensait moins à Jean Lecocq d'Arneville, dit Louis Jeunet, qui s'était tué à Brême, dans une chambre d'hôtel.

Mais il était hanté par les œuvres de Jef Lombard, par ces pendus accrochés partout, à la croix d'une église, aux arbres d'un bois, au clou d'une mansarde, pendus grotesques ou sinistres, cramoisis ou livides, en costume de toutes les époques.

À dix heures et demie, il se mit en route vers le théâtre Royal et il était onze heures moins cinq quand il poussa la porte du *Café de la Bourse*, un petit café tranquille, fréquenté par des habitués et surtout par des joueurs de cartes.

Une surprise l'attendait. Dans un coin, près du comptoir, trois hommes étaient attablés : Maurice Belloir, Jef Lombard et Joseph Van Damme.

Il y eut un moment d'hésitation de part et d'autre pendant que le garçon aidait le commissaire à se débarrasser de son pardessus. Belloir, machinalement, se leva à demi pour saluer. Van Damme ne bougea pas. Lombard, dont le visage était d'une nervosité inouïe, s'agita sur sa chaise en attendant que ses compagnons prissent une attitude.

Est-ce que Maigret allait s'approcher d'eux, leur tendre la main, s'installer à leur table ? Il les connaissait. Il avait déjeuné avec l'homme d'affaires de Brême. Belloir lui avait offert un verre de fine, chez lui, à Reims… Et Jef l'avait reçu le matin même…

— Bonsoir, messieurs…

Il serra les mains avec la vigueur qu'il mettait toujours dans ce geste et qui, à certains moments, prenait un sens menaçant.

— Quel hasard de vous rencontrer à nouveau !

Il y avait une place libre sur la banquette, à côté de Van Damme, et il s'y laissa tomber, dit au garçon :

— Un demi blonde !

Puis ce fut le silence, un silence épais, contraint. Van Damme regardait fixement devant lui, les mâchoires serrées. Jef Lombard s'agitait toujours comme si des vêtements trop étroits l'eussent gêné aux entournures. Belloir, correct et froid, contemplait ses ongles, passait un bout d'allumette sous celui de l'index où une poussière s'était glissée.

— Mme Lombard va bien ?…

Jef regarda autour de lui, comme pour trouver un point d'appui, balbutia en fixant le poêle :

— Très bien… Merci…

Il y avait une horloge au-dessus du comptoir et Maigret compta cinq minutes pleines sans qu'une parole fût prononcée. Van Damme avait laissé éteindre son cigare et il était le seul à permettre à ses traits d'exprimer une haine non déguisée.

Jef était le plus intéressant à observer. Les événements de la journée avaient sans doute contribué à lui mettre les nerfs à nu. Et il n'y avait pas un muscle de son visage, si infime fût-il, qui ne tressaillît.

La table des quatre hommes était une véritable oasis de silence dans le café où tout le monde parlait à voix haute.

— Et re-belote ! triomphait quelqu'un à droite.

— Tierce haute ! prononçait avec hésitation un bonhomme de gauche. C'est bon ?…

— Trois demis ! Trois !… criait le garçon.

Et tout vivait, vibrait, sauf la table des quatre, qu'un mur invisible semblait peu à peu entourer.

Ce fut Jef qui rompit le charme. Il venait de se mordre la lèvre inférieure et il se leva soudain en bégayant :

— Tant pis !…

On le vit regarder ses compagnons, d'un regard bref, aigu, douloureux, décrocher son manteau et son chapeau et gagner la porte qu'il ouvrit brutalement.

— Je parie qu'il va éclater en sanglots, à peine seul dans la rue, prononça rêveusement Maigret.

Il l'avait senti, ce sanglot de rage, de désespoir, qui montait le long de la gorge du photograveur et faisait vibrer la pomme d'Adam.

Il se tourna vers Van Damme qui contemplait le marbre de la table, avala la moitié de son demi et s'essuya les lèvres du revers de la main.

C'était, en dix fois plus concentré, l'atmosphère de la maison de Reims, où Maigret avait déjà imposé sa présence aux mêmes personnages. Et toute la masse du commissaire contribuait à donner à cette présence forcée une signification menaçante.

Il était grand et large, large surtout, épais, solide, et ses vêtements sans recherche soulignaient ce qu'il y avait de plébéien dans sa structure. Un visage lourd, où les yeux étaient capables de garder une immobilité bovine.

Il ressemblait ainsi à certains personnages des cauchemars d'enfants, à ces figures monstrueusement grossies et sans expression qui avancent vers le dormeur comme pour l'écraser.

Quelque chose d'implacable, d'inhumain, évoquant un pachyderme en marche vers un but dont rien ne le détournera.

Il buvait, fumait sa pipe, regardait avec satisfaction l'aiguille de l'horloge qui avançait d'une saccade à chaque minute, avec un déclic métallique. Une horloge blême !

Il ne paraissait s'occuper de personne et pourtant il guettait les moindres manifestations de vie à sa droite et à sa gauche.

Ce fut une des heures les plus extraordinaires de sa carrière. Car cela dura près d'une heure ! Cinquante-deux minutes exactement ! Une lutte de nerfs !

Jef Lombard avait été mis hors combat dès le début. Mais les deux autres tenaient bon.

Il était là, entre eux, comme un juge, mais un juge qui n'accusait pas et dont on ne pouvait deviner la pensée. Que savait-il ? Pourquoi était-il venu ? Qu'espérait-il ? Attendait-il un mot, un geste qui vînt préciser ses soupçons ? Avait-il déjà découvert toute la vérité ou son assurance n'était-elle qu'un bluff ?

Et quels mots prononcer ? Parler encore de hasard, d'une rencontre fortuite ?

C'était le silence. On attendait sans même pressentir ce qu'on attendait. On attendait quelque chose et il ne se passait rien !

L'aiguille de l'horloge frémissait à chaque minute. Il y avait un léger grincement du mécanisme. Au début, on ne l'avait pas entendu. Maintenant, c'était un vacarme. Et même, le mouvement se décomposait en trois temps : un premier déclic ; l'aiguille qui se mettait en marche ; puis un déclic encore, comme pour la fixer à sa nouvelle place. Et la figure de l'horloge changeait, l'angle obtus devenait peu à peu un angle aigu. Les deux aiguilles allaient se rejoindre.

Le garçon lançait des regards étonnés à cette table lugubre. Maurice Belloir, de temps en temps, avalait sa salive et Maigret n'avait pas besoin de le voir pour en avoir la certitude. Il l'entendait vivre, respirer, se crisper, bouger parfois les semelles avec précaution, comme dans une chapelle.

Les clients se raréfiaient. Les tapis rouges et les cartes disparaissaient des tables qui montraient leur marbre blafard. Le garçon sortit pour tirer les volets, tandis que la patronne rangeait les jetons par petites piles, selon leur valeur.

— Vous restez ?… questionna enfin Belloir d'une voix dont on reconnut à peine le timbre.

— Et vous ?…

— Je… je ne sais pas…

Alors Van Damme frappa la table avec une pièce de monnaie, demanda au garçon :

— Combien ?…

— La tournée ?… Neuf francs septante-cinq…

Ils étaient debout tous les trois, évitant de se regarder, et le garçon de café les aidait tour à tour à s'habiller.

— Bonsoir, messieurs…

Dehors, il y avait du brouillard et c'est à peine si on distinguait la lueur des réverbères. Tous les volets étaient clos. Quelque part, assez loin, des pas réson-naient sur le trottoir.

Il y eut une hésitation sur la direction à suivre. Aucun des trois hommes ne prenait la responsabilité de diriger la marche. Derrière eux, on fermait à clef la porte du café et on posait les barres de sûreté.

À gauche, s'amorçait une ruelle bordée de vieilles maisons aux façades irrégulièrement alignées.

— Eh bien, messieurs, prononça enfin Maigret, il ne me reste qu'à vous souhaiter une bonne nuit…

La main de Belloir, qu'il serra la première, était froide, nerveuse. Celle que Van Damme lui tendit à regret était moite et molle.

Le commissaire releva le col de son pardessus, toussota et se mit à marcher, tout seul, le long de la rue déserte. Et ses facultés étaient tendues vers un seul objet : percevoir le moindre bruit, le plus léger frémissement de l'air qui l'avertirait du danger.

Sa main droite, dans sa poche, étreignait la crosse d'un revolver. Il lui sembla que, dans le réseau des ruelles qui s'étendait à sa gauche, enclavé dans le centre de Liège comme un îlot lépreux, des gens marchaient à pas précipités en essayant de ne pas faire de bruit.

Il devina le murmure d'une conversation à voix basse, très loin ou très près, il n'eût pu le dire, à cause du brouillard qui déroutait ses sens.

Et brusquement il se jeta de côté, se colla contre une porte tandis qu'une détonation sèche éclatait, que quelqu'un, dans la nuit, courait à toutes jambes.

Maigret avança alors de quelques pas, plongea le regard dans la ruelle d'où on avait tiré, ne vit rien, que des taches plus sombres où débouchaient sans doute des impasses et tout au bout, à deux cents mètres, le globe en verre dépoli qui servait d'enseigne à un marchand de pommes frites.

Quelques instants plus tard, il passait devant cette boutique d'où une fille sortait avec un cornet de papier qui contenait des frites dorées. Elle lui lança une invitation, sans conviction, se dirigea vers une rue plus éclairée.

Maigret écrivait paisiblement, en écrasant la plume sur le papier de son index énorme, et de temps en temps il tassait la cendre chaude dans sa pipe.

Il était installé dans sa chambre de l'*Hôtel du Chemin de Fer* et l'horloge lumineuse de la gare, qu'il apercevait par la fenêtre, marquait deux heures du matin.

*Mon vieux Lucas,*

*Comme on ne sait pas ce qui peut arriver, je te donne ci-joint quelques indications qui te permettront, le cas échéant, de poursuivre l'enquête que j'ai commencée.*

*1. – La semaine dernière, à Bruxelles, un homme mal vêtu, aux allures de vagabond, fait un paquet de trente billets de mille francs et les expédie à sa propre adresse, rue de la Roquette, à Paris. L'enquête démontrera qu'il s'est adressé souvent des sommes aussi fortes dont il ne se servait pas. La preuve en est qu'on retrouve dans sa chambre les cendres de nombreux billets de banque brûlés volontairement.*

*Il vit sous le nom de Louis Jeunet, travaille à peu près régulièrement dans un atelier de la même rue.*

*Il a été marié (voir Mme Jeunet, herboriste, rue Picpus) et a un enfant. Mais il a quitté femme et enfant dans des circonstances troublantes, après des crises aiguës d'alcoolisme.*

*À Bruxelles, l'argent expédié, il achète une valise pour y mettre des effets qu'il possède dans une chambre d'hôtel. Cette valise, alors qu'il est en route pour Brême, je la remplace par une autre.*

*Et Jeunet*, qui ne semble pas avoir pensé auparavant au suicide et qui s'est muni de quoi dîner, *se tue en s'apercevant que ses effets lui ont été dérobés.*

*Il s'agit d'un vieux complet qui ne lui appartient pas et qui, des années plus tôt, a été déchiré comme au cours d'une lutte et inondé de sang. Le complet* a été confectionné à Liège.

*À Brême, un homme vient voir le cadavre et c'est un nommé Joseph Van Damme, commissionnaire en marchandises*, né à Liège.

*À Paris, j'apprends que Louis Jeunet est en réalité Jean Lecocq d'Arneville*, né à Liège, *dont on n'a plus de nouvelles depuis longtemps. Il a fait des études jusqu'à l'université incluse. À Liège, d'où il a disparu voilà environ dix ans, on n'a rien à lui reprocher.*

*2. – À Reims, on a vu Jean Lecocq d'Arneville, avant son départ pour Bruxelles, pénétrer de nuit chez Maurice Belloir, sous-directeur de banque*, né à Liège, *qui nie cette rencontre.*

Mais les trente mille francs expédiés de Bruxelles proviennent de ce même Belloir.

*Chez lui, je rencontre : Van Damme, arrivé par avion de Brême, Jef Lombard, photograveur* à Liège, *et Gaston Janin né, lui aussi,* dans cette ville.

*Comme je rentre à Paris en compagnie de Van Damme, il tente de me pousser dans la Marne.*

*Et je le retrouve* à Liège, *chez Jef Lombard. Celui-ci, voilà dix ans environ, s'adonnait à la peinture et les murs de sa demeure sont couverts de dessins de cette époque représentant des pendus.*

*Dans les journaux, où je me rends, les numéros du 15 février de l'année des pendus ont été arrachés par Van Damme.*

*Le soir, une lettre non signée me promet des révélations complètes et me donne rendez-vous dans un café de la ville. J'y trouve, non un homme, mais trois : Belloir (arrivé de Reims), Van Damme et Jef Lombard.*

*Ils m'accueillent avec gêne. J'ai la conviction que c'est un des trois qui était décidé à parler. Les autres semblent n'être là que pour l'en empêcher.*

*Jef Lombard, crispé, s'en va brusquement. Je reste avec les deux autres. Je les quitte dehors, passé minuit, dans le brouillard, et une balle est tirée vers moi quelques instants plus tard.*

*Je conclus que l'un des trois a voulu parler et que, d'autre part, un des trois encore a tenté de me supprimer.*

*Et il est évident que, ce dernier geste constituant un aveu, son auteur n'a que la ressource de recommencer et de ne pas me rater.*

*Mais qui est-ce ? Belloir, Van Damme, Jef Lombard ?*

*Je le saurai quand il recommencera. Comme un accident peut arriver, je t'adresse à tout hasard ces notes qui te permettront de reprendre l'enquête à son début.*

*Pour la partie morale de l'affaire, voir en particulier Mme Jeunet et Armand Lecocq d'Arneville, frère du mort.*

*Maintenant, je vais me coucher. Mes amitiés à tout le monde là-bas.*

*Maigret.*

Le brouillard s'était dissipé, laissant sur les arbres et sur chaque brin d'herbe du square d'Avroy, que Maigret traversait, des perles de gelée blanche.

Dans le ciel bleu pâle luisait un soleil frileux et le givre, de minute en minute, se transformait en gouttelettes d'eau qui tombaient, limpides, sur le gravier.

Il était huit heures du matin quand le commissaire arpenta le Carré encore désert où les panneaux réclame des cinémas étaient appuyés aux volets clos.

Maigret s'arrêta devant une borne poste, y laissa tomber sa lettre au brigadier Lucas et regarda autour de lui avec une pointe d'émotion.

Dans la même ville, dans ces rues ruisselantes de soleil blond, un homme, à la même heure, pensait à lui, et cet homme n'avait d'autre chance de salut que de le tuer. Il avait sur le commissaire l'avantage de connaître le terrain, comme il l'avait prouvé la nuit en s'enfonçant dans des ruelles inextricables.

Et il connaissait Maigret aussi, peut-être même le voyait-il à cet instant, tandis que le commissaire ignorait son identité.

Était-ce Jef Lombard ? Le danger était-il dans la vieille maison de la rue Hors-Château où une accouchée dormait au premier étage, veillée par une brave femme de maman, tandis que des ouvriers nonchalants allaient d'un bac d'acide à l'autre, houspillés par les cyclistes des journaux ?

Joseph Van Damme, sombre et farouche, audacieux, intrigant, ne guettait-il pas le commissaire dans un endroit *où il savait qu'il finirait par venir* ?

Car celui-là, depuis Brême, avait tout prévu ! Trois lignes dans les journaux allemands et il était accouru à la morgue ! Un déjeuner avec Maigret et il était arrivé à Reims avant le policier !

Et il se trouvait le premier rue Hors-Château ! Il précédait l'enquêteur dans les rédactions de journaux !

Il était au *Café de la Bourse*, enfin !

Il est vrai que rien ne prouvait que ce n'était pas lui qui était décidé à parler. Rien ne prouvait le contraire !

C'était peut-être Belloir, froid, correct, avec sa morgue de grand bourgeois de province, qui avait tiré, dans le brouillard. C'était peut-être lui qui n'avait plus que la ressource d'achever Maigret !

Ou Gaston Janin, le petit sculpteur à barbiche ! Il n'était pas au *Café de la Bourse*, mais il pouvait être à l'affût dans la rue !

Quel rapport tout cela avait-il avec un pendu se balançant à la croix d'une église ? Avec des pendus multiples ? Avec des forêts dont les arbres ne portaient comme fruits que des pendus ? Avec un vieux complet taché de sang et éraillé aux revers par des ongles exacerbés ?...

Des dactylos allaient à leur travail. Une balayeuse municipale roulait au ralenti, avec son double arrosoir mécanique et son balai en forme de rouleau qui repoussait les détritus dans le ruisseau.

Au coin des rues, les sergents de ville montraient leur casque d'émail blanc et dirigeaient la circulation de leurs bras gainés de ripolin.

— Le commissariat central ? s'informa Maigret.

On lui montra le chemin. Il y arriva alors que les femmes de ménage étaient encore occupées au nettoyage, mais un secrétaire jovial reçut son collègue et, quand celui-ci demanda à voir des procès-verbaux vieux de dix ans, en précisant que c'était le mois de février qui l'intéressait, s'écria :

— Vous êtes le deuxième en vingt-quatre heures !... Il s'agit de savoir si une nommée Joséphine Bollant a bien commis un vol domestique à cette époque, n'est-ce pas ?...

— Quelqu'un est venu ?...

— Hier, vers cinq heures de l'après-midi... Un Liégeois qui a fait joliment son chemin à l'étranger, bien qu'il soit encore tout jeune !... Son père était médecin... Quant à lui, il a une belle affaire, en Allemagne...

— Joseph Van Damme ?

— C'est cela !… Mais il a eu beau fouiller le dossier, il n'a pas trouvé ce qu'il cherchait…

— Voulez-vous me le montrer ?

C'était un classeur vert, où les rapports journaliers étaient reliés, portant chacun un numéro d'ordre. À la date du 15 février, il y avait cinq procès-verbaux : deux pour ivresse et tapage nocturne, un pour vol à l'étalage, un pour coups et blessures, et un dernier pour bris de clôture et vol de lapins.

Maigret ne les lut même pas. Il regardait les numéros inscrits en tête des feuilles.

— M. Van Damme a compulsé le livre lui-même ? questionna-t-il.

— Oui… Il s'est installé dans le bureau voisin…

— Je vous remercie !

Les cinq procès-verbaux étaient numérotés : 237, 238, 239, 241 et 242.

Autrement dit, il en manquait un, qui avait été arraché, comme les journaux avaient été arrachés des collections : le 240.

Maigret se retrouva quelques minutes plus tard sur la place située derrière l'Hôtel de Ville, où des voitures amenaient une noce. Et, malgré lui, il tendait l'oreille au moindre bruit, en proie à une petite angoisse qu'il n'aimait pas.

# 8

## *Le petit Klein*

Ce fut de justesse ! Il était neuf heures. Les
employés arrivaient à l'Hôtel de Ville, traversaient la
cour d'honneur, s'arrêtaient un moment pour se
serrer la main sur un bel escalier de pierre au-dessus
duquel un concierge à casquette galonnée, à barbe
soignée, fumait sa pipe.

C'était une pipe d'écume, Maigret nota le détail,
sans savoir pourquoi, peut-être parce que le soleil
matinal y mettait un reflet, qu'elle était déjà culottée
et qu'un instant le commissaire envia l'homme qui
fumait à petites bouffées voluptueuses et qui était là
comme un symbole de la paix et de la joie de vivre.

Car, ce matin-là, l'air était vibrant, le devenait
davantage à mesure que le soleil montait dans le ciel.
Et il y avait une cacophonie savoureuse, des cris en
patois wallon, la sonnerie aigre des tramways jaune et
rouge, le quadruple jet d'une fontaine monumentale
surmontée du perron liégeois qui tentait de dominer
la rumeur du marché proche.

Or, le long de l'escalier à deux ailes, Maigret vit
passer Joseph Van Damme, qui s'engouffra dans la
salle des Pas Perdus.

Le commissaire s'élança derrière lui. À l'intérieur, les escaliers continuaient à être à deux volées qui se rejoignaient à chaque étage. Sur un palier, les deux hommes se trouvèrent face à face, haletants d'avoir couru, s'efforçant de paraître naturels à un huissier à chaîne d'argent.

Ce fut bref, aigu. Une question de précision, de quart de seconde.

Le temps de monter l'escalier et Maigret avait pensé que Van Damme ne venait là, comme il s'était rendu dans les journaux et au commissariat central, que pour faire disparaître quelque chose. Un des procès-verbaux du 15 février avait déjà été déchiré.

Mais, comme c'est l'habitude dans la plupart des villes, la police ne transmettait-elle pas chaque matin au bourgmestre un double des rapports journaliers ?

— Je voudrais voir le secrétaire communal, prononça Maigret, qui était à deux mètres de Van Damme. C'est urgent…

Leurs regards se croisèrent. Ils hésitèrent à se saluer, ne le firent pas, et l'homme d'affaires de Brême, que l'huissier interrogeait à son tour, se contentait de murmurer :

— Rien… Je reviendrai…

Il s'en alla. On entendit le bruit de ses pas décroître dans la salle des Pas Perdus. Un peu plus tard, Maigret était introduit dans un bureau somptueux où le secrétaire, raidi par sa jaquette et un faux-col trop haut, s'affaira pour retrouver les rapports journaliers vieux de dix ans.

L'air était tiède, les tapis moelleux. Un rayon de soleil faisait luire la crosse d'un évêque sur un tableau historique qui occupait tout un pan de mur.

Après une demi-heure de recherches et de poli-
tesses, Maigret retrouvait la mention du vol de lapins,
du procès-verbal pour ivrognerie, du vol à l'étalage.
Et, entre deux faits divers, les lignes suivantes :

*L'agent Lagasse, de la 6ᵉ division, se rendait ce matin
à six heures au pont des Arches pour y prendre sa faction quand, en passant devant le portail de l'église
Saint-Pholien, il aperçut un corps qui était suspendu au
marteau de la porte.*

*Un médecin mandé d'urgence ne put que constater la
mort de l'individu, un nommé Émile Klein, né à
Angleur, 20 ans, peintre en bâtiment, domicilié rue du
Pot-au-Noir.*

*Klein s'est pendu, vraisemblablement vers le milieu
de la nuit, à l'aide d'une corde de store. Dans ses
poches, on n'a retrouvé que des objets sans valeur et de
la menue monnaie.*

*L'enquête a établi que, depuis trois mois, il avait
cessé tout travail régulier et le dénuement semble lui
avoir inspiré son geste.*

*Sa mère, la veuve Klein, qui habite Angleur et vit
d'une modeste pension, a été prévenue.*

Des heures fiévreuses suivirent. Maigret fonça lourdement dans cette voie nouvelle. Et pourtant, sans
trop s'en rendre compte, il cherchait moins des renseignements sur ce Klein qu'une rencontre avec Van
Damme.

Car alors seulement, quand il reverrait l'homme
d'affaires devant lui, il approcherait de la vérité. Cela
n'avait-il pas commencé à Brême ? Et depuis lors, à

chaque point qu'il marquait, le commissaire ne se heurtait-il pas à Van Damme ?

Celui-ci l'avait vu à l'Hôtel de Ville, savait qu'il avait lu le rapport, qu'il était sur la piste Klein.

À Angleur, rien ! Le commissaire avait pris un taxi, qui s'était enfoncé dans une région industrielle où des petites maisons ouvrières, pareilles les unes aux autres, d'un même gris de suie, formaient des rues pauvres au pied des cheminées d'usines.

Une femme lavait le seuil d'une de ces maisons, celle où avait habité Mme Klein.

— Voilà au moins cinq ans qu'elle est morte…

La silhouette de Van Damme ne rôdait pas par là.

— Son fils ne vivait pas avec elle ?

— Non ! Et il a mal fini… Il s'est détruit, à la porte d'une église…

C'était tout. Maigret apprit seulement que le père Klein était porion dans un charbonnage et qu'après sa mort sa femme vivait d'une petite pension, n'occupant qu'une chambre-mansarde dans la maison qu'elle sous-louait.

— À la 6ᵉ Division de police, commanda-t-il au chauffeur.

L'agent Lagasse, lui, vivait toujours. Mais il se souvenait à peine.

— Il avait plu toute la nuit… Il était détrempé et ses cheveux roux lui collaient à la figure…

— Il était grand ?… petit ?…

— Plutôt petit…

Alors le commissaire s'adressa à la gendarmerie, passa près d'une heure dans des bureaux qui sentaient le cuir et la sueur de cheval.

— S'il avait vingt ans à cette époque, il a dû passer au conseil de révision… Vous dites Klein, avec un K ?…

On retrouva la feuille 13, dans le dossier des réformés. Maigret copia des chiffres : *taille* 1,55 m, *tour de poitrine*, 0,80 m… Et la mention *faiblesse des poumons*.

Mais Van Damme ne se montrait toujours pas. Il fallait chercher ailleurs. Le seul résultat des courses de la matinée était la certitude que jamais le complet *B* n'avait appartenu au pendu de Saint-Pholien, qui n'était qu'un avorton.

Klein s'était suicidé. Il n'y avait pas eu lutte, pas une goutte de sang versée.

Alors, quel rapport avec la valise du vagabond de Brême et le geste de Lecocq d'Arneville, alias Louis Jeunet ?

— Déposez-moi ici… Et dites-moi où se trouve la rue du Pot-au-Noir…

— Derrière l'église… Celle qui débouche sur le quai Sainte-Barbe…

Arrivé en face de Saint-Pholien, Maigret avait payé son taxi. Et maintenant il regardait l'église neuve qui se dressait au milieu d'un vaste terre-plein.

À droite et à gauche s'ouvraient des boulevards bordés d'immeubles qui avaient à peu près le même âge que l'église. Mais, derrière celle-ci, subsistait un vieux quartier dans lequel on avait taillé pour dégager le temple.

À la vitrine d'une papeterie, Maigret trouva des cartes postales qui représentaient l'ancienne église, plus basse, plus trapue, et toute noire. Une aile était étayée par des madriers. De trois côtés, des maisons basses, sordides, s'adossaient aux murs et donnaient à l'ensemble un aspect moyenâgeux.

De cette Cour des Miracles, il ne restait maintenant qu'un bloc irrégulier, percé de ruelles et d'impasses, où régnait une écœurante odeur de pauvreté.

La rue du Pot-au-Noir n'avait pas deux mètres de large et un ruisseau d'eau savonneuse courait en son milieu, des gosses jouaient sur des seuils derrière lesquels grouillait de la vie.

C'était sombre, malgré le soleil qui brillait au ciel mais dont la lumière ne pénétrait pas dans le boyau. Un tonnelier cerclait des barriques dans la rue même, où il avait allumé un brasero.

Les numéros des maisons étaient effacés. Le commissaire dut se renseigner. Quand il demanda le 7, on lui désigna une impasse d'où sortaient des bruits de scie et de rabot.

Tout au fond, il y avait un atelier, quelques bancs de menuisier, trois hommes qui travaillaient, toutes portes ouvertes, de la colle qui fondait sur un poêle.

L'un des hommes leva la tête, déposa un bout de cigarette éteinte, attendit que le visiteur parlât.

— C'est bien ici qu'habitait un nommé Klein ?

L'homme regarda ses compagnons d'un air entendu, montra du doigt une porte, un escalier noir, grommela :

— Là-haut !… Il y a déjà quelqu'un !…

— Un nouveau locataire ?…

Un drôle de sourire, que le commissaire ne comprit que plus tard, fut la réponse.

— Allez voir… Au premier… Vous ne vous tromperez pas : il n'y a que cette porte-là…

Un ouvrier rit silencieusement en maniant sa var-
lope. Maigret s'engagea dans l'escalier, où l'obscurité
était totale. Après quelques marches, la rampe
manquait.

Il frotta une allumette, vit au-dessus de lui une
porte sans serrure ni bouton, qu'on devait fixer à
l'aide d'une ficelle nouée à un clou rouillé.

La main dans la poche où était son revolver, il
poussa le battant, d'un coup de genou, fut ébloui par
la lumière qui ruisselait d'une verrière dont un tiers
des carreaux étaient cassés.

Le spectacle était si inattendu que Maigret fut un
instant à regarder autour de lui sans pouvoir distin-
guer les détails. Enfin, dans un coin, il aperçut une silhouette, un homme appuyé au mur, qui braquait sur
lui un regard farouche : c'était Joseph Van Damme.

— Nous devions aboutir ici, n'est-ce pas ?... prononça le commissaire.

Et sa voix, qui tomba dans une atmosphère trop
crue, trop vide, eut des résonances surprenantes.

Van Damme ne répondit rien, resta immobile, à le
fixer hargneusement.


Pour comprendre l'architecture des lieux, il aurait
fallu savoir de quelle construction, couvent, caserne
ou hôtel de maître, ces murs avaient jadis fait partie.

Aucun n'était d'équerre. Et, si la moitié du sol était
formée par un plancher, une autre moitié était pavée
de dalles inégales, comme dans une vieille chapelle.

Les murs étaient crépis à la chaux, sauf un rectangle de briques brunes qui devait boucher une
ancienne fenêtre. Par la verrière, on apercevait un

pignon, une gouttière, et encore des toits inégaux à l'arrière-plan, du côté de la Meuse.

Mais c'était le moins inattendu. Le plus étrange, c'était l'aménagement du local, d'une incohérence qui frisait le cabanon, ou la grosse farce.

Par terre, en désordre, des chaises neuves, inachevées, une porte couchée de tout son long, avec un panneau réparé, des pots à colle forte, des scies cassées et des caisses laissant échapper de la paille ou des copeaux.

Par contre, dans un angle, il y avait une sorte de divan, un ressort de lit plutôt, en partie recouvert d'un morceau d'indienne. Et, juste au-dessus, pendait une lanterne biscornue, aux verres de couleur, comme on en découvre parfois chez les brocanteurs.

On avait jeté sur le divan les pièces détachées d'un squelette incomplet, pareil à ceux dont se servent les étudiants en médecine. Les côtes et le bassin tenaient encore par des agrafes, se penchaient en avant, dans ce mouvement particulier aux poupées de chiffon.

Il y avait encore les murs ! Les murs blancs qui avaient été recouverts de dessins, voire de peinture à la fresque !

Et cela formait le plus saugrenu des désordres : des personnages grimaçaient ; on lisait des inscriptions dans ce genre : *Vive Satan, grand-père du monde !*

Par terre, une bible au dos cassé ! Ailleurs, des croquis chiffonnés, des papiers jaunis, couverts d'une épaisse couche de poussière.

Une inscription encore, au-dessus de la porte : *Bienvenue aux damnés !*

Et, au milieu de ce capharnaüm, les chaises non achevées qui sentaient l'atelier de menuiserie, les pots de colle, les planches de sapin brut ! Un poêle était renversé, rouge de rouille !

Joseph Van Damme enfin, dans son pardessus bien coupé, le visage soigné, les souliers impeccables, Van Damme qui restait malgré tout l'homme des grandes brasseries de Brême, du bureau moderne dans un building, des dîners fins, des verres de vieil armagnac…

… Van Damme qui conduisait sa voiture en saluant les notabilités, en expliquant que le passant en pelisse était riche à millions, qu'un autre possédait trente cargos sur les mers, et qui, un peu plus tard, dans la musique légère, dans les bruits de verres et de soucoupes, allait serrer les mains de tous ces magnats dont il se sentait devenir l'égal…

… Van Damme qui, soudain, avait l'air d'une bête traquée, qui ne bougeait pas, toujours adossé au mur dont le plâtre blanchissait son épaule, une main dans la poche de son pardessus, le regard lourdement accroché à Maigret.

— Combien ?…

Est-ce qu'il avait vraiment parlé ? Est-ce que, dans cette atmosphère invraisemblable, le commissaire n'était pas le jouet d'une illusion ?

Il tressaillit, renversa une chaise sans fond qui déchaîna un vacarme.

Van Damme était cramoisi. Et pourtant il avait perdu son air de santé. Il y avait de la panique, ou du désespoir, en même temps que de la rage, et la volonté de vivre, de triompher coûte que coûte, dans sa physionomie hypertendue, dans son regard où il concentrait ses dernières forces de résistance.

— Que voulez-vous dire ?

Et Maigret s'approcha du tas de croquis froissés qu'on avait balayés dans un coin, sous la verrière. Avant de percevoir la réponse, il eut le temps d'étaler des études de nu : une fille aux traits vulgaires, aux cheveux en désordre, qui avait un corps vigoureux, bien taillé, des seins gonflés, des hanches larges.

— Il est encore temps, prononçait cependant Van Damme. Cinquante mille ?... Cent ?...

Le commissaire le regarda curieusement et l'autre, avec une fièvre mal contenue, lança :

— Deux cent mille !...

La peur palpitait dans l'air, entre les murs irréguliers du taudis. Et elle avait quelque chose d'âcre, de malsain, de morbide.

Peut-être y avait-il autre chose que de la peur : une tentation refoulée, un vertige de meurtre...

Maigret, pourtant, continuait à dépouiller les vieux papiers, à retrouver, dans d'autres attitudes, la même fille plantureuse qui, pendant la pose, devait regarder devant elle d'un air buté.

Une fois, l'artiste avait essayé de la draper dans le morceau d'indienne qui recouvrait le divan... Une autre fois, il l'avait représentée avec des bas noirs...

Derrière elle, il y avait une tête de mort, qui gisait maintenant au pied du sommier. Et Maigret se souvint d'avoir vu la tête macabre sur un portrait de Jef Lombard.

Une liaison s'ébauchait, encore confuse, entre les gens, entre les événements, à travers l'espace et le temps. Le commissaire étala, d'un geste un peu fébrile, un nouveau croquis au fusain qui représentait un jeune homme aux longs cheveux, au col de chemise échancré sur la poitrine, au menton orné d'une barbe naissante.

Lui aussi avait une pose romantique. Sa tête était posée de trois quarts et il semblait regarder l'avenir comme un aigle fixe le soleil.

C'était Jean Lecocq d'Arneville, le suicidé du sordide hôtel de Brême, le vagabond qui n'avait pas mangé ses petits pains aux saucisses.

— Deux cent mille francs !…

Et la voix ajouta, trahissant malgré tout l'homme d'affaires qui pense aux moindres détails, aux fluctuations du change :

— … francs français !… Écoutez, commissaire…

Maigret sentait que la menace allait succéder à la prière, que l'effroi qui vibrait dans la voix ne tarderait pas à se muer en un râle de rage !

— … Il est encore temps… Il n'y a pas d'action officielle engagée… Nous sommes en Belgique…

Il restait un bout de bougie dans la lanterne et, sous les papiers amoncelés sur le plancher, le commissaire découvrit un vieux réchaud à pétrole.

— Vous n'êtes pas en mission officielle… Et même… Je vous demande un mois…

— *Si bien que cela s'est passé en décembre…*

Son interlocuteur eut l'air de se coller davantage au mur, bégaya :

— Que voulez-vous dire ?…

— Nous sommes en novembre… En février, il y aura dix ans que Klein s'est pendu… Et vous ne me demandez qu'un mois…

— Je ne comprends pas…

— Si !…

Et c'était affolant de voir Maigret continuer à remuer les vieux papiers de la main gauche – et ces papiers crissaient en se froissant ! – tandis que sa main droite restait enfoncée dans la poche de son pardessus.

— Vous avez très bien compris, Van Damme ! S'il s'agissait de la mort de Klein et si, par exemple, il avait été assassiné, il n'y aurait prescription qu'en février, soit dix ans après… Et vous ne me demandez qu'un mois. Donc c'est en décembre que *cela* s'est passé…

— Vous ne découvrirez rien…

La voix tremblait, comme un phonographe déréglé.

— Alors, pourquoi avez-vous peur ?

Et il souleva le ressort de lit sous lequel il n'y avait que de la poussière et une croûte de pain moisi, verdâtre, à peine identifiable.

— Deux cent mille francs… On pourrait s'arranger pour que, par la suite…

— Vous voulez recevoir ma main sur la figure ?

Ce fut si brutal, si inattendu, que Van Damme, un instant, perdit contenance, eut un geste pour se protéger et, dans ce geste, sortit sans le vouloir le revolver que serrait la main enfouie dans sa poche.

Il s'en aperçut, fut repris, quelques secondes, par le vertige, hésita sans doute à tirer.

— Lâchez ça !…

Les doigts s'ouvrirent. Le revolver tomba sur le plancher, près d'un tas de copeaux.

Et Maigret tourna le dos à l'ennemi, continua à fureter dans l'ahurissant amas de choses hétéroclites.

Ce fut une chaussette qu'il ramassa, jaunâtre, mar-
brée, elle aussi, de moisissure.

— Dites donc, Van Damme…

Il se retourna, parce qu'il flairait quelque chose
d'anormal dans le silence. Il vit l'homme se passer la
main sur les joues où ses doigts laissèrent un sillon
mouillé.

— Vous pleurez ?…

— Moi ?…

Ce *moi* était agressif, sardonique, désespéré.

— Dans quelle arme avez-vous servi ?…

L'autre ne comprit pas. Il était prêt à se jeter sur
n'importe quel semblant d'espoir.

— J'étais à l'E.S.L.R… L'École des sous-lieute-
nants de réserve, à Beverloo…

— Fantassin ?…

— Cavalier…

— Autrement dit, vous mesuriez alors entre un
mètre soixante-cinq et un mètre soixante-dix… Et
vous ne pesiez pas soixante-dix kilos… C'est depuis
lors que vous avez pris de l'embonpoint…

Maigret repoussa une chaise qu'il avait heurtée,
ramassa encore un bout de papier, fragment d'une
lettre, vraisemblablement, qui ne portait plus qu'une
ligne : *Ma chère vieille branche…*

Mais il ne cessait d'observer Van Damme, qui
essayait de comprendre et qui, devinant soudain,
s'écria, bouleversé, le visage défait :

— Ce n'est pas moi !… Je jure que je n'ai jamais
porté ce costume-là !…

Du pied, Maigret envoya le revolver de son compagnon rouler à l'autre bout de la pièce.

Pourquoi, à cet instant, refit-il le compte des enfants ? Un gamin chez Belloir ! Trois gosses rue Hors-Château où la dernière-née n'avait pas encore les yeux ouverts ! Et le fils du faux Louis Jeunet !

Par terre, on voyait la belle fille nue cambrer les reins sur une sanguine qui n'était pas signée.

On entendait des pas hésitants dans l'escalier. Une main frôla la porte, cherchant la ficelle qui servait de loquet.

9

*Les Compagnons de l'Apocalypse*


Dans les scènes qui suivirent, tout porta, les mots, les silences, les regards et jusqu'aux frémissements involontaires des muscles. Tout fut lourd de sens et on devinait derrière les personnages quelque chose de livide, la silhouette immatérielle de la peur.

La porte s'ouvrait. Maurice Belloir paraissait et son premier coup d'œil allait à Van Damme, collé au mur, dans un coin, puis au revolver qui gisait sur le sol.

C'était assez pour comprendre. Surtout lorsqu'on voyait ensuite Maigret qui, paisible, la pipe aux dents, fouillait toujours parmi les vieux croquis.

— Lombard arrive !… lança Belloir sans qu'on pût savoir s'il s'adressait au commissaire ou à son compagnon. J'ai pris une voiture…

Et, rien que par ces mots, Maigret devina que le sous-directeur de banque venait d'abandonner la partie. C'était à peine sensible. Les traits moins tendus. Une intonation lasse, honteuse dans la voix.

Ils étaient trois à se regarder. Joseph Van Damme commença :

— Qu'est-ce qu'il… ?

— Il est comme fou… J'ai tenté de le calmer… Mais il m'a échappé… Il est parti en parlant tout seul, en gesticulant…

— Armé ? questionna Maigret.

— Armé…

Et Maurice Belloir tendait l'oreille, avec ce visage douloureux des gens trop bouleversés qui essaient en vain de se maîtriser.

— Vous étiez tous les deux rue Hors-Château ?… Vous attendiez le résultat de mon entrevue avec…

Du doigt, il désigna Van Damme, tandis que Belloir avouait d'un signe de tête.

— Et vous étiez d'accord tous les trois pour me proposer… ?

Il n'y avait pas besoin d'achever les phrases. On comprenait tout à demi-mot. On comprenait même les silences, on avait l'impression de s'entendre penser.

Soudain il y eut des pas précipités dans l'escalier. Quelqu'un buta, dut s'étaler, poussa un grognement de rage. L'instant d'après la porte était ouverte d'un coup de pied et le chambranle encadrait Jef Lombard qui resta un moment immobile, à regarder les trois hommes de ses prunelles effrayantes de fixité.

Il tremblait. Il était en proie à la fièvre, peut-être à une sorte de démence.

Tout devait danser devant ses yeux, la silhouette de Belloir qui s'écartait de lui, le visage congestionné de Van Damme, Maigret enfin, avec ses larges épaules, qui ne faisait pas un mouvement, retenait son souffle.

Et par-dessus le marché tout ce bric-à-brac ahurissant, les dessins étalés, la fille nue dont on ne voyait que les seins et le menton, la lanterne et le divan défoncé…

Ce n'est que par fractions de secondes que la scène pouvait se mesurer. Au bout de son long bras, Jef tenait un revolver à barillet.

Maigret l'observait, calmement. Mais un soupir n'en gonfla pas moins sa poitrine quand Jef Lombard lança l'arme sur le sol, se prit la tête à deux mains, éclata en sanglots rauques et gémit :

— Je ne peux pas !… Je ne peux pas !… Entendez-vous ?… Je ne peux pas, n… de D… !

Et il s'appuya les deux bras au mur, tandis qu'on voyait ses épaules tressauter, qu'on l'entendait renifler.

Le commissaire alla fermer la porte, car les bruits de la scie et du rabot arrivaient jusque-là ainsi qu'un lointain piaillement de gosses.


Jef Lombard s'essuya le visage de son mouchoir, rejeta ses cheveux en arrière, regarda autour de lui de ces yeux vides que l'on a après les crises nerveuses.

Il n'était pas tout à fait calmé. Ses doigts se crispaient. Ses narines palpitaient. Au moment où il essaya de parler, il dut se mordre la lèvre, parce qu'un nouveau sanglot naissait.

— … Pour en arriver là !… articula-t-il alors d'une voix que l'ironie rendait mate, mordante.

Il voulut rire, d'un rire désespéré.

— Neuf ans !… Presque dix !… Je suis resté tout seul, sans un sou, sans métier…

Il parlait pour lui-même et sans doute ne se rendait-il pas compte qu'il fixait durement l'étude de nu à la chair crue.

— Dix ans d'efforts quotidiens, de déboires, de difficultés de toutes sortes !... Et pourtant j'ai pris une femme... J'ai voulu des gosses... Je me suis acharné, comme une bête, à leur donner une vie propre... Une maison !... Et l'atelier !... Et tout !... Vous avez vu... Mais ce que vous n'avez pas vu, c'est l'effort pour bâtir tout ça... Et les écœurements... Les traites qui, au début, m'empêchaient de dormir...

Il avala sa salive, se passa la main sur le front. Sa pomme d'Adam montait et descendait.

— Et voilà !... Je viens d'avoir une petite fille... Je me demande si je l'ai seulement regardée !... Ma femme, qui est couchée, ne comprend pas, m'épie avec épouvante parce qu'elle ne me reconnaît plus... Les ouvriers me questionnent et je ne sais pas ce que je leur réponds...

» Fini !... En quelques jours, brusquement !... Sapé, détruit, cassé, réduit en miettes !... Tout !... Le travail de dix ans !...

» Et cela parce que...

Il serra les poings, regarda l'arme qui était par terre, puis Maigret. Il était à bout.

— Finissons-en ! soupira-t-il avec un geste las. Qui est-ce qui va parler ?... C'est tellement bête !...

Et ces mots avaient l'air de s'adresser à la tête de mort, au tas de vieux croquis, aux dessins échevelés des murs.

— Tellement bête !... répéta-t-il.

On aurait pu croire qu'il allait à nouveau pleurer. Mais non ! Il était vide de nerfs. La crise était passée.

Il alla s'asseoir au bord du divan, mit ses coudes sur ses genoux pointus, son menton dans ses mains, et resta ainsi, à attendre.

Il ne bougea que pour gratter, à coups d'ongle, une tache de boue au bas de son pantalon.

— Je ne vous dérange pas ?...

La voix était joyeuse. Le menuisier entra, couvert de sciure de bois, regarda d'abord les murs ornés de dessins et éclata de rire.

— Alors, vous êtes revenu voir tout ça ?...

Personne ne bougeait. Belloir était seul à essayer de prendre un air naturel.

— Vous vous rappelez que vous me devez encore les vingt francs du dernier mois ?... Oh ! ce n'est pas pour vous les réclamer... Cela me fait rire, parce que, quand vous êtes partis en laissant toutes ces vieilleries, je me souviens que vous avez déclaré :

» — Peut-être bien qu'un jour un seul de ces croquis vaudra autant que la bicoque tout entière...

» Je ne le croyais pas... Mais quand même, j'ai hésité à badigeonner les murs... Un jour, j'ai amené un encadreur qui vend des tableaux et il a emporté deux ou trois dessins... Il m'en a donné cent sous... Vous faites toujours de la peinture ?...

Il devinait enfin qu'il y avait quelque chose d'anormal. Joseph Van Damme regardait obstinément le plancher. Belloir faisait claquer ses doigts d'impatience.

— N'est-ce pas vous qui êtes établi rue Hors-Château ? demanda encore le menuisier à Jef. J'ai un neveu qui a travaillé chez vous... Un grand blond...

— Peut-être… soupira Lombard en détournant la tête.

— Vous, je ne vous reconnais pas… Vous étiez de la bande ?…

C'était à Maigret maintenant que le propriétaire adressait la parole.

— Non…

— De drôles de lascars !… Ma femme ne voulait pas que je loue, puis elle m'a conseillé de les mettre dehors, surtout qu'ils ne payaient pas souvent… Mais ça m'amusait… C'était à qui porterait le plus grand chapeau, fumerait la plus longue pipe en terre… Et ils passaient des nuits à chanter des chœurs et à boire !… Il venait parfois de jolies filles… À propos, monsieur Lombard… celle-là, qui est par terre, savez-vous ce qu'elle est devenue ?…

» Elle a épousé un inspecteur du Grand Bazar et elle habite à deux cents mètres d'ici… Elle a un fils qui est à l'école avec le mien…

Lombard se leva, marcha vers la baie vitrée, revint sur ses pas, si agité que l'homme se décida à battre en retraite.

— Je vous dérange peut-être ?… Je vais vous laisser… Et, vous savez, s'il y a là-dedans des choses qui vous intéressent… Il est bien entendu que je n'ai jamais eu l'idée de les garder à cause des vingt francs… Je n'ai pris qu'un paysage, pour ma salle à manger…

Sur le palier, il allait peut-être entreprendre un nouveau discours. Mais on l'appela d'en bas.

— Quelqu'un pour vous, patron !…

— À tout à l'heure, messieurs… Cela m'a fait plaisir de…

La voix faiblit, car la porte était refermée. Maigret, pendant qu'il parlait, avait allumé une pipe. Le bavardage du menuisier avait amené malgré tout une certaine détente. Et quand le commissaire prit la parole en désignant une inscription qui entourait, sur le mur, le plus abscons des dessins, Maurice Belloir répondit d'une voix presque naturelle.

L'inscription était : *les Compagnons de l'Apocalypse.*

— C'était le nom de votre groupe ?...

— Oui... Je vais vous expliquer... Il est trop tard, n'est-ce pas ?... Tant pis pour nos femmes, nos enfants...

Mais Jef Lombard intervint :

— Je veux parler... Laisse-moi...

Et il se mit à marcher de long en large dans la pièce, cueillant du regard, à certains moments, tel ou tel objet, comme pour illustrer son récit.

— Il y a un peu plus de dix ans... Je suivais les cours de l'Académie de peinture... Je portais un grand chapeau, une lavallière... Il y en avait deux autres avec moi... Gaston Janin, qui était à la sculpture, puis le petit Klein... Nous étions très fiers de nous promener au Carré... Nous étions des artistes, n'est-ce pas ?... Chacun se croyait au moins l'avenir d'un Rembrandt...

» C'est venu stupidement... Nous lisions beaucoup, surtout des auteurs de l'époque romantique... Nous nous emballions... Pendant huit jours, nous ne jurions que par tel écrivain... Puis nous le reniions pour en adopter un autre...

» Le petit Klein, dont la mère habitait Angleur, a loué cet atelier où nous sommes et nous avons pris l'habitude de nous y réunir… L'atmosphère, surtout les soirs d'hiver, nous impressionnait par ce qu'elle avait de moyenâgeux… Nous chantions de vieux airs, nous récitions du Villon…

» Je ne sais plus qui a découvert l'Apocalypse et s'est obstiné à nous en lire des chapitres entiers…

» Un soir, on a fait la connaissance de quelques étudiants : Belloir, Lecocq d'Arneville, Van Damme et un certain Mortier, un juif dont le père possède non loin d'ici une affaire de boyaux de porc et de tripes…

» On a bu… On les a ramenés dans l'atelier… Le plus âgé n'avait pas vingt-deux ans…

» C'était toi, Van Damme, n'est-ce pas ?…

Cela lui faisait du bien de parler. Son pas devenait moins saccadé, sa voix moins rauque mais, à la suite de sa crise de larmes, le visage restait marbré de rouge, les lèvres gonflées.

— Je crois que l'idée est venue de moi… Fonder une société, un groupe !… J'avais lu des récits sur les sociétés secrètes qui existaient au siècle dernier dans les universités allemandes. Un club qui réunirait l'Art à la Science !…

Il ne put s'empêcher de ricaner en regardant les murs.

— Car nous avions plein la bouche de ces mots-là !… Ils nous gonflaient d'orgueil… D'une part, les trois rapins que nous étions, Klein, Janin et moi… C'était l'Art !… D'autre part, les étudiants… On a bu… Car on buvait beaucoup !… On buvait pour s'exalter davantage… On dosait l'éclairage, afin de rendre l'atmosphère mystérieuse…

» Nous nous couchions ici, tenez… Les uns sur le divan, les autres par terre… On fumait des pipes et des pipes… L'air devenait épais…

» Alors on chantait des chœurs… Il y avait presque toujours un malade qui devait aller se soulager dans la cour…

» Cela se passait à des deux heures, à des trois heures du matin !… On s'enfiévrait… Le vin aidant – du vin à bon marché qui nous chavirait l'estomac ! – on s'élançait vers le domaine de la métaphysique…

» Je revois le petit Klein… C'était le plus nerveux… Il était mal portant… Sa mère était pauvre et il vivait de rien, se passait de manger pour boire…

» Parce que, quand nous avions bu, nous nous sentions tous d'authentiques génies !…

» Le groupe des étudiants était un peu plus sage, car il était moins pauvre, à part Lecocq d'Arneville… Belloir chipait une bouteille de vieux bourgogne ou de liqueur chez ses parents… Van Damme apportait de la charcuterie…

» Nous étions persuadés que les gens, dans la rue, nous regardaient avec une admiration mêlée d'effroi… Et nous avons choisi un titre mystérieux, bien ronflant : *les Compagnons de l'Apocalypse…*

» Je crois bien que personne n'avait lu l'Apocalypse en entier… Il n'y avait que Klein à en réciter quelques passages par cœur, quand il était saoul…

» On avait décidé de payer la location du local tous ensemble, mais Klein avait le droit de l'habiter…

» Quelques gamines acceptaient de venir poser gratuitement… Poser et le reste, bien entendu !… Et nous en faisions des grisettes à la Murger !… Et tout le fatras !…

» En voici une, par terre... Bête comme une génisse... N'empêche qu'on la peignait en madone...

» Boire !... C'était le plus nécessaire... Il fallait coûte que coûte hausser l'atmosphère d'un ton... Et je me souviens de Klein essayant d'arriver au même résultat en renversant un flacon d'éther sulfurique sur le divan...

» Et de nous tous, nous montant le coup, attendant la griserie, les visions !...

» Tonnerre de Dieu !...

Jef Lombard alla coller son front à la vitre embuée, revint avec un nouveau tremblement dans la gorge.

— À force de provoquer cette surexcitation, on finissait par avoir les nerfs à nu... Surtout les plus mal nourris !... Vous comprenez ?... Le petit Klein, entre autres... Un gosse qui ne mangeait pas et qui se remontait à grand renfort d'alcool...

» Naturellement, nous redécouvrions le monde ! Nous avions nos idées sur tous les grands problèmes ! Nous honnissions le bourgeois, la société et toutes les vérités établies...

» Les affirmations les plus biscornues s'entremêlaient dès qu'on avait bu quelques verres et que la fumée rendait l'atmosphère opaque... On mélangeait Nietzsche, Karl Marx, Moïse, Confucius et Jésus-Christ...

» Un exemple, tenez !... Je ne sais plus qui avait découvert que la douleur n'existe pas, qu'elle n'est qu'une illusion de notre cerveau... Et l'idée m'a tellement enthousiasmé qu'une nuit, au milieu d'un cercle haletant, je me suis enfoncé la pointe d'un canif dans le gras du bras en m'efforçant de sourire...

» Et il y en a eu d'autres !... Nous étions une élite, un petit groupe de génies réunis par hasard... Nous planions au-dessus du monde conventionnel, des lois, des préjugés…

» Une poignée de dieux, n'est-ce pas ?… De dieux qui crevaient quelquefois de faim mais qui marchaient fièrement dans les rues en écrasant les passants de leur mépris…

» Et nous arrangions l'avenir : Lecocq d'Arneville deviendrait un Tolstoï. Van Damme, qui suivait les cours prosaïques de l'École des hautes études commerciales, bouleverserait l'économie politique, renverserait les idées admises sur l'organisation de l'humanité.

» Chacun avait sa place ! Il y avait les poètes, les peintres et les futurs chefs d'État…

» À coups d'alcool !… Et encore !… À la fin, on avait tellement pris l'habitude de se remonter qu'à peine ici, dans la lumière savante de la lanterne, avec un squelette dans la pénombre, le crâne qui servait de coupe commune, on attrapait de soi-même la petite fièvre voulue…

» Les plus modestes voyaient déjà, dans l'avenir, une plaque de marbre sur le mur de la maison : *Ici se réunissaient les célèbres Compagnons de l'Apocalypse…*

» C'était à qui apporterait le livre nouveau, l'idée extraordinaire…

» C'est un hasard que nous ne soyons pas devenus anarchistes ! Car la question a été discutée, gravement… Il y avait eu un attentat, à Séville… L'article du journal avait été lu à voix haute…

» Je ne sais plus qui s'est écrié :

» — Le vrai génie est destructeur !…

» Et notre poignée de gamins a épilogué des heures durant sur cette idée-là. On a envisagé le moyen de fabriquer des bombes. On s'est demandé ce qu'il serait intéressant de faire sauter.

» Puis le petit Klein, qui en était à son six ou septième verre, a été malade... Pas comme les autres fois... Une sorte de crise nerveuse... Il se roulait par terre et on n'a plus pensé qu'à ce qu'il adviendrait de nous s'il lui arrivait malheur.

» Cette fille en était !... Elle s'appelait Henriette... Elle pleurait...

» Ah ! c'étaient de belles nuits !... On mettait son point d'honneur à ne sortir que quand l'éteigneur de becs de gaz était passé et on s'en allait, frileux, dans l'aube morne.

» Les riches rentraient chez eux par la fenêtre, dormaient, mangeaient, ce qui réparait tant bien que mal les dégâts de la nuit...

» Mais les autres, Klein, Lecocq d'Arneville et moi, on traînait la patte dans les rues, on grignotait un petit pain, on regardait les étalages avec envie...

» Cette année-là, je n'avais pas de pardessus, parce que j'avais voulu acheter un grand chapeau qui coûtait cent vingt francs...

» Je prétendais que le froid, comme le reste, est illusion. Et, fort de nos discussions, je déclarais à mon père – un brave homme d'ouvrier armurier, mort depuis – que l'amour des parents est la forme la moins noble de l'égoïsme et que le premier devoir de l'enfant est de renier les siens...

» Il était veuf. Il partait à six heures du matin à son travail, quand moi je rentrais... Eh bien ! il a fini par s'en aller plus tôt, pour ne pas me rencontrer, parce que mes discours l'effrayaient... Et il me laissait des billets sur la table… *Il y a de la viande froide dans l'armoire. Ton père…*

La voix de Jef se brisa l'espace de quelques secondes. Il regarda Belloir, qui s'était assis sur le bord d'une chaise sans fond et qui fixait le plancher, puis Van Damme qui réduisait un cigare en miettes.

— Nous étions sept, fit sourdement Lombard. Sept surhommes ! Sept génies ! Sept gamins !

» Janin, à Paris, fait encore de la sculpture… Ou plutôt il fabrique des mannequins pour une grande usine… Et de temps en temps il trompe sa fièvre en modelant le buste de sa maîtresse du moment…

» Belloir est dans la banque… Van Damme dans les affaires… Je suis photograveur…

Il y eut un silence craintif. Jef avala sa salive, poursuivit, tandis que le cerne qui sertissait ses yeux semblait s'approfondir :

— Klein s'est pendu, à la porte de l'église… Lecocq d'Arneville s'est tiré une balle dans la bouche, à Brême…

Nouveau silence. Et, cette fois, Maurice Belloir, incapable de rester assis, se leva, resta hésitant, alla se camper devant la verrière tandis qu'on percevait un drôle de bruit dans sa poitrine.

— Le dernier ?… prononça Maigret. Mortier, je crois ?… Le fils du marchand de boyaux…

Le regard de Lombard se fixa sur lui, si fiévreux que le commissaire prévit une nouvelle crise. Van Damme renversa sa chaise.

— C'était en décembre, n'est-ce pas ?…

Maigret parlait et ne perdait pas un tressaillement de ses trois compagnons.

— Il y aura dix ans dans un mois... Dans un mois, il y aura prescription...

Il alla ramasser d'abord le revolver automatique de Joseph Van Damme, puis l'arme à barillet que Jef avait lancée sur le sol peu après son arrivée.

Il ne s'était pas trompé. Lombard ne résistait pas, se prenait la tête à deux mains, gémissait :

— Mes petits !... Mes trois petits !...

Et, montrant soudain sans pudeur ses joues baignées de larmes au commissaire, il clama, redevenu frénétique :

— À cause de vous, de vous, de vous tout seul, je n'ai même pas regardé la petite, la dernière !... Je ne pourrais pas dire comment elle est... Comprenez-vous ?...

## 10

*Un Noël rue du Pot-au-Noir*


Un grain dut passer dans le ciel, un nuage bas et rapide, car tous les reflets de soleil s'éteignirent d'un seul coup. Et, comme si on eût tourné un commutateur, l'atmosphère devint grise, uniforme, tandis que les objets prenaient un visage renfrogné.

Maigret comprit le besoin qu'éprouvaient ceux qui se réunissaient là de doser l'éclairage d'une lanterne aux feux multicolores, de ménager de mystérieuses pénombres, de ouater l'air à grand renfort de fumée de tabac et d'alcool.

Et il put imaginer les réveils de Klein qui, au lendemain de ces orgies tristes, se retrouvait parmi les bouteilles vides, les verres cassés, dans une odeur rance, dans la lumière glauque qui tombait de la verrière sans rideaux.

Jef Lombard se taisait, accablé, et ce fut Maurice Belloir qui prit la parole.

Un changement brusque, comme si on était transporté sur un autre plan. L'émotion du photograveur se trahissait par une agitation de tout l'être, par des crispations, des sanglots, des sifflements de la voix, des allées et venues, des périodes d'emballement et de calme dont on eût pu établir un diagramme, comme pour une maladie.

Belloir, des pieds à la tête, dans sa voix, dans son regard, dans ses gestes, était d'une netteté qui faisait mal, car on sentait que c'était le résultat d'une concentration douloureuse.

Il n'aurait pas pu pleurer, lui ! Ni même étirer les lèvres ! Tout était figé !

— Vous permettez que je continue, commissaire ?... Tout à l'heure la nuit tombera et nous n'avons rien pour nous éclairer...

Ce n'était pas sa faute s'il évoquait ainsi un détail matériel. Ce n'était pas non plus manque d'émotion. C'était même plutôt sa façon à lui de l'extérioriser.

— Je crois que nous étions tous sincères, lors de nos palabres, de nos discussions, de nos rêveries à haute voix. Mais il y avait dans cette sincérité des degrés différents.

» Jef l'a dit... Il y avait d'une part les riches, qui rentraient ensuite chez eux, reprenaient pied dans une atmosphère solide... Van Damme, Willy Mortier et moi... Et même Janin, qui ne manquait de rien...

» Encore faut-il faire une place spéciale à Willy Mortier... Un détail, entre autres... Il était le seul à choisir ses maîtresses parmi les professionnelles des cabarets de nuit et les danseuses des petits théâtres... Il les payait...

» Un garçon positif... Comme son père, arrivé à Liège sans un sou, qui, sans répugnance, avait choisi le commerce des boyaux, et s'y était enrichi...

» Willy recevait cinq cents francs par mois d'argent de poche. Pour nous tous, c'était fabuleux... Il ne mettait jamais les pieds à l'Université, faisait copier ses cours par des camarades pauvres, passait ses examens grâce à des combinaisons, à des pots-de-vin…

» S'il est venu ici, c'est uniquement par curiosité, car jamais il n'y a eu communion de goûts, ni d'idées…

» Tenez ! Son père achetait des tableaux aux artistes, tout en les méprisant. Il achetait aussi des conseillers communaux, voire des échevins, pour obtenir certains passe-droits. Et il les méprisait…

» Eh bien ! Willy nous méprisait, lui aussi… Et, ici, il venait mesurer la différence entre lui, le riche, et les autres…

» Il ne buvait pas… Il regardait avec dégoût ceux d'entre nous qui étaient ivres… Lors des discussions interminables, il ne laissait tomber que quelques mots, qui étaient comme une douche, de ces mots qui font mal parce qu'ils sont trop crus, qu'ils dissipent toute la fausse poésie qu'on était parvenu à créer…

» Il nous détestait !… Nous le détestions !… Il était avare par surcroît… Avare avec cynisme. Klein ne mangeait pas tous les jours… Il nous arrivait à l'un et à l'autre de l'aider… Mortier, lui, déclarait :

» — Je ne veux pas qu'il y ait des questions d'argent entre nous… Je ne veux pas être reçu parce que je suis riche…

» Et il donnait exactement sa part quand, pour aller chercher à boire, chacun raclait le fond de ses poches !

» C'était Lecocq d'Arneville qui copiait ses cours… J'ai entendu Willy refuser de faire une avance sur le prix de ce travail…

» Il était l'élément étranger, hostile, qu'on trouve dans presque toute réunion d'hommes...

» On le supportait. Mais Klein, entre autres, lorsqu'il était saoul, le prenait violemment à partie, sortait tout ce qu'il avait sur le cœur... Et l'autre, un peu pâle, la lèvre dédaigneuse, écoutait...

» J'ai parlé de diverses qualités de sincérité... Les plus sincères étaient certainement Klein et Lecocq d'Arneville... Une affection fraternelle les unissait... Ils avaient eu tous les deux une enfance pénible, près d'une maman pauvre... Tous deux visaient plus haut, s'ulcéraient devant des obstacles infranchissables...

» Pour suivre les cours du soir de l'Académie, Klein devait travailler pendant la journée comme peintre en bâtiment... Et il nous avouait qu'il avait le vertige quand on l'envoyait au sommet d'une échelle... Lecocq copiait des cours, donnait des leçons de français à des étudiants étrangers... Il venait souvent manger ici... Le réchaud doit encore être quelque part...

Il était par terre, près du divan, et Jef le poussa du pied d'un air lugubre.

La voix mate, dépouillée, de Maurice Belloir, dont les cheveux cosmétiqués n'avaient pas un faux pli, reprit :

— J'ai entendu depuis, à Reims, dans des salons bourgeois, quelqu'un demander par jeu :

» — Dans telles ou telles circonstances, seriez-vous capable de tuer quelqu'un ?...

» Ou encore la question du mandarin, que vous connaissez... *S'il vous suffisait de presser un bouton*

*électrique pour tuer un mandarin très riche au fond de
la Chine et en hériter, le feriez-vous ?...*

» Ici, où les sujets les plus inattendus étaient prétexte à des discussions qui duraient des nuits entières,
l'énigme de la vie et de la mort devait se poser aussi...

» C'était un peu avant Noël... Un fait divers publié
par un journal servit de point de départ... Il avait
neigé... Il fallait que nos idées fussent différentes des
idées admises, n'est-ce pas ?...

» Alors on s'emballa sur ce thème : l'homme n'est
qu'une moisissure sur la croûte terrestre...
Qu'importe sa vie ou sa mort... La pitié n'est qu'une
maladie... Les gros animaux mangent les petits...
Nous mangeons les gros animaux...

» Lombard vous a raconté l'histoire du canif... Ces
coups qu'il se donnait pour démontrer que la douleur
n'existe pas...

» Eh bien ! cette nuit-là, tandis que trois ou quatre
bouteilles vides traînaient par terre, nous agitions gravement la question de tuer quelqu'un...

» N'était-on pas dans un domaine purement théo-
rique où tout est permis ? On s'interrogeait l'un
l'autre.

» — Tu aurais le courage, toi ?...

» Et les prunelles brillaient. Des frissons malsains
couraient entre les omoplates...

» — Pourquoi pas ?... Puisque la vie n'est rien,
qu'un hasard, une maladie de peau de la terre !...

» — Un inconnu qui passerait dans la rue ?...

» Et Klein, qui était le plus ivre, yeux cernés, chair
livide, de répondre :

» — Oui !...

» On se sentait à l'extrême bord d'un gouffre. On avait peur d'avancer encore. On jonglait avec le danger, on plaisantait avec cette mort qu'on avait évoquée et qui avait l'air, maintenant, de rôder parmi nous...

» Quelqu'un – je crois que c'est Van Damme – qui avait été enfant de chœur chanta le *Libera nos*, que le prêtre entonne devant les catafalques... On reprit en chœur... On se gorgea de sinistre...

» — Mais on ne tua personne, cette nuit-là ! À quatre heures du matin, je rentrais chez moi en sautant le mur. À huit heures, je buvais le café au milieu de ma famille... Ce n'était plus qu'un souvenir, vous comprenez ?... Comme le souvenir d'une pièce de théâtre à laquelle on a frémi...

» Klein, lui, restait ici, rue du Pot-au-Noir... Il gardait toutes ces idées dans sa tête trop grosse de souffreteux... Elles le rongeaient... Les jours suivants, il trahissait ses préoccupations par des questions soudaines.

» — Crois-tu vraiment que ce soit difficile de tuer ?...

» On ne voulait pas reculer... On n'était plus ivre... On disait sans conviction :

» — Bien sûr que non !...

» Peut-être même tirait-on une joie âcre de cette fièvre du gamin ?... Saisissez bien ! On ne voulait pas déchaîner un drame !... On explorait le terrain jusqu'à l'extrême limite...

» Quand il y a un incendie, les spectateurs, malgré eux, souhaitent qu'il dure, que ce soit « un bel incendie »... Quand les eaux montent, le lecteur des journaux espère « de belles inondations », dont on parlera encore vingt ans plus tard…

» *Quelque chose d'intéressant ! N'importe quoi !*

» La nuit de Noël est arrivée… Chacun apporta des bouteilles. On but, on chanta… Et Klein, à moitié ivre, prenait tantôt l'un, tantôt l'autre à part :

» Crois-tu que je sois capable de tuer ?…

» On ne s'inquiéta pas. À minuit, personne n'était sain. On parlait d'aller chercher de nouvelles bouteilles.

» C'est alors que Willy Mortier est arrivé, en smoking, avec un large plastron blanc qui semblait condenser toute la lumière. Il était rose, parfumé. Il annonça qu'il sortait d'une grande réception mondaine.

» — Va chercher à boire !… lui cria Klein.

» — Tu es ivre, mon ami ! Je suis juste venu vous serrer la main…

» — Pardon ! Nous regarder !

» On ne pouvait pas encore se douter de ce qui allait se passer. Et pourtant Klein avait un visage plus effrayant que lors de ses ivresses précédentes. Il était tout petit, tout étroit à côté de l'autre. Il avait les cheveux en désordre, le front ruisselant de sueur, la cravate arrachée.

» — Tu es saoul comme un cochon, Klein !

» — Eh bien ! le cochon te dit d'aller chercher à boire…

» Je crois qu'à ce moment Willy a eu peur. Il a senti confusément qu'on ne riait pas. Il a quand même crâné…

» Il avait des cheveux noirs, frisés, parfumés…

» — On ne peut pas dire que vous soyez gais, ici ! a-t-il laissé tomber. C'était encore plus drôle chez les bourgeois d'où je viens...

» — Va chercher à boire...

» Et Klein tournait autour de lui avec des yeux de fièvre. Il y en avait qui discutaient dans un coin de je ne sais quelle théorie de Kant. Un autre pleurait en jurant qu'il n'était pas digne de vivre...

» Personne n'avait son sang-froid. Personne n'a tout vu... Klein qui bondissait brusquement, petit tas de nerfs crispés, et qui frappait...

» On a pu croire qu'il donnait un coup de tête dans le plastron... Mais on a vu le sang qui jaillissait... Willy a ouvert la bouche toute grande...

— Non !... supplia soudain Jef Lombard qui s'était levé et qui regardait Belloir avec hébétude.

Van Damme s'était à nouveau collé au mur, les épaules de travers.

Mais rien n'aurait pu arrêter Belloir, pas même sa volonté. Le jour tombait. Les visages paraissaient gris.

— Tout le monde s'agitait !... reprit la voix. Et Klein, ramassé sur lui-même, un couteau à la main, regardait avec des yeux hébétés Willy qui oscillait... Ces choses-là ne se passent pas comme les gens l'imaginent... Je ne peux pas expliquer...

» Mortier ne tombait pas... Et pourtant le sang s'échappait à flots du trou de son plastron... Il a dit, j'en suis sûr :

» — Cochons !...

» Et il restait debout à la même place, les jambes un peu écartées, comme pour garder son équilibre... Sans le sang, on aurait cru que c'était lui l'ivrogne...

» Il avait de gros yeux… À ce moment-là, ils paraissaient encore plus gros… Sa main gauche était accrochée au bouton de son smoking… Et la droite tâtait le pantalon, derrière…

» Quelqu'un hurlait d'effroi… Je pense que c'était Jef… Et on a vu la main droite qui tirait lentement un revolver de la poche… Une petite chose noire, en acier, toute dure…

» Klein se roulait par terre, en proie à une crise nerveuse. Une bouteille tomba, éclata…

» Et Willy ne mourait pas ! Il vacillait imperceptiblement ! Il nous regardait, l'un après l'autre !… Il devait voir trouble… Il a soulevé le revolver…

» Alors quelqu'un s'est avancé pour lui arracher l'arme, a glissé dans le sang, et tous deux ont roulé sur le plancher…

» Il a dû y avoir des soubresauts ! Parce que Mortier ne mourait pas, comprenez-vous ?… Ses yeux, ses gros yeux, restaient ouverts !…

» Il essayait toujours de tirer !… Il a répété :

» — Cochons !…

» La main de l'autre a pu serrer sa gorge… Il ne restait quand même pas beaucoup de vie…

» *Je me suis tout sali, tandis que le smoking restait étendu par terre.*

Van Damme et Jef Lombard regardaient maintenant leur compagnon avec épouvante. Et Belloir acheva :

— La main qui a serré le cou, c'était la mienne !… L'homme qui a glissé dans la flaque de sang, c'était moi…

N'était-il pas debout à la même place que jadis ? Mais tout propre, correct, les souliers sans une tache, le costume bien brossé !

Il y avait une grosse chevalière en or à sa main droite, blanche et soignée, aux ongles manucurés.

— Nous sommes restés comme abrutis… On a couché Klein, qui voulait aller se constituer prisonnier… Personne ne parlait… Je ne peux pas vous expliquer… Et pourtant j'étais très lucide !… Je vous répète qu'on se fait une idée fausse des drames… J'ai entraîné Van Damme sur le palier et nous avons causé, à voix basse, sans cesser d'entendre les hurlements de Klein qui se débattait…

» L'heure a sonné, mais je ne sais pas quelle heure, au clocher de l'église, quand nous sommes passés dans la ruelle, à trois, portant le corps… La Meuse était en crue… Il y avait cinquante centimètres d'eau sur le quai Sainte-Barbe et le courant était violent… En amont comme en aval, les barrages étaient couchés… C'est à peine si nous avons vu une masse sombre passer au fil de l'eau devant le bec de gaz suivant…

» Mon costume était taché, déchiré… Je l'ai laissé dans l'atelier et Van Damme est allé chez lui me chercher des vêtements. Le lendemain, j'ai raconté une histoire à mes parents…

— Vous vous êtes réunis à nouveau ? questionna lentement Maigret.

— Non… On a quitté la rue du Pot-au-Noir en débandade… Lecocq d'Arneville restait avec Klein… Et, depuis lors, nous nous sommes évités, comme d'un commun accord… Quand nous nous rencontrions en ville, nos regards se détournaient…

» Le hasard a voulu que le corps de Willy, grâce à la crue, ne fût pas retrouvé… Or, il avait toujours évité de parler de ses relations avec nous… Il ne se vantait pas d'être notre ami… On a cru à une fugue… Puis l'enquête a cherché ailleurs, dans les mauvais lieux où on pensait qu'il avait fini la nuit…

» J'ai quitté Liège le premier, trois semaines plus tard… J'interrompais brusquement mes études et je déclarais aux miens que je voulais faire ma carrière en France… Je suis devenu employé de banque, à Paris…

» C'est par les journaux que j'ai appris que Klein s'était pendu, au mois de février suivant, à la porte de l'église Saint-Pholien…

» Un jour, j'ai rencontré Janin, à Paris… Nous n'avons pas parlé du drame… Mais il m'a dit qu'il s'était installé en France, lui aussi…

— Je suis resté seul à Liège… gronda Jef Lombard, tête basse.

— Vous avez dessiné des pendus et des clochers d'église !… répliqua Maigret. Puis vous avez fait des croquis pour les journaux… Puis…

Et il évoquait la maison de la rue Hors-Château, les fenêtres à petits carreaux verdâtres, la fontaine dans la cour, le portrait de la jeune femme, l'atelier de photogravure, où les affiches et les pages de journaux illustrés envahissaient peu à peu les murs couverts de pendus…

Et les gosses !… Le troisième qui était né la veille !

Dix années ne s'étaient-elles pas écoulées ? Et la vie, petit à petit, partout, avec plus ou moins de maladresse, n'avait-elle pas repris son cours ?

Van Damme avait rôdé à Paris, comme les deux autres. Le hasard l'avait conduit en Allemagne. Il avait hérité de ses parents. Il était devenu, à Brême, un important homme d'affaires.

Maurice Belloir avait fait un beau mariage ! Il avait gravi l'échelle !

Sous-directeur de banque !... Et la belle maison neuve de la rue de Vesle... L'enfant qui étudiait le violon...

Le soir, il jouait au billard, avec des notables comme lui, dans la salle confortable du *Café de Paris*...

Janin se contentait de compagnes de rencontre, gagnait sa vie en fabriquant des mannequins, sculptait, après journée, le buste de ses maîtresses...

Lecocq d'Arneville ne s'était-il pas marié ? N'avait-il pas une femme et un enfant dans l'herboristerie de la rue Picpus ?...

Le père de Willy Mortier continuait à acheter, à nettoyer et à vendre des boyaux par camions, par wagons, à soudoyer des conseillers communaux et à arrondir sa fortune.

Sa fille avait épousé un officier de cavalerie et, comme celui-ci ne se résignait pas à entrer dans les affaires, Mortier avait refusé de lui verser la dot prévue.

Le couple vivait quelque part, dans une petite ville de garnison.

## 11

### *Le bout de bougie*

Il faisait presque nuit. Les visages s'estompaient dans la grisaille et les traits paraissaient d'autant plus burinés.

Ce fut Lombard qui dit nerveusement, comme si le clair-obscur eût affecté ses nerfs :

— Mais qu'on allume donc !…

Il restait un bout de bougie dans la lanterne qui était là depuis dix ans, accrochée au même clou, gardée en gage avec le reste, avec le divan défoncé, le morceau d'indienne, le squelette incomplet et les croquis de la fille aux seins nus, par le propriétaire qui n'avait jamais été payé.

Maigret l'alluma et des ombres dansèrent sur les murs que les verres de couleur éclairaient en rouge, en jaune, en bleu, comme une lanterne magique.

— Quand Lecocq d'Arneville est-il venu vous trouver pour la première fois ? questionna le commissaire, tourné vers Maurice Belloir.

— Il doit y avoir environ trois ans… Je ne m'y attendais pas… La maison que vous avez vue venait d'être achevée… Mon garçon marchait à peine…

» J'ai été frappé par sa ressemblance avec Klein… Pas tant une ressemblance physique qu'une ressemblance morale !… Cette même fièvre dévorante… Cette même nervosité maladive…

» Il s'est présenté en ennemi… Il était ulcéré… ou désespéré… je ne trouve pas le mot juste…

» Il ricanait, parlait avec âpreté… Il feignit d'admirer mon intérieur, ma situation, ma vie, mon caractère… Et je le sentais prêt, comme cela arrivait à Klein quand il était ivre, à éclater en sanglots !…

» Il a cru que j'avais oublié… C'est faux !… J'ai seulement voulu vivre… Comprenez-vous ? Et c'est pour vivre que j'ai travaillé comme un forçat…

» Lui n'avait pas pu… Il est vrai qu'il a vécu avec Klein les deux mois qui ont suivi la nuit de Noël… Nous étions partis… Ils sont restés, eux, dans cette pièce, dans…

» Je ne peux pas vous expliquer ce que j'ai ressenti devant Lecocq d'Arneville. Je le retrouvais, à tant d'années de distance, tout à fait le même que jadis…

» C'était comme si la vie avait continué à couler pour les uns, s'était arrêtée pour les autres…

» Il m'a dit qu'il avait changé de nom, parce qu'il ne voulait rien garder qui lui rappelât le drame… Changé de vie même !… Il n'avait plus ouvert un livre…

» Il s'était mis en tête de se créer une nouvelle existence en devenant un travailleur manuel.

» J'ai dû comprendre à demi-mot, car il me lançait tout ça en même temps que des phrases ironiques, des reproches, des accusations monstrueuses…

» Il avait échoué !… Raté tout !… Il restait accroché ici par une partie de lui-même…

» Nous tous aussi, je pense… Mais avec moins d'intensité… Pas à ce degré maladif, douloureux !…

» Je crois que c'était le visage de Klein qui le hantait, plus encore que celui de Willy…

» Et, marié, près de son gosse, il avait des crises… Il allait boire… Il était incapable, non seulement d'être heureux, mais de conquérir un semblant de paix…

» Il m'a crié qu'il adorait sa femme et qu'il l'avait quittée parce que, quand il était auprès d'elle, il se faisait l'effet d'un voleur…

» D'un voleur de bonheur !… Du bonheur volé à Klein… Et à l'autre…

» J'ai beaucoup réfléchi, depuis, voyez-vous… Et j'ai l'impression que j'ai compris… Nous jouions avec des idées terribles, avec le mysticisme, avec la morbidesse…

» Ce n'était qu'un jeu… Un jeu de gamins… Mais il y en a deux au moins qui s'y sont laissé prendre… Les deux plus exaltés…

» Klein et Lecocq d'Arneville… Il a été question de tuer ?… Klein a voulu le faire !… Et il s'est tué à son tour !… Et Lecocq, épouvanté, les nerfs cassés, a traîné ce cauchemar toute sa vie…

» Les autres et moi avons essayé de nous échapper, de reprendre contact avec l'existence normale…

» Lecocq d'Arneville, au contraire, s'est jeté à corps perdu dans son remords, dans un désespoir farouche… Il a raté sa vie !… Il a raté celle de sa femme, de son fils !…

» Et alors il s'est tourné contre nous… Car c'est pour cela qu'il est venu me trouver… Je ne l'ai pas compris tout de suite…

» Il a regardé *ma* maison, *mon* ménage, *ma* banque… Et j'ai bien senti qu'il considérait comme son devoir de détruire tout cela…

» Pour venger Klein !… Pour se venger lui-même !…

» Il m'a menacé… Il avait gardé le complet, avec les taches, les déchirures, et c'était la seule preuve matérielle des événements de la nuit de Noël…

» Il m'a demandé de l'argent… Beaucoup !… Il m'en a encore demandé par la suite…

» Est-ce que ce n'était pas le point vulnérable ?… Toute notre situation, à Van Damme, à Lombard, à moi, voire à Janin, n'était-elle pas basée sur l'argent ?…

» Un nouveau cauchemar a commencé… Lecocq ne s'était pas trompé… Il allait de l'un à l'autre, traînant avec lui le complet sinistre… Il calculait avec une exactitude diabolique les sommes à nous demander, de manière à nous jeter dans l'embarras…

» Vous êtes venu chez moi, commissaire… Eh bien ! ma maison est hypothéquée… Ma femme croit sa dot intacte à la banque et il n'en reste plus un centime… Et j'ai commis d'autres irrégularités !…

» Il est allé deux fois à Brême, voir Van Damme… Il est venu à Liège…

» Toujours ulcéré, acharné à détruire jusqu'aux apparences de bonheur…

» Nous étions six autour du cadavre de Willy… Klein était mort… Lecocq vivait dans un cauchemar de tous les instants…

» Alors, il fallait que nous soyons tous également malheureux… L'argent, il n'y touchait même pas !… Il vivait aussi pauvrement que jadis, quand il partageait avec Klein quelques sous de boudin... Il brûlait les billets !...

» Et chacun de ces billets brûlés représentait pour nous des difficultés inouïes...

» Voilà trois ans que nous luttons, chacun dans notre coin, Van Damme à Brême, Jef à Liège, Janin à Paris, moi à Reims...

» Trois ans que nous osons à peine nous écrire et que Lecocq d'Arneville nous replonge malgré nous dans l'atmosphère des *Compagnons de l'Apocalypse*...

» J'ai une femme... Lombard aussi... Nous avons des gosses... Et, pour eux, nous essayons de tenir...

» Van Damme, l'autre jour, nous a télégraphié que Lecocq s'était tué, nous a donné rendez-vous ici...

» Nous y étions tous... Vous êtes arrivé... Après votre départ, nous avons appris que c'était vous qui possédiez désormais le costume sanglant et que vous vous acharniez à remonter la piste...

— Qui m'a volé une des valises à la gare du Nord ? questionna Maigret.

Ce fut Van Damme qui répondit :

— Janin !... J'étais arrivé avant vous... J'étais là, caché sur un des quais...

Ils étaient aussi las l'un que l'autre. Le bout de bougie durerait peut-être encore dix minutes, pas plus. Un faux mouvement du commissaire fit tomber la tête de mort qui eut l'air de grignoter le plancher.

— Qui m'a écrit à l'*Hôtel du Chemin de Fer* ?...

— Moi ! répliqua Jef sans lever la tête. À cause de ma petite fille !... Ma petite fille que je n'ai pas encore regardée... Van Damme s'en est douté... Et Belloir !... Ils étaient tous les deux au *Café de la Bourse*...

— Et c'est vous qui avez tiré ?...

— Oui... Je n'en pouvais plus... Je voulais vivre !... Vivre !... Avec ma femme, mes gosses... Alors, je vous guettais dehors... J'ai pour cinquante mille francs de traites en circulation... Cinquante mille francs de billets que Lecocq d'Arneville a brûlés !... Cependant ce n'est rien !... Je les paierai... je ferai tout ce qu'il faudra... Mais vous sentir là, derrière nous...

Maigret chercha Van Damme des yeux.

— Et vous galopiez devant moi, cherchant à détruire les indices ?...

Ils se turent. La flamme de la bougie vacillait. Jef Lombard était seul à recevoir la lumière filtrée par un verre rouge de la lanterne.

Alors, pour la première fois, la voix de Belloir se cassa.

— Il y a dix ans, tout de suite après le... la chose... j'aurais accepté... dit-il. J'avais acheté un revolver, pour le cas où on serait venu m'arrêter... Mais dix ans de vie !... Dix ans d'efforts... De lutte !... Avec des éléments nouveaux : la femme, les enfants... Je crois que j'aurais été capable de vous pousser dans la Marne, moi aussi !... Ou de tirer, la nuit, au sortir du *Café de la Bourse*...

» Car, dans un mois, pas même, dans vingt-six jours, il y aura prescription...

Ce fut au beau milieu du silence qui suivit que la bougie, soudain, lança une dernière flamme et s'éteignit. L'obscurité fut complète, absolue.

Maigret ne bougea pas. Il savait que Lombard était à sa gauche, debout, Van Damme appuyé au mur en face de lui, Belloir à un pas à peine derrière son dos.

Il attendit, sans même prendre la précaution de porter la main à la poche où était son revolver.

Il sentit nettement que Belloir frissonnait des pieds à la tête, pantelait plutôt, avant de frotter une allumette et de prononcer :

— Si vous voulez que nous sortions…

À la lueur de la flamme, les prunelles paraissaient plus brillantes. Ils se frôlèrent tous quatre dans l'encadrement de la porte, puis dans l'escalier. Van Damme tomba, parce qu'il avait oublié que la rampe manquait à partir de la huitième marche.

L'atelier de menuiserie était fermé. À travers les rideaux d'une fenêtre, on vit une vieille qui tricotait, éclairée par une petite lampe à pétrole.

— C'était par là ?… fit Maigret en montrant la rue aux pavés inégaux qui débouchait sur le quai, à cent mètres d'eux, où un bec de gaz était scellé à l'angle du mur.

— La Meuse atteignait la troisième maison, répondit Belloir. J'ai dû entrer dans l'eau jusqu'aux genoux pour que… pour qu'il parte avec le courant…

Ils se dirigèrent dans le sens contraire, contournèrent la nouvelle église dressée au milieu d'un terreplein qui n'était pas encore bien tassé.

Brusquement, c'était la ville, les passants, les tramways jaune et rouge, les autos, les vitrines.

Pour gagner le centre, il fallait traverser le pont des Arches, dont le fleuve au courant rapide heurtait bruyamment les piles.

Rue Hors-Château, Jef Lombard devait être attendu : les ouvriers, en bas, parmi leurs bacs d'acide, leurs clichés que les cyclistes de journaux venaient réclamer ; la maman, en haut, avec la brave vieille femme de belle-mère et la petite fille aux yeux encore clos perdue dans les draps blancs du lit...

Et les deux aînés qu'on faisait taire, dans la salle à manger ornée de pendus...

Est-ce qu'une autre maman, à Reims, était en train de donner une leçon de violon à son fils, tandis que la servante astiquait toutes les barres de cuivre de l'escalier, prenait les poussières sur le pot de porcelaine qui contenait la grosse plante verte ?...

Le travail prenait fin, à Brême, dans le building. La dactylo et les deux employés quittaient le bureau moderne, et l'électricité, en s'éteignant, noyait d'ombre les lettres de faïence : *Joseph Van Damme, commission, exportation.*

Peut-être, dans les brasseries où l'on jouait de la musique viennoise, quelque homme d'affaires au crâne rasé remarquait-il :

— Tiens ! le Français n'est pas ici...

Rue Picpus, Mme Jeunet vendait une brosse à dents, ou cent grammes de camomille dont les fleurs pâles crissaient dans un sachet.

Le gosse faisait ses devoirs, dans l'arrière-boutique...

Les quatre hommes marchaient au pas. La brise s'était levée, balayant devant une lune brillante des nuages qui ne la découvraient que de loin en loin, l'espace de quelques secondes.

Devinaient-ils où ils allaient ?

On passa devant un café éclairé. Un ivrogne en sortait, titubant.

— On m'attend à Paris ! prononça soudain Maigret en s'arrêtant.

Et, tandis qu'ils étaient trois à le regarder, sans savoir s'ils devaient se réjouir ou désespérer, sans oser parler, il enfonça les deux mains dans ses poches.

— Il y a cinq gosses dans l'histoire…

Ils ne furent même pas sûrs d'avoir bien entendu, car le commissaire avait grommelé ces mots pour lui-même, entre ses dents. Et on ne voyait plus que son dos large, son pardessus noir à col de velours qui s'éloignait.

— Un rue Picpus, trois rue Hors-Château, un à Reims…

Rue Lepic, où il se rendit en sortant de la gare, la concierge lui déclara :

— Ce n'est pas la peine de monter ! M. Janin n'est pas chez lui… On avait cru que c'était une bronchite… Mais la pneumonie s'est déclarée et on l'a emmené à l'hôpital…

Alors il se fit conduire quai des Orfèvres. Le brigadier Lucas était là, occupé à téléphoner à un tenancier de bar qui n'était pas en règle.

— Tu as ma lettre, vieux ?…

— C'est fait ?… Vous avez réussi ?…

— Rien du tout !…

C'était un des mots favoris de Maigret.

— Ils ont fui ?… Vous savez, j'ai été rudement inquiet à cause de cette lettre… J'ai failli filer à Liège… Qu'est-ce que c'est ?… Des anarchistes ?… Des faux-monnayeurs ?… Une bande internationale ?…

— Des gamins !… laissa-t-il tomber.

Et il lança dans son placard la valise qui contenait ce qu'un expert allemand avait appelé, en de longs et minutieux rapports, le complet B.

— Viens boire un demi, Lucas...

— Vous n'avez pas l'air gai...

— Une idée, vieux !... Il n'y a rien de plus rigolo que la vie !... Tu arrives ?...

Quelques instants plus tard, ils poussaient la porte tournante de la *Brasserie Dauphine*.

Lucas fut rarement aussi effaré. En fait de demis, son compagnon avala presque coup sur coup six imitations d'absinthe. Ce qui ne l'empêcha pas de déclarer d'une voix presque ferme, avec seulement, dans le regard, quelque chose de flou qui ne lui était pas habituel :

— Vois-tu, vieux, dix affaires comme celle-ci et je donne ma démission... Parce que ce serait la preuve qu'il y a là-haut un grand bonhomme de Bon Dieu qui se charge de faire la police...

Il est vrai qu'il ajouta en appelant le garçon :

— Mais ne t'en fais pas !... Il n'y en aura pas dix... Que raconte-t-on, dans la maison ?...

*Un crime en Hollande*

# 1

## *La jeune fille à la vache*

Quand Maigret arriva à Delfzijl, une après-midi de
mai, il n'avait sur l'affaire qui l'appelait dans cette
petite ville plantée à l'extrême nord de la Hollande
que des notions élémentaires.

Un certain Jean Duclos, professeur à l'université de
Nancy, faisait une tournée de conférences dans les
pays du Nord. À Delfzijl, il était l'hôte d'un professeur à l'École navale, M. Popinga. Or, M. Popinga
était assassiné et, si l'on n'accusait pas formellement
le professeur français, on le priait néanmoins de ne
pas quitter la ville et de se tenir à la disposition des
autorités néerlandaises.

C'était tout, ou à peu près. Jean Duclos avait alerté
l'université de Nancy, qui avait obtenu qu'un membre
de la Police Judiciaire fût envoyé en mission à Delfzijl.

La tâche incombait à Maigret. Tâche plus offi-
cieuse qu'officielle et qu'il avait rendue moins officielle encore en omettant d'avertir ses collègues hollandais de son arrivée.

Par les soins de Jean Duclos, il avait reçu un rapport assez confus, suivi d'une liste des noms de ceux
qui étaient mêlés de près ou de loin à cette histoire.

Ce fut cette liste qu'il consulta un peu avant d'arriver en gare de Delfzijl.

*Conrad Popinga* (la victime), 42 ans, ancien capitaine au long cours, professeur à l'École navale de Delfzijl. Marié. Pas d'enfant. Parlait couramment l'anglais et l'allemand et assez bien le français.

*Liesbeth Popinga*, sa femme, fille d'un directeur de lycée d'Amsterdam. Très cultivée. Connaissance approfondie du français.

*Any Van Elst*, sœur cadette de Liesbeth Popinga, en séjour de quelques semaines à Delfzijl. Récemment passé sa thèse de docteur en droit. 25 ans. Comprend un peu le français mais le parle mal.

*Famille Wienands*, habite la villa voisine des Popinga. Carl Wienands est professeur de mathématiques à l'École navale. Femme et deux enfants. Aucune connaissance du français.

*Beetje Liewens*, 18 ans, fille d'un fermier spécialisé dans l'exportation des vaches de race pure. Deux séjours à Paris. Français parfait.

C'était sans éloquence. Des noms qui n'évoquaient rien, du moins pour Maigret qui arrivait de Paris après une nuit et une demi-journée de chemin de fer.

Delfzijl le dérouta dès la première prise de contact. Au petit jour, il avait traversé la Hollande traditionnelle des tulipes, puis Amsterdam qu'il connaissait. La Drenthe, véritable désert de bruyères aux horizons de trente kilomètres sillonnés de canaux, l'avait surpris.

Il tombait maintenant sur un décor qui n'avait rien de commun avec les cartes postales hollandaises et dont le caractère était cent fois plus nordique qu'il l'avait imaginé.

Une petite ville : dix ou quinze rues au plus, pavées de belles briques rouges aussi régulièrement alignées que les carreaux d'une cuisine. Des maisons basses, en briques aussi, ornées d'une profusion de boiseries aux couleurs claires et joyeuses.

C'était un jouet. D'autant plus jouet qu'autour de la ville il vit une digue qui l'encerclait complètement. Dans cette digue, des passages pouvant être fermés, par forte mer, à l'aide de lourdes portes semblables aux portes d'écluse.

Au-delà, l'embouchure de l'Ems. La mer du Nord. Un long ruban d'eau argentée. Des cargos en déchargement sous les grues d'un quai. Des canaux et une infinité de bateaux à voiles, grands comme des péniches, lourds comme elles, mais taillés pour franchir les houles marines.

Il y avait du soleil. Le chef de gare portait une jolie casquette orange dont il salua tout naturellement le voyageur inconnu.

En face, il y avait un café. Maigret y entra et c'est à peine s'il osa s'asseoir. Non seulement c'était astiqué comme une salle à manger de petits-bourgeois, mais il y régnait la même intimité.

Une seule table, avec tous les journaux du jour étendus sur des tringles de cuivre. Le patron, qui buvait de la bière avec deux clients, se leva pour accueillir Maigret.

— Vous parlez français ? questionna celui-ci.

Geste négatif. Un rien de gêne.

— Donnez-moi de la bière... *Bier !...*

Et, une fois assis, il tira son petit papier de sa poche. Ce fut le dernier nom qui lui tomba sous les yeux. Il le montra, prononça deux ou trois fois :

— Liewens…

Les trois hommes se mirent à parler entre eux. Puis l'un d'eux se leva, un grand gaillard qui portait une casquette de marin et qui fit signe à Maigret de le suivre. Comme le commissaire n'avait pas encore d'argent hollandais et voulait changer un billet de cent francs, on lui répéta :

— *Morgen !… Morgen !…*

Demain ! Il n'avait qu'à revenir !…

C'était familial. Cela avait quelque chose de très simple, de candide même. Sans mot dire, le cicérone conduisait Maigret à travers les rues de la petite ville. À gauche, un hangar était plein de vieilles ancres, de cordages, de chaînes, de bouées, de compas qui envahissaient le trottoir. Plus loin, un voilier travaillait sur son seuil.

Et la vitrine de la pâtisserie montrait un choix inouï de chocolats, de sucreries compliquées.

— Pas parler anglais ?

Maigret fit signe que non.

— Pas deutsch ?…

Même signe, et l'homme se résigna au silence. Au bout d'une rue, c'était déjà la campagne, des prés verts, un canal où des bois du Nord flottaient sur presque toute la largeur, attendant d'être remorqués à travers le pays.

Assez loin, un grand toit de tuiles vernies.

— Liewens !… *Dag, mijnheer !…*

Et Maigret continua son chemin tout seul, non sans avoir essayé de remercier cet homme qui, sans le connaître, avait marché près d'un quart d'heure pour lui rendre service.

Le ciel était pur, l'atmosphère d'une limpidité étonnante. Le commissaire longea un chantier de bois où les billes de chêne, d'acajou, de teck atteignaient la hauteur de maisons.

Il y avait un bateau amarré. Des enfants jouaient. Puis un kilomètre de solitude. Toujours les troncs d'arbres sur le canal. Des barrières blanches autour des champs parsemés de vaches magnifiques.

Nouveau heurt de la réalité avec les notions préconçues : le mot ferme évoquait pour Maigret un toit de chaume, des tas de fumier, un grouillement animal.

Et il se trouvait en face d'une belle construction neuve entourée d'un parc tout rutilant de fleurs. Sur le canal, en face de la maison, un canot d'acajou aux lignes fines. Contre la grille, un vélo de dame entièrement nickelé.

Il chercha en vain une sonnette. Il appela sans obtenir de réponse. Un chien vint se frotter à lui.

À gauche de la maison commençait un long bâtiment aux fenêtres régulières, mais sans rideaux, qui aurait fait penser à une remise sans la qualité des matériaux et surtout sans la coquetterie des peintures.

Un beuglement vint de là-bas et Maigret s'avança, contourna des massifs de fleurs, se trouva devant une porte grande ouverte.

Le bâtiment était une étable, mais une étable aussi propre qu'une maison. Partout de la brique rouge, qui donnait une luminosité chaude, voire somptueuse, à l'atmosphère. Des rigoles pour l'écoulement des eaux. Un système mécanique de distribution de la nourriture dans les râteliers. Et une poulie, derrière chaque box, dont Maigret ne connut la raison d'être que plus tard : elles étaient destinées à tenir la queue des vaches levée pendant qu'on les trayait afin que le lait ne pût être souillé.

La pénombre régnait à l'intérieur. Les bêtes étaient dehors, sauf une, couchée sur le flanc dans le premier box.

Et une jeune fille s'approchait du visiteur, le questionnait d'abord en néerlandais.

— Mademoiselle Liewens ?...

— Oui... Vous êtes français ?...

Tout en parlant elle regardait la vache. Elle avait un sourire un tantinet ironique que Maigret ne comprit pas tout de suite.

Et ici encore les idées préconçues se révélaient fausses. Beetje Liewens portait des bottes de caoutchouc noir qui lui donnaient des allures d'écuyère.

Par-dessus, une robe de soie verte, que cachait presque entièrement un tablier d'infirmière.

Un visage rose, trop rose peut-être. Un sourire sain, joyeux, mais qui manquait de subtilité. De grands yeux d'un bleu de faïence. Des cheveux roux.

Elle dut chercher ses premiers mots de français, qu'elle prononça avec beaucoup d'accent. Mais elle ne tarda pas à se familiariser à nouveau avec la langue.

— C'est à mon père que vous voulez parler ?

— À vous...

Elle faillit pouffer.

— Vous m'excuserez... Mon père est allé à Groningen... Il ne rentrera que ce soir... Les deux valets sont sur le canal où ils déchargent du charbon... La servante fait son marché... Et c'est le moment que la

vache choisit pour vêler… On ne s'y attendait pas…
Je suis toute seule…

Elle était appuyée à un treuil qu'elle avait préparé
à tout hasard, au cas où il faudrait aider la bête. Elle
souriait de toutes ses dents.

Il y avait du soleil dehors. Ses bottes luisaient
comme du vernis. Elle avait les mains grassouillettes
et roses, les ongles soignés.

— C'est au sujet de Conrad Popinga que…

Mais elle sourcilla. La vache venait de se lever d'un
bond douloureux et de retomber pesamment.

— Attention… Vous voulez m'aider ?…

Elle prit des gants de caoutchouc qui étaient
préparés.

C'est ainsi que Maigret commença cette enquête en
aidant un veau de pure race frisonne à venir au
monde, en compagnie d'une jeune fille dont les gestes
assurés révélaient l'entraînement sportif.

Une demi-heure plus tard, tandis que le nou-
veau-né cherchait déjà les mamelles de sa mère, il était
penché avec Beetje sous un robinet de cuivre rouge et
se savonnait les mains jusqu'aux coudes.

— C'est la première fois que vous faites ce métier ?
plaisantait-elle.

— La première…

Elle avait dix-huit ans. Quand elle retira son tablier
blanc, la robe de soie sculpta des formes pleines qui,
peut-être à cause de l'atmosphère ensoleillée, avaient
quelque chose d'extrêmement capiteux.

— Nous parlerons en prenant le thé… Venez à la
maison…

La servante était rentrée. Le salon était austère, un peu sombre, mais d'un confort raffiné. Les petites vitres des fenêtres étaient d'un rose délicat à peine perceptible, que Maigret n'avait jamais rencontré.

Une bibliothèque pleine de livres. De nombreux ouvrages sur l'élevage et sur l'art vétérinaire. Sur les murs, des médailles d'or remportées aux expositions internationales et des diplômes.

Au beau milieu de tout cela, les derniers livres de Claudel, d'André Gide, de Valéry…

Beetje eut un sourire plein de coquetterie.

— Voulez-vous visiter ma chambre ?

Et elle guetta ses impressions. Pas de lit, mais un divan recouvert de velours bleu. Les murs tendus de toile de Jouy. Des rayonnages sombres et des livres encore, une poupée achetée à Paris, toute froufroutante.

Un boudoir, presque, avec pourtant une ambiance un peu lourde, solide, réfléchie.

— N'est-ce pas comme à Paris ?

— Je voudrais que vous me racontiez ce qui s'est passé la semaine dernière…

Le visage de Beetje se rembrunit, mais pas trop cependant, pas assez pour laisser croire qu'elle prenait les événements au tragique.

Sinon eût-elle eu ce sourire vibrant d'orgueil en montrant sa chambre ?

— Allons prendre le thé…

Et ils s'assirent face à face, devant la théière recouverte d'une sorte de crinoline empêchant la boisson de se refroidir.

Beetje devait chercher ses mots. Elle fit mieux. Elle se munit d'un dictionnaire et parfois elle s'interrompait un long moment pour trouver le terme précis.

Un bateau glissait sur le canal, surmonté d'une grande voile grise, s'aidant de la perche, faute de vent. Et il se faufilait parmi les troncs d'arbres qui encombraient la rivière.

— Vous n'êtes pas encore allé chez Popinga ?

— Je suis arrivé voilà une heure et je n'ai eu que le temps d'aider votre vache à vêler.

— Oui... Conrad était un charmant garçon, un homme vraiment sympathique... Il a d'abord voyagé dans tous les pays, comme second, puis comme premier lieutenant... Vous dites aussi en français ?... Puis, quand il a eu son brevet de capitaine, il s'est marié et, à cause de sa femme, il a accepté une place de professeur à l'École navale... Ce n'est pas si joli... Il a eu un petit yacht... Mais Mme Popinga a peur de l'eau... Il a dû vendre... Il n'avait plus qu'un canot sur le canal... Vous avez vu le mien ?... Presque le même !... Le soir, il donnait des leçons particulières à des élèves... Il travaillait beaucoup...

— Comment était-il ?

Elle ne comprit pas tout de suite. Elle finit par aller chercher une photographie représentant un grand garçon joufflu, aux yeux clairs, aux cheveux coupés court, qui avait un air frappant de bonhomie et de santé.

— C'est Conrad... On ne dirait pas qu'il a quarante ans, n'est-ce pas ?... Sa femme est plus vieille... Peut-être quarante-cinq... Vous n'avez pas vu ?... Et pas tout à fait les mêmes idées... Par exemple... Ici, n'est-ce pas, tout le monde est protestant... Je suis de l'Église moderne... Liesbeth Popinga, elle, est de l'Église nationale, qui est plus sévère, plus... comment vous dites ? conservatoire ?...

— Conservatrice...

— Oui ! Et elle est présidente de toutes les œuvres...

— Vous ne l'aimez pas ?

— Oui... Mais ce n'est pas la même chose... Elle est la fille d'un directeur de lycée, vous comprenez ?... Moi, mon père est seulement fermier... Pourtant elle est très douce, très gentille...

— Que s'est-il passé ?

— Il y a souvent, ici, des conférences... C'est une petite ville... Cinq mille habitants... Seulement, on veut se tenir au courant des idées... Jeudi dernier, c'était le professeur Duclos, de Nancy... Vous connaissez ?...

Elle fut très étonnée que Maigret ne connût pas le professeur qu'elle prenait pour une gloire nationale française.

— Un grand avocat... Spécialiste des questions criminelles et... comment le mot ?... psychologiques... Il a parlé de la responsabilité des criminels... C'est ainsi ?... Vous devez me dire si je fais fautes...

» Mme Popinga est présidente de la société... Les conférenciers sont toujours reçus chez elle...

» À dix heures, il y avait petite réunion intime... Le professeur Jean Duclos, Conrad Popinga et sa femme, puis Wienands, sa femme et ses enfants... Et moi...

» Chez Popinga... C'est à un kilomètre d'ici, sur l'*Amsterdiep* aussi... *Amsterdiep*, c'est le canal que vous voyez... On a bu du vin et mangé des gâteaux...

Conrad a fait marcher la T.S.F. Il y avait aussi Any, que j'allais oublier, la sœur de Mme Popinga, qui est avocate… Conrad a voulu danser… On a roulé le tapis… Les Wienands sont partis avant, à cause des enfants… Le plus petit qui pleurait… Ils habitent la maison à côté des Popinga… À minuit, Any avait sommeil… J'avais mon vélo… Conrad est venu me reconduire… Il a pris son vélo aussi…

» Je suis rentrée ici… Mon père m'attendait…

» C'est seulement le lendemain que nous avons appris le drame… Tout Delfzijl était agité…

» Je ne crois pas que ce soit ma faute… Quand Conrad est rentré, il a voulu mettre son vélo dans le hangar, derrière la maison…

» On a tiré, avec revolver… Il est tombé… Il est mort après une demi-heure…

» Pauvre Conrad !… Avec sa bouche ouverte…

Elle essuya une larme qui faisait un drôle d'effet sur sa joue lisse et rose comme la pelure d'une pomme bien mûre.

— C'est tout ?

— Oui… La police est venue de Groningen pour aider la gendarmerie… Elle dit qu'on a tiré de la maison… Il paraît qu'on a vu le professeur, tout de suite après, qui descendait l'escalier avec un revolver dans sa main… Et c'était le revolver qui avait tiré…

— Le professeur Jean Duclos ?

— Oui ! Alors, on ne l'a pas laissé partir.

— En somme, il restait à ce moment dans la maison Mme Popinga, sa sœur Any et le professeur Duclos…

— Ya !

— Et, le soir, il y avait en plus les Wienands, vous et Conrad…

— Et aussi Cor !… J'oubliais…

— Cor ?…

— C'est comme Cornélius… Un élève de l'École navale, qui prenait des leçons particulières…

— Quand est-il parti ?

— En même temps que Conrad et moi… Mais il a tourné à gauche, avec son vélo, pour retourner au bateau-école qui est sur l'*Ems-Canal*… Vous prenez sucre ?

Le thé fumait dans les tasses. Une auto venait de s'arrêter au pied du perron de trois marches. Un peu plus tard, un homme entrait, grand, large d'épaules, grisonnant, avec un visage grave, une lourdeur qui accentuait son calme.

C'était le fermier Liewens, qui attendit que sa fille lui présentât le visiteur.

Il serra vigoureusement la main de Maigret mais ne dit rien.

— Mon père ne parle pas français…

Elle lui servit une tasse de thé qu'il but debout, à petites gorgées. Puis, en néerlandais, elle le mit au courant de la naissance du veau.

Elle dut parler du rôle joué par le commissaire en cette circonstance, car il regarda celui-ci avec un étonnement non exempt d'ironie, puis, après un salut assez raide, il gagna l'étable.

— On a mis le professeur Duclos en prison ? questionna alors Maigret.

— Non ! Il est à l'hôtel Van Hasselt, avec un gendarme.

— Conrad ?

— On a transporté son corps à Groningen...
À trente kilomètres... Une grande ville de cent mille
habitants, avec une université, où Jean Duclos avait
été reçu la veille... C'est terrible, n'est-ce pas ?... On
ne comprend pas...

Terrible peut-être ! Mais cela ne se sentait pas !
Sans doute à cause de cette atmosphère limpide, du
décor doux et confortable, du thé qui fumait et de
toute cette petite ville qui avait l'air d'un jouet planté
pour rire au bord de la mer.

En se penchant à la fenêtre, on voyait, dominant la
ville de briques rouges, la cheminée et la passerelle
d'un gros cargo en déchargement. Et les bateaux, sur
l'Ems, se laissaient glisser au fil de l'eau jusqu'à la
mer.

— Conrad vous a reconduite souvent ?

— Chaque fois que j'allais chez lui... C'était un
camarade...

— Mme Popinga n'était pas jalouse ?

Maigret disait cela à tout hasard, parce que son
regard venait de tomber sur la poitrine alléchante de
la jeune fille et peut-être parce qu'il en avait reçu une
bouffée chaude aux joues.

— Pourquoi ?

— Je ne sais pas... La nuit... Tous les deux...

Elle rit, montra ses dents saines.

— En Hollande, c'est toujours... Cor aussi me
reconduisait...

— Et il n'était pas amoureux ?

Elle ne dit ni oui, ni non. Elle gloussa. C'est le mot.
Un petit gloussement de coquetterie satisfaite.

Par la fenêtre, on vit son père qui sortait le veau de l'étable, en le portant comme un bébé, et qui le posait sur l'herbe du pré, en plein soleil.

La bête oscilla sur ses quatre pattes trop grêles, faillit tomber à genoux, esquissa soudain un galop de quatre ou cinq mètres avant de s'immobiliser.

— Conrad ne vous a jamais embrassée ?

Nouveau rire, mais accompagné de très peu de rougeur.

— Oui…

— Et Cor ?…

Elle y mit plus de formes, détourna à demi la tête.

— Aussi !… Pourquoi vous demandez cela ?…

Elle avait un drôle de regard. Peut-être s'attendait-elle à ce que Maigret l'embrassât à son tour ?

Son père, dehors, l'appelait. Elle ouvrit la fenêtre. Il lui parla en néerlandais. Quand elle se retourna, ce fut pour dire :

— Excusez… Il faut que j'aille chercher le maire, en ville, pour le pedigree du veau… C'est très important… Vous n'allez pas à Delfzijl ?…

Il sortit avec elle. Elle saisit son vélo nickelé par le guidon et marcha à côté de lui, en balançant un peu les hanches qu'elle avait déjà fortes comme une femme.

— Quel beau pays, n'est-ce pas ?… Pauvre Conrad, qui ne pourra plus voir !… Les bains ouvrent demain !… Les autres années, il venait tous les jours… Il restait une heure dans l'eau…

Maigret, en marchant, regardait par terre.

## 2

*La casquette du Baes*

Contre son habitude, Maigret nota quelques détails matériels, surtout topographiques, et ce fut à proprement parler du flair, car par la suite la solution devait découler de questions de minutes et de mètres.

Entre la ferme des Liewens et la maison Popinga, il y avait à peu près douze cents mètres. Les deux habitations étaient au bord du canal et, pour aller de l'une à l'autre, on suivait le chemin de halage.

Canal à peu près désaffecté, d'ailleurs, depuis la création d'un canal beaucoup plus large et profond, l'*Ems-Canal*, reliant Delfzijl à Groningen.

Celui-ci, l'*Amsterdiep*, envasé, tortueux, ombragé par de beaux arbres, ne servait guère qu'au passage des trains de bois et de quelques bateaux de faible tonnage.

Des fermes, de loin en loin. Un chantier de réparation de bateaux.

En sortant de chez Popinga pour se rendre à la ferme, on rencontrait d'abord, toute proche, à trente mètres, la villa des Wienands. Puis une maison en construction. Ensuite un grand espace désert et le chantier encombré de piles de bois.

Au-delà de ce chantier, nouvel espace vide, après un coude du canal et du chemin. De cet endroit, on apercevait nettement les fenêtres des Popinga et, juste à gauche, le phare blanc situé de l'autre côté de la ville.

— C'est un phare à feu tournant ? questionna Maigret.

— Oui.

— Si bien que, la nuit, il doit éclairer ce tronçon de route…

— Oui ! dit-elle encore, avec un petit rire, comme si cela lui eût rappelé un joyeux souvenir.

— Pas gai pour les amoureux ! acheva-t-il.

Elle le quitta avant la maison Popinga, soi-disant parce qu'elle avait un chemin plus court à prendre, mais vraisemblablement pour ne pas être vue avec lui.

Maigret ne s'arrêta pas. La maison était moderne, en briques, avec un petit jardin devant, un potager derrière, une allée à droite et du terrain libre à gauche.

Il préféra gagner la ville, qui n'était distante que de cinq cents mètres. Il arrivait ainsi à l'écluse séparant le canal du port. Le bassin fourmillait de bateaux de cent à trois cents tonneaux, amarrés côte à côte, mâts dressés, et formant un monde flottant.

À gauche, l'hôtel Van Hasselt, où il pénétra.

Une salle obscure, aux boiseries vernies, où flottait une odeur complexe de bière, de genièvre et d'encaustique. Un grand billard. Une table aux barres de cuivre couvertes de journaux.

Dans un coin, un homme se leva dès l'arrivée de Maigret et s'avança vers lui.

— C'est vous qui m'êtes envoyé par la police française ?

Il était grand, maigre, osseux, avec un long visage aux traits très dessinés, des lunettes d'écaille et des cheveux drus taillés en brosse.

— Vous êtes sans doute le professeur Duclos ? riposta Maigret.

Il ne l'avait pas imaginé aussi jeune. Duclos pouvait avoir trente-cinq à trente-huit ans. Mais il y avait un je-ne-sais-quoi en lui qui frappa Maigret.

— Vous êtes de Nancy ?

— C'est-à-dire que j'y occupe une chaire de sociologie à l'université…

— Mais vous n'êtes pas né en France !

Cela s'engageait comme une petite guerre.

— En Suisse romande. Je suis naturalisé français. J'ai fait toutes mes études à Paris et à Montpellier…

— Et vous êtes protestant ?

— À quoi le voyez-vous ?

À rien ! À l'ensemble ! Duclos appartenait à une catégorie d'hommes que le commissaire connaissait bien. Des hommes de science. L'étude pour l'étude ! L'idée pour l'idée ! Une certaine austérité dans les allures et dans la conduite de la vie, en même temps qu'une tendance aux relations internationales. La passion des conférences, des congrès, des échanges de lettres avec des correspondants étrangers.

Il était assez nerveux, si ce terme peut s'appliquer à un homme dont les traits ne devaient jamais bouger. Sur sa table, une bouteille d'eau minérale, deux gros livres et des papiers étalés.

— Je ne vois pas le policier chargé de vous surveiller…

— J'ai donné ma parole d'honneur de ne pas sortir d'ici… Remarquez que je suis attendu par des sociétés littéraires et scientifiques d'Emden, de Hambourg, et de Brême… Je devais faire ma conférence dans ces trois villes avant de…

Une grosse femme blonde, la patronne de l'hôtel, se montrait et Jean Duclos lui expliquait en néerlandais qui était le visiteur.

— C'est à tout hasard que j'ai demandé qu'un policier me soit envoyé. J'espère, en effet, arriver à éclaircir le mystère…

— Voulez-vous me dire ce que vous savez ?

Et Maigret, se laissant tomber sur une chaise, commanda :

— Un *Bols* !… Dans un grand verre…

— Voici tout d'abord des plans, établis à l'échelle exacte. Je puis vous en confier un double. Le premier représente le rez-de-chaussée de la maison des Popinga : corridor à gauche ; à droite, le salon, puis la salle à manger ; au fond, la cuisine ; derrière celle-ci, une remise où Popinga avait l'habitude de ranger son canot et ses bicyclettes.

— Vous vous êtes tenus tous dans le salon ?

— Oui… Deux fois Mme Popinga puis Any sont allées dans la cuisine pour préparer le thé, car la servante était couchée. Voici le plan du premier : derrière, juste au-dessus de la cuisine, une salle de bains ; en façade, deux pièces : à gauche, la chambre des Popinga, à droite, un cabinet de travail où Any dormait sur un divan ; derrière enfin, la chambre qui m'avait été dévolue…

— Quelles sont les pièces d'où il est matériellement possible qu'on ait tiré ?

— Ma chambre, la salle de bains et la salle à manger du rez-de-chaussée…

— Racontez-moi la soirée.

— Ma conférence a été un triomphe… Je l'ai faite dans cette salle que vous apercevez…

Une longue salle décorée de guirlandes en papier, servant pour les bals de société, les banquets et les représentations théâtrales. Une estrade aux décors représentant un parc de château.

— Nous nous sommes dirigés ensuite vers l'*Amsterdiep*…

— En longeant les quais ? Voulez-vous me dire dans quel ordre vous marchiez ?

— J'étais devant, avec Mme Popinga, qui est une femme très cultivée. Conrad Popinga flirtait avec cette petite fermière imbécile qui ne sait que rire de toutes ses dents et qui n'a rien compris à ma causerie. Venaient ensuite les Wienands, Any et le jeune élève de Popinga, un pâle garçon quelconque…

— Vous êtes arrivés à la maison…

— On a dû vous dire que j'avais parlé de la responsabilité des assassins. La sœur de Mme Popinga, qui a fini son droit et qui professera à la rentrée, m'a demandé quelques détails. Nous avons été amenés à parler du rôle de l'avocat dans une affaire criminelle. Puis il a été question de police scientifique et je me souviens que je lui ai recommandé de lire les ouvrages du professeur viennois Grosz. J'ai soutenu la thèse que le crime impuni est rigoureusement impossible. J'ai disserté sur les empreintes, l'analyse des débris de toutes sortes, les déductions… Par contre, Conrad Popinga s'obstinait à me faire écouter *Radio-Paris* !

Maigret souriait à peine.

— Il y est arrivé ! On jouait du jazz. Popinga est allé chercher une bouteille de cognac et s'est étonné de voir un Français qui n'en buvait pas. Il en a bu, lui, et aussi la fermière !... Ils étaient très gais... Ils ont dansé...

» — *Comme à Paris !...* exultait Popinga.

— Vous ne l'aimiez pas ! remarqua Maigret.

— Un gros garçon sans intérêt ! Wienands, lui, bien que préoccupé de mathématiques, nous écoutait... Un bébé a pleuré... Les Wienands sont partis... La fermière était très animée... Conrad a proposé de la reconduire et ils sont partis tous les deux à vélo... Mme Popinga m'a conduit à ma chambre... J'ai mis quelques papiers en ordre dans ma valise... J'allais prendre des notes pour un volume que je prépare quand j'ai entendu un coup de feu, si proche que j'aurais pu croire que c'était dans ma chambre même qu'on avait tiré... Je me suis précipité dehors... La salle de bains était entrouverte... J'ai poussé la porte... Fenêtre grande ouverte... Quelqu'un râlait dans le jardin, près du hangar aux vélos...

— Il y avait de la lumière dans la salle de bains ?

— Non... Je me suis penché à la fenêtre... Ma main s'est posée sur la crosse d'un revolver que j'ai saisi machinalement... Je devinais une forme étendue, près du hangar... J'ai voulu descendre... Je me suis heurté à Mme Popinga qui sortait de chez elle, affolée... Nous avons couru tous les deux dans l'escalier... Nous n'avions pas encore traversé la cuisine que nous étions rejoints par Any, tellement boule-

versée qu'elle était descendue en combinaison…
Vous comprendrez mieux quand vous la
connaîtrez…

— Popinga ?…

— À demi mort… Il nous a regardés avec des gros
yeux troubles, en étreignant sa poitrine d'une main…
Au moment où j'essayais de le soulever, il s'est raidi…
Il était mort, une balle au cœur…

— C'est tout ce que vous savez ?

— On a téléphoné à la gendarmerie, au médecin…
On a appelé Wienands, qui est venu nous aider… Je
sentais une certaine gêne… J'oubliais qu'on m'avait
vu avec le revolver dans la main… Les gendarmes me
l'ont rappelé, m'ont demandé des explications… Ils
m'ont prié poliment de me tenir à leur disposition…

— Il y a six jours de cela ?

— Oui… Je travaille à résoudre le problème, car
c'en est un !… Voyez ces papiers.

Maigret vida sa pipe, sans un regard aux papiers en
question.

— Vous ne sortez pas de l'hôtel ?

— Je le pourrais, mais je préfère éviter tout incident. Popinga était très aimé de ses élèves, qu'on rencontre sans cesse par la ville…

— On n'a découvert aucun indice matériel ?

— Pardon ! Any, qui poursuit son enquête de son
côté et qui espère bien réussir, encore qu'elle manque
de méthode, m'apporte de temps à autre des renseignements… Sachez d'abord que la baignoire de la salle
de bains est recouverte d'un couvercle en bois qui la
transforme en table à repasser… Le lendemain matin,
on a soulevé ce couvercle et on a trouvé une vieille

casquette de marin qui n'avait jamais été vue dans la
maison... Au rez-de-chaussée, les investigations ont eu
pour résultat de faire découvrir, sur le tapis de la salle
à manger, un bout de cigare en tabac très noir, de
Manille, je crois, comme n'en fumaient ni Popinga, ni
Wienands, ni le jeune élève. Et moi, je ne fume
jamais... Or, la salle à manger avait été balayée aussitôt
après le dîner...

— D'où vous concluez ?...

— Rien ! laissa tomber Jean Duclos. Je conclurai à
mon heure. Je m'excuse de vous avoir fait venir de si
loin. Au surplus, on aurait pu choisir un policier
connaissant la langue du pays... Vous ne me serez
utile qu'au cas où on prendrait à mon égard des
mesures contre lesquelles vous auriez à protester
officiellement.

Maigret se caressait le nez tout en souriant d'un
sourire vraiment délicieux.

— Vous êtes marié, monsieur Duclos ?

— Non !

— Et vous ne connaissiez auparavant ni les
Popinga, ni la petite sœur Any, ni aucune des personnes présentes ?

— Aucune ! Eux me connaissaient de réputation...

— Bien entendu ! Bien entendu !...

Et il prit sur la table les deux plans faits au tire-
ligne, les fourra dans sa poche, toucha le bord de son
chapeau et s'en fut.

Le bureau de police était moderne, confortable et
clair. On attendait Maigret. Le chef de gare avait
signalé son arrivée et on s'étonnait de ne pas encore
l'avoir vu.

Il entra comme chez lui, retira son pardessus de demi-saison, posa son chapeau sur un meuble.

L'inspecteur envoyé de Groningen parlait un français lent, un peu précieux. C'était un grand garçon blond et sec, d'une affabilité remarquable, qui soulignait toutes ses phrases de petits saluts semblant dire : « Vous comprenez ?… Nous sommes d'accord ?… »

Il est vrai que Maigret ne le laissa guère parler.

— Puisque vous êtes sur cette affaire depuis six jours, dit-il, vous devez avoir vérifié les heures…

— Quelles heures ?…

— Il serait intéressant de savoir, par exemple, combien de minutes exactement la victime a mis pour reconduire Mlle Beetje chez elle et revenir… Attendez !… Je voudrais savoir aussi à quelle heure Mlle Beetje a mis les pieds à la ferme où son père, qui l'attendait, doit pouvoir vous répondre… Enfin à quelle heure le jeune Cor est rentré au bateau-école, où il y a sans doute un homme de garde…

Le policier eut l'air ennuyé, se leva soudain, comme pris d'une inspiration, marcha vers le fond de la pièce et revint avec une casquette de marin complètement avachie. Alors il prononça avec une lenteur exagérée :

— Nous avons retrouvé le propriétaire de cet objet, qui a été découvert dans la baignoire… C'est… c'est un homme que nous appelons le Baes… En français, vous diriez le patron…

Est-ce que seulement Maigret écoutait ?

— Nous ne l'avons pas arrêté, parce que nous voulons le surveiller et que c'est une figure populaire du pays… Vous connaissez l'embouchure de l'Ems ?…

Lorsqu'on arrive en mer du Nord, à une dizaine de milles d'ici, on rencontre des îles sablonneuses, que les grandes marées d'équinoxe submergent à peu près complètement… Une de ces îles s'appelle Workum… Un homme s'y est installé, avec sa famille, des valets, et s'est mis en tête d'y faire de l'élevage… C'est le Baes… Il a obtenu une subvention de l'État, car il y a un feu fixe à entretenir… On l'a même nommé maire de Workum, dont il est le seul habitant… Il a un bateau à moteur, avec lequel il va et vient de son île à Delfzijl…

Maigret ne bronchait toujours pas. Le policier cligna de l'œil.

— Un drôle de corps ! Un bonhomme de soixante ans, dur comme une roche. Il a trois fils, qui sont des pirates comme lui… Car… Écoutez !… Ce ne sont pas des choses à raconter. Vous savez que Delfzijl reçoit surtout des bois de Finlande et de Riga… Les vapeurs qui les amènent ont une partie du chargement sur le pont… Ce chargement est retenu par des chaînes… Or, en cas de danger, les capitaines ont ordre de faire couper les chaînes et de laisser emporter le chargement de pont par la mer, afin d'éviter la perte du bateau tout entier… Vous ne comprenez pas encore ?…

Décidément, Maigret n'avait pas l'air de s'intéresser du tout à cette histoire.

— Le Baes est un malin… Il connaît tous les capitaines qui viennent ici… Il sait s'arranger avec eux… Alors, en vue des îles, il y a toujours une raison pour couper au moins une des chaînes… Ce sont quelques tonnes de bois qui vont à la mer et que la marée transporte sur le sable de Workum… Droit d'épave !…

Comprenez-vous, maintenant ?... Le Baes partage
avec les capitaines... Et c'est sa casquette qu'on a
retrouvée dans la baignoire !... Un seul ennui : il ne
fume que la pipe... Mais il n'était pas nécessairement
seul...

— C'est tout ?

— Pardon ! M. Popinga, qui a des relations partout, ou plutôt qui en avait, avait été nommé voilà
quinze jours vice-consul de Finlande à Delfzijl...

Le maigre jeune homme blond triomphait, haletait
de contentement.

— Où était son bateau la nuit du crime ?

Ce fut presque un cri :

— À Delfzijl !... À quai !... Près de l'écluse !...
Autrement dit, à cinq cents mètres de la maison...

Maigret bourrait sa pipe, allait et venait dans le
bureau, regardait d'un œil terne des rapports dont il
ne comprenait pas un traître mot.

— Vous n'avez rien découvert d'autre ?... questionna-t-il soudain en enfonçant les deux mains dans
ses poches.

Il fut à peine surpris de voir rougir le policier.

— Vous savez déjà ?...

Il se reprit :

— Il est vrai que vous avez passé toute l'après-midi
à Delfzijl... Méthode française !...

Il parlait avec gêne.

— Je ne sais pas encore ce que vaut cette déposition... C'était le quatrième jour... Mme Popinga est
venue... Elle m'a dit qu'elle avait consulté le pasteur
pour savoir si elle devait parler... Vous connaissez la
maison ?... Pas encore ?... Je puis vous remettre un
plan...

— Merci ! J'en ai un ! dit le commissaire en le tirant de sa poche.

Et l'autre, ahuri, de poursuivre :

— Vous voyez la chambre des Popinga ?… De la fenêtre, on ne peut apercevoir qu'un petit morceau de la route qui conduit à la ferme… Juste le morceau qui est éclairé par les rayons du phare, de quinze en quinze secondes…

— Et Mme Popinga, jalouse, guettait son mari ?

— Elle regardait… Elle a vu passer les deux vélos qui allaient vers la ferme… Puis le vélo de son mari qui revenait… Puis, tout de suite après, à cent mètres derrière, le vélo de Beetje Liewens…

— *Autrement dit, après que Conrad Popinga l'eut reconduite, Beetje revenait toute seule vers la maison Popinga… Qu'en dit-elle ?…*

— Qui ?

— La jeune fille…

— Encore rien… Je n'ai pas voulu la questionner tout de suite… C'est très grave… Et vous avez peut-être dit le mot… Jalousie !… Vous comprenez ?… M. Liewens est membre du Conseil…

— À quelle heure Cor est-il rentré à l'école ?

— Cela, nous savons… Cinq minutes après minuit…

— Et le coup de feu a été tiré ?…

— Cinq minutes avant minuit… Seulement, il y a la casquette, et le cigare…

— Il a un vélo ?

— Oui… Tout le monde, ici, circule en vélo… C'est pratique… Moi-même… Mais, ce soir-là, il ne l'avait pas pris…

— Le revolver a été examiné ?

— Ya ! C'est le revolver de Conrad Popinga…
Revolver d'ordonnance… Il restait toujours, chargé
de six balles, dans la table de nuit…

— Le coup a été tiré à combien de mètres ?

— Environ six… (il prononçait *sisse*). C'est la distance de la fenêtre de la salle de bains… C'est aussi la
distance de la fenêtre de la chambre de M. Duclos…
Et peut-être que le coup n'a pas été tiré d'en haut…
On ne peut pas savoir, parce que le professeur, qui
remisait son vélo, était peut-être penché… Seulement, il y a la casquette… Et le cigare, n'oubliez
pas !…

— Zut pour le cigare ! grommela Maigret entre ses
dents.

Et, à voix haute :

— Mlle Any est au courant de la déposition de sa
sœur ?

— Oui.

— Qu'est-ce qu'elle en dit ?

— Elle ne dit rien ! C'est une jeune fille très instruite. Elle ne parle pas beaucoup. Elle n'est pas
comme les autres jeunes filles…

— Elle est laide ?

Décidément, chaque interruption de Maigret avait
le don de faire sursauter le Hollandais.

— Pas jolie !

— Bon ! donc elle est laide ! Et vous disiez
que… ?

— Elle veut trouver l'assassin… Elle travaille…
Elle a demandé à lire les rapports…

Ce fut un hasard. Une jeune fille entrait, une serviette de cuir sous le bras, vêtue avec une austérité qui frisait le manque de goût.

Elle marcha droit devant elle vers le policier de Groningen. Elle se mit à parler avec volubilité dans sa langue, sans voir l'étranger, ou bien le dédaignant.

L'autre rougit, se balança d'une jambe à l'autre, remua des papiers pour se donner contenance, désigna Maigret du regard. Mais elle ne consentait pas à faire attention à celui-ci.

En désespoir de cause, le Hollandais prononça en français, comme à regret :

— Elle dit que la loi s'oppose à ce que vous procédiez à des interrogatoires sur notre territoire...

— C'est Mlle Any ?

Un visage irrégulier. Une bouche trop grande, aux dents mal plantées, sans lesquelles elle n'eût pas été plus déplaisante qu'une autre. Une poitrine plate. De grands pieds. Mais surtout une assurance crispante de suffragette.

— Oui... Selon les textes, elle a raison... Mais je lui réponds que les usages...

— Mlle Any comprend le français, n'est-ce pas ?

— Je crois...

La jeune fille ne tressaillit même pas, attendit, le menton levé, la fin de cette conférence à deux qui ne semblait pas la concerner.

— Mademoiselle, dit Maigret avec une galanterie exagérée, j'ai l'honneur de vous présenter mes hommages... Commissaire Maigret, de la Police Judiciaire... Tout ce que je voudrais savoir, c'est ce que vous pensez de Mlle Beetje et de ses relations avec Cornélius...

Elle essaya de sourire. Un sourire de timide qui se force. Elle regarda Maigret, puis son compatriote, balbutia dans un français pénible :

— Je ne... je... comprendre pas bien...

Et cet effort suffit à la rendre pourpre jusqu'aux oreilles, tandis que son regard appelait au secours.

## 3

### *Le Club des Rats de Quai*

Ils étaient une dizaine d'hommes, en lourde vareuse de laine bleue, en casquette de marin et en sabots vernis, les uns adossés à la porte de la ville, d'autres appuyés à des bittes d'amarrage, d'autres enfin campés sur leurs jambes que de larges pantalons rendaient monumentales.

Ils fumaient, chiquaient, crachaient surtout, et de temps en temps une phrase les faisait rire aux éclats en se tapant les cuisses.

À quelques mètres d'eux, les bateaux. Derrière, la petite ville confite dans ses digues. Un peu plus loin, une grue déchargeait un bateau de charbon.

Tout d'abord, les hommes du groupe n'aperçurent pas Maigret qui flânait le long du *warf*. Si bien que le commissaire eut tout le temps de les observer.

Il savait qu'à Delfzijl on appelle ironiquement cette réunion le *Club des Rats de Quai*. Sans même en être informé, il eût deviné que la plupart de ces marins-là passaient le plus clair de leurs journées à la même place, sous la pluie ou le soleil, à bavarder paresseusement et à étoiler le sol de jets de salive.

L'un d'eux était propriétaire de trois *clippers*, de beaux bateaux à voile et à moteur de quatre cents tonnes, dont un était en train de remonter l'Ems et ne tarderait pas à entrer au port.

Il y avait des gens moins reluisants, un calfat qui ne devait pas calfater grand-chose, et aussi le préposé à une écluse désaffectée, portant la casquette du gouvernement.

Mais, au milieu, un bonhomme éclipsait tous les autres, non seulement parce qu'il était le plus gros, le plus large, le plus rouge de visage, mais parce qu'on sentait en lui une personnalité plus forte.

Des sabots. Une vareuse. Sur la tête, une casquette toute neuve qui n'avait pas encore eu le temps de prendre la forme de la tête et qui par le fait était ridicule.

L'homme était Oosting, plus souvent appelé le Baes, occupé à fumer une courte pipe en terre tout en écoutant ce que ses voisins racontaient.

Il souriait vaguement. De temps en temps, il tirait sa pipe de sa bouche pour laisser la fumée s'échapper plus doucement de ses lèvres.

Un petit pachyderme. Une brute épaisse, avec pourtant des yeux très doux, et quelque chose d'à la fois dur et douillet dans toute sa personne.

Ses yeux étaient braqués sur un bateau d'une quinzaine de mètres amarré au quai. Un bateau rapide, bien coupé, un ancien yacht vraisemblablement, mais sale, en désordre.

C'était le sien et, de cette place-là, on pouvait voir ensuite l'Ems large de vingt kilomètres, un miroitement lointain qui était celui de la mer du Nord avec, quelque part, une bande de sable roux qui était l'île de Workum, le domaine d'Oosting.

Le soir tombait et les feux rouges du couchant rendaient plus rouge cette ville de briques, incendiaient le minium d'un cargo en réparation dont les reflets s'étiraient sur l'eau du bassin.

Le regard du Baes, en errant doucement sur les choses, alla en quelque sorte cueillir Maigret dans le paysage. Les prunelles, d'un bleu-vert, étaient toutes petites. Elles restèrent accrochées au commissaire un bon moment, après quoi l'homme débourra sa pipe en la secouant contre son sabot, cracha, chercha dans sa poche une vessie de porc qui contenait le tabac et s'adossa plus confortablement au mur.

Dès lors, Maigret ne cessa de sentir sur lui ce regard où il n'y avait pas d'ostentation ni de défi, un regard calme et pourtant soucieux, un regard qui mesurait, qui appréciait, qui calculait.

Le commissaire était sorti le premier du bureau de police, après avoir pris rendez-vous avec l'inspecteur hollandais Pijpekamp.

Any était restée là-bas et elle ne tarda pas à passer, à pas pressés, sa serviette sous le bras, le corps un peu penché en avant, en femme qui ne s'intéresse pas au mouvement de la rue.

Ce n'est pas elle que Maigret regarda, mais le Baes, qui la suivit longtemps des yeux, et, le front plus ridé, se tourna ensuite vers Maigret.

Alors, sans trop savoir pourquoi, celui-ci s'avança vers le groupe qui se tut. Dix visages se tournèrent de son côté avec un certain étonnement.

Il s'adressa à Oosting.

— Pardon ! Est-ce que vous comprenez le français ?

Le Baes ne broncha pas, parut réfléchir. Un maigre matelot, son voisin, expliqua :

— *Frenchman !... French-politie !...*

Ce fut peut-être une des minutes les plus étranges de la carrière de Maigret. Son interlocuteur, tourné un instant vers son bateau, parut hésiter.

C'était clair qu'il avait envie de dire au commissaire de monter avec lui à bord. On distinguait une petite cabine aux cloisons de chêne, avec la lampe à cardan, le compas.

Les autres attendaient. Il ouvrit la bouche.

Puis soudain il haussa les épaules avec l'air de conclure : « C'est idiot !... »

Ce n'est pas ce qu'il dit. Il prononça d'une voix enrouée qui sortait du larynx :

— Pas comprendre... *Hollandsch... English...*

On voyait la silhouette noire d'Any, avec son voile de deuil, qui franchissait le pont du canal avant de s'engager le long de l'*Amsterdiep*.

Le Baes surprit le regard que Maigret lançait à sa casquette neuve, mais il ne tressaillit pas. Ce fut plutôt une ombre de sourire qui erra sur ses lèvres.

À ce moment, le commissaire eût donné gros pour pouvoir causer avec cet homme, dans son langage, ne fût-ce que cinq minutes. Sa bonne volonté était telle qu'il bafouilla quelques syllabes anglaises, mais avec un tel accent que nul ne le comprit.

— Pas comprendre !... Personne comprendre ! répéta celui qui était déjà intervenu.

Alors ils reprirent leur conversation tandis que Maigret s'éloignait avec le sentiment confus qu'il venait de toucher au plus près du cœur de l'énigme et que, faute de compréhension mutuelle, il s'en écartait.

Il se retourna quelques minutes plus tard. Le groupe des Rats de Quai bavardait toujours dans le couchant et les derniers rayons du soleil rendaient plus pourpre la grosse face du Baes toujours tournée vers le policier.

Jusque-là, Maigret avait en quelque sorte tourné en rond autour du drame en gardant pour la fin la visite, toujours pénible, à une maison endeuillée.

Il y sonna. Il était un peu plus de six heures. Il n'avait pas pensé que c'est l'heure du repas du soir chez les Hollandais et, quand une petite bonne lui ouvrit la porte, il aperçut, dans la salle à manger, les deux femmes à table.

Elles se levèrent d'un même mouvement avec un empressement un peu raide de pensionnaires bien élevées.

Elles étaient tout en noir. Sur la table il y avait du thé, des tranches de pain coupées très minces et de la charcuterie. Malgré le crépuscule, la lampe n'était pas allumée, mais un poêle à gaz, à feu visible à travers les micas, luttait contre la pénombre.

Ce fut Any qui pensa tout de suite à tourner le commutateur électrique, tandis que la servante allait fermer les rideaux.

— Veuillez m'excuser… dit Maigret. Je suis d'autant plus confus de vous déranger que j'arrive à l'heure de votre repas…

Mme Popinga esquissa un geste gauche vers un fauteuil, regarda autour d'elle avec embarras, tandis que sa sœur se retirait aussi loin que possible dans la pièce.

C'était à peu près la même ambiance qu'à la ferme. Des meubles modernes, mais d'un modernisme très doux. Des tons feutrés, formant une harmonie distinguée et triste.

— Vous venez pour…

La lèvre inférieure de Mme Popinga se souleva et elle dut porter son mouchoir à sa bouche pour arrêter un sanglot qui éclatait soudain. Any ne bougeait pas.

— Excusez-moi… Je reviendrai…

Elle fit signe que non. Elle s'efforçait de reprendre son sang-froid. Elle devait être de quelques années plus âgée que sa sœur. Elle était grande, beaucoup plus femme. Ses traits étaient réguliers, avec un soupçon de couperose aux joues, deux ou trois cheveux gris.

Et une distinction effacée dans toutes les attitudes ! Maigret se souvint qu'elle était fille d'un directeur d'école, qu'elle parlait couramment plusieurs langues, qu'elle était très instruite. Mais cela n'empêchait pas sa timidité, une timidité de bourgeoise de petite ville qu'un rien effarouche.

Il se souvint aussi qu'elle appartenait à la plus austère des sectes protestantes, qu'elle présidait les œuvres de charité de Delfzijl, les cercles intellectuels féminins…

Elle arrivait à se maîtriser. Elle regardait sa sœur comme pour lui demander son aide.

— Pardon !… Mais c'est incroyable, n'est-ce pas ?… Conrad !… Un homme que tout le monde aimait…

Son regard tomba sur un haut-parleur de T.S.F. placé dans un coin et elle faillit fondre en larmes.

— C'était sa seule distraction… balbutia-t-elle. Et son canot, l'été, le soir, sur l'*Amsterdiep*… Il travaillait beaucoup… Qui a pu faire ça ?…

Et, comme Maigret ne disait rien, elle ajouta, plus rose, sur le ton qu'elle eût employé si on l'eût prise à partie :

— Je n'accuse personne… Je ne sais pas… Je ne veux pas croire, vous comprenez ?… C'est la police qui a pensé au professeur Duclos, parce qu'il est sorti avec le revolver à la main… Moi, je ne sais rien… C'est trop affreux !… Quelqu'un qui a tué Conrad !… Pourquoi ?… Pourquoi lui ?… Pas même pour voler !… Alors ?…

— Vous avez parlé à la police de ce que vous avez vu par la fenêtre…

Elle rougit encore. Elle se tenait debout, une main appuyée à la table servie.

— Je ne savais pas s'il fallait… Je pense que Beetje n'a rien fait… Seulement j'ai vu, par hasard… On m'a dit que les plus petits détails pouvaient servir à l'enquête… J'ai demandé conseil au pasteur… Il m'a dit de parler… Beetje est une brave fille… Vraiment, je ne vois pas qui !… Certainement quelqu'un qui devrait être dans un asile d'aliénés…

Elle ne cherchait pas ses mots. Son français était pur, nuancé d'un accent très léger.

— Any m'a appris que vous êtes venu de Paris… À cause de Conrad !… Est-ce qu'on peut croire cela ?…

Elle était plus calme. Sa sœur, toujours dans le même angle de la pièce, ne bougeait pas, et Maigret ne pouvait l'apercevoir qu'en partie par le truchement d'un miroir.

— Vous devez sans doute visiter la maison ?

Elle s'y résignait. Pourtant elle soupira :

— Voulez-vous aller avec… Any…

Une robe noire passa devant le commissaire. Il la suivit dans un escalier orné d'un tapis tout neuf. La maison, qui n'avait pas dix ans, était construite comme un bibelot, avec des matériaux légers, brique creuse et sapin. Mais les peintures qui recouvraient toutes les boiseries donnaient à l'ensemble de la fraîcheur.

La porte de la salle de bains fut ouverte la première. Le couvercle de bois se trouvait sur la baignoire, transformée ainsi en table à repasser. Maigret se pencha à la fenêtre, vit le hangar à vélos, le potager bien entretenu et, au-delà des champs, la ville de Delfzijl où peu de maisons avaient un étage et où aucune n'en avait deux.

Any attendait à la porte.

— Il paraît que vous poursuivez l'enquête de votre côté ! lui dit Maigret.

Elle tressaillit mais ne répondit pas, se hâta d'ouvrir la chambre du professeur Duclos.

Lit de cuivre. Garde-robe en pitchpin. Linoléum par terre.

— C'était la chambre de qui ?

Elle dut faire un effort pour articuler :

— De moi… quand je venais…

— Vous veniez souvent ?

— Oui… je…

C'était bien de la timidité. Les sons mouraient dans sa gorge. Son regard cherchait du secours.

— Alors, comme le professeur était ici, vous avez dormi dans le cabinet de travail de votre beau-frère ?…

Elle fit signe que oui, en ouvrit la porte. Une table était surchargée de livres, entre autres d'ouvrages nouveaux sur les compas gyroscopiques et sur la commande des navires par ondes hertziennes. Des sextants. Au mur, des photos représentant Conrad Popinga en Asie, en Afrique, en tenue de premier lieutenant ou de capitaine.

Une panoplie d'armes malaises. Des émaux japonais. Sur des tréteaux, quelques outils de préci-sion et un compas démonté que Popinga devait avoir entrepris de réparer.

Un divan recouvert de reps bleu.

— La chambre de votre sœur ?…

— À côté…

Le cabinet de travail communiquait à la fois avec la chambre du professeur et avec celle des Popinga, aménagée avec plus de recherche. Une lampe d'albâtre à la tête du lit. Un assez beau tapis persan. Des meubles en bois des îles.

— Vous étiez dans le cabinet de travail… dit rêveusement Maigret.

Signe affirmatif.

— Donc, vous ne pouviez en sortir sans passer par la chambre du professeur ou par celle de votre sœur ?

Nouveau signe.

— Or le professeur était chez lui. Votre sœur aussi…

Elle écarquilla les yeux, ouvrit la bouche sous le coup d'une stupeur inouïe.

— Vous croyez… ?

Il grommela, en arpentant les trois pièces :

— Je ne crois rien ! Je cherche ! J'élimine ! Et, jusqu'ici, vous êtes la seule qui puissiez être logiquement éliminée, à moins de croire à la complicité de Duclos ou de Mme Popinga...

— Vous... vous...

Mais il poursuivait pour lui-même :

— Duclos a pu tirer, soit de sa chambre, soit de la salle de bains, c'est évident !... Mme Popinga aurait pu, elle, pénétrer dans la salle de bains... Mais le professeur, qui y est entré tout de suite après le coup de feu, ne l'y a pas vue... Au contraire ! Il l'a vue qui sortait de chez elle quelques secondes plus tard...

Ne perdait-elle pas un peu de sa timidité ? L'étudiante reprenait le dessus sur la jeune fille, comme par le fait de cet exposé technique.

— On a pu tirer d'en bas... dit-elle, le regard plus pointu, son maigre corps tout raidi. Le docteur dit...

— N'empêche que le revolver qui a tué votre beau-frère est bien celui que Duclos avait à la main... À moins que l'assassin l'ait lancé au premier étage, par la fenêtre...

— Pourquoi non ?

— Évidemment ! Pourquoi non ?

Et il descendit sans l'attendre cet escalier qui semblait trop étroit pour lui et dont les marches craquaient sous son poids.

Il retrouva Mme Popinga debout dans le salon, à la même place, eût-on dit, que quand il l'avait quittée. Any le suivait.

— Cornélius venait souvent ici ?

— Presque tous les jours... Il ne prenait des leçons que trois fois par semaine, le mardi, le jeudi et le

samedi... Mais il venait les autres jours... Ses parents
habitent les Indes... Il y a un mois, il a appris que sa
mère était morte, déjà enterrée quand il a reçu la
lettre... Alors...

— Et Beetje Liewens ?

Il y eut une certaine gêne. Mme Popinga regarda
Any. Any baissa les yeux.

— Elle venait...

— Souvent ?

— Oui...

— Vous l'invitiez ?

Cela devenait plus aigu, plus précis. Maigret sentait
qu'il avançait, sinon dans la découverte de la vérité,
du moins dans la pénétration de la vie de la maison.

— Non... oui...

— Je crois qu'elle n'a pas le même caractère que
vous et que Mlle Any ?

— Elle est très jeune, n'est-ce pas ?... Son père
était un ami de Conrad... Elle nous apportait des
pommes, ou des framboises, ou de la crème...

— Elle n'était pas amoureuse de Cor ?

— Non !...

C'était catégorique.

— Vous ne l'aimiez pas beaucoup ?

— Pourquoi non ?... Elle venait... Elle riait...
Elle parlait tout le temps... Comme un oiseau, vous
comprenez ?...

— Vous connaissez Oosting ?

— Oui...

— Il était en relation avec votre mari ?

— L'an dernier, il a fait placer un moteur neuf sur
son bateau... Alors, il a demandé conseil à Conrad...
Conrad lui a fait les plans... Ils sont allés chasser le

*zeehond…* comment dites-vous en français ?… le chien… oui, le chien de mer, sur les bancs de sable…

Et soudain :

— Vous pensez que… ? La casquette, peut-être ?… C'est impossible… Oosting !…

Et elle gémit, à nouveau bouleversée :

— Oosting non plus !… Non ! personne !… Personne ne peut avoir tué Conrad… Vous ne l'avez pas connu… Il… il…

Elle détourna la tête, parce qu'elle pleurait. Maigret préféra se retirer. On ne lui tendit pas la main et il se contenta de s'incliner en grommelant des excuses.

Dehors, il fut surpris par la fraîcheur humide qui se dégageait du canal. Et, sur l'autre rive, non loin du chantier de réparation de bateaux, il aperçut le Baes en conversation avec un jeune élève de l'École navale en uniforme.

Ils étaient debout tous les deux dans le crépuscule. Oosting semblait discourir avec énergie. Le jeune homme baissait la tête et on ne voyait que le pâle ovale de son visage.

Maigret comprit que cela devait être Cornélius. Il en fut sûr quand il distingua un brassard noir sur la manche de drap bleu.

# 4

## Les bois flottés de l'Amsterdiep

Ce ne fut pas une filature au sens strict du mot. À aucun moment Maigret n'eut en tout cas l'impression qu'il espionnait quelqu'un.

Il sortait de la maison des Popinga. Il faisait quelques pas. Il apercevait deux hommes de l'autre côté du canal, et il s'arrêtait carrément pour les observer. Il ne se cachait pas. Il était debout de toute sa taille au bord de l'eau, la pipe aux dents, mains dans les poches.

Mais c'est peut-être parce qu'il ne se cachait pas, parce que néanmoins les autres ne l'avaient pas vu et qu'ils poursuivaient leur entretien passionné, qu'il y eut dans cet instant-là quelque chose d'émouvant.

La rive du canal sur laquelle se tenaient les deux hommes était déserte. Un hangar se dressait au milieu d'un chantier où deux bateaux étaient à sec, étayés par des madriers. Des canots pourrissaient hors de l'eau.

Enfin, sur le canal même, les troncs d'arbres, qui ne laissaient voir qu'un mètre ou deux de la surface liquide et donnaient au paysage comme un parfum exotique.

C'était le soir. Une demi-obscurité régnait et pourtant l'air restait limpide, laissait aux couleurs toute leur pureté.

Le calme était si intense qu'il surprenait, et que le coassement d'une grenouille, dans une mare lointaine, faisait sursauter.

Le Baes parlait. Il n'élevait pas la voix. Mais on sentait qu'il martelait les syllabes, qu'il voulait être compris ou obéi. Tête basse, le jeune homme en costume d'aspirant écoutait. Il portait des gants blancs qui mettaient deux taches crues, les seules, dans le paysage.

Soudain, il y eut un appel déchirant. C'était un âne qui commençait à braire, derrière Maigret, dans un pré. Et cela suffit pour rompre le charme. Oosting regarda dans la direction de la bête, qui s'en prenait au ciel, aperçut Maigret, laissa errer son regard sur lui, sans broncher.

Il dit encore quelques mots à son compagnon, enfonça le court tuyau de sa pipe en terre dans sa bouche et se dirigea vers la ville.

Cela ne signifiait rien, ne prouvait rien. Maigret marchait, lui aussi, et tous deux cheminaient de conserve, chacun sur une rive de l'*Amsterdiep*.

Mais le chemin que suivait Oosting s'écartait bientôt de la berge. Le Baes ne tardait pas à disparaître derrière de nouveaux hangars. Pendant près d'une minute on continua à entendre le martèlement lourd de ses sabots.

C'était la nuit, à un halo imperceptible près. Des lampes venaient de s'allumer dans la ville et le long du canal, où l'éclairage cessait au-delà de la maison des

Wienands. L'autre rive, non habitée, restait dans l'ombre.

Maigret se retourna, sans savoir pourquoi. Il grogna, parce que l'âne lançait un nouvel hi-han désespéré.

Et il vit au loin, plus loin que les maisons, deux petites taches blanches qui dansaient au-dessus du canal. C'étaient les gants de Cornélius.

Si l'on n'y prêtait attention, et surtout si on oubliait que la surface de l'eau était encombrée par des arbres, le spectacle était fantomatique. Ces mains qui s'agitaient dans le vide. Le corps qui se confondait avec la nuit. Et sur l'eau le reflet de la dernière lampe électrique.

On n'entendait plus les pas d'Oosting. Maigret s'achemina vers les dernières maisons, passa à nouveau devant celle des Popinga, puis devant celle des Wienands.

Il ne se cachait toujours pas, mais il savait qu'il devait lui aussi se confondre avec la nuit. Il suivait les gants des yeux. Il comprenait. Cornélius, pour ne pas faire le tour par Delfzijl, où il y avait un pont sur le canal, franchissait l'eau en s'aidant des troncs d'arbres qui formaient radeau. Au milieu, il avait un bond de deux mètres à faire. Les mains blanches s'agitèrent davantage, décrivirent une courbe rapide et l'eau clapota.

Quelques secondes plus tard, il marchait le long de la berge, suivi, à cent mètres à peine, par Maigret.

Ce fut inconscient de part et d'autre, et d'ailleurs Cornélius devait ignorer la présence du commissaire. Toujours est-il que, dès les premiers pas qu'ils firent, ils étaient en cadence, si bien que les crissements de la cendrée se confondaient.

Maigret s'en rendit compte, parce qu'à certain moment son pied buta et que pendant un dixième de seconde le synchronisme cessa d'être absolu.

Il ne savait pas où il allait. Et pourtant son pas devenait plus rapide à mesure que le jeune homme marchait plus vite. Mieux : il se sentait emporté peu à peu par une sorte de vertige.

Au début, les pas étaient longs, réguliers. Ils se raccourcissaient. Ils se précipitaient.

À l'instant précis où Cornélius passait devant le chantier de bois, un véritable concert de grenouilles éclata et il y eut un arrêt net.

Cornélius avait-il peur ? La marche reprit, mais plus irrégulière encore, avec parfois du flottement, d'autres fois, au contraire, deux ou trois pas si rapides qu'on eût pu croire qu'il allait courir.

Dès lors, ce fut fini du silence, car le chœur des grenouilles ne cessa plus. Il remplissait toute la nuit.

Et le pas s'accélérait. Le phénomène continuait : Maigret, à force de marcher à la cadence de son compagnon, sentait littéralement son état d'âme.

Cornélius avait peur ! Il marchait vite parce qu'il avait peur ! Il avait hâte d'arriver. Mais, quand il passait près d'une ombre aux contours étranges, tas de bois, arbre mort, buisson, son pied restait en l'air un dixième de seconde de plus.

Le canal tourna. Cent mètres plus loin, dans la direction de la ferme, c'était le court espace éclairé par les rayons du phare.

Et le jeune homme sembla trébucher sur cette lumière. Il se retourna. Il la traversa en courant, en se retournant encore.

Il l'avait dépassée et il se retournait toujours tandis que Maigret entrait tranquillement dans la zone lumineuse, de toute sa largeur, de tout son volume, de tout son poids.

L'autre ne pouvait pas ne pas le voir. Il s'arrêta. Le temps de reprendre son souffle. Il repartit.

La lumière était derrière eux. Devant, c'était une fenêtre éclairée, celle de la ferme. Le chant des grenouilles ne les suivait-il pas ? Ils avaient beau s'éloigner, il restait aussi proche, les enveloppait comme si les bêtes eussent été des centaines à les escorter.

Arrêt brusque, définitif, à cent mètres de la maison. Une silhouette se détacha du tronc d'un arbre. Une voix chuchota.

Maigret ne voulait pas retourner en arrière. C'eût été ridicule. Il ne voulait pas se cacher. Au surplus, il était trop tard puisqu'il avait traversé les rayons du phare.

On savait qu'il était là. Il alla de l'avant, lentement, dérouté de n'avoir plus un autre pas pour faire écho au sien.

L'obscurité était très dense, parce qu'il y avait des arbres à l'épais feuillage des deux côtés de la route. Mais il y avait un gant blanc sur quelque chose…

Une étreinte… La main de Cornélius derrière la taille d'une jeune fille, de Beetje…

Encore cinquante mètres tout au plus… Maigret marqua un temps d'arrêt, tira des allumettes de sa poche, en fit flamber une pour allumer sa pipe, marquant ainsi sa position exacte.

Puis il s'avança. Les amoureux remuaient. Quand il ne fut qu'à dix mètres, la silhouette de Beetje se détacha, vint se camper au milieu de la route, le visage tourné vers lui comme pour l'attendre. Et Cornélius restait adossé à un tronc d'arbre.

Huit mètres…

La fenêtre de la ferme était toujours éclairée derrière eux. Un simple rectangle rougeâtre.

Soudain un petit cri rauque, indescriptible, un cri de peur, d'énervement, un de ces cris qui précèdent les sanglots, les larmes, comme un déclic.

C'était Cornélius qui pleurait, la tête dans les mains, collé à l'arbre comme pour se protéger.

Beetje était devant Maigret. Elle portait un manteau, mais le commissaire constata qu'en dessous elle était en chemise de nuit, qu'elle avait les jambes nues, les pieds nus dans des pantoufles.

— Il ne faut pas faire attention…

Elle était calme, elle ! Elle lança même à Cornélius un regard de reproche, d'impatience.

Il leur tournait le dos. Il essayait de se calmer. Il n'y parvenait pas et il avait honte de son émoi.

— Il est nerveux… Il croit…

— Que croit-il ?

— Que c'est lui qu'on va accuser…

Le jeune homme continuait à se tenir à l'écart. Il s'essuya les yeux. Est-ce qu'il n'allait pas s'enfuir à toutes jambes ?…

— Je n'ai encore accusé personne ! prononça Maigret pour dire quelque chose.

— N'est-ce pas ?…

Et, tournée vers son compagnon, elle lui parla en néerlandais. Maigret crut comprendre ou plutôt deviner :

— Tu vois ! Le commissaire ne t'accuse pas ! Il faut te calmer… C'est enfantin !…

Mais elle se tut brusquement. Elle resta immobile, à tendre l'oreille. Maigret n'avait rien entendu. Quelques secondes plus tard, il crut percevoir un craquement, lui aussi, dans la direction de la ferme.

Cela suffit à ranimer Cornélius qui regarda tout autour de lui, les traits tirés, les sens en éveil.

Personne ne parlait.

— Vous avez entendu ?… fit Beetje dans un souffle.

Le jeune homme voulut s'avancer vers l'endroit d'où provenait le bruit, avec une bravoure de jeune coq. Sa respiration était forte.

Il était trop tard. L'ennemi était beaucoup plus près qu'on l'avait supposé.

C'est à dix mètres qu'une silhouette se dressait, reconnaissable au premier coup d'œil, celle du fermier Liewens, qui n'avait que des chaussons aux pieds.

— Beetje !… appela-t-il.

Elle n'osa pas répondre tout de suite. Mais, comme il répétait le nom, elle soupira craintivement :

— Ya !…

Liewens avançait toujours. Il passa d'abord devant Cornélius qu'il feignit de ne pas voir. Peut-être n'avait-il pas encore aperçu Maigret ?

Toujours est-il que c'est devant celui-ci qu'il se campa, l'œil dur, les narines frémissantes de colère. Il se contenait. Il restait rigoureusement immobile.

Quand il parla, ce fut en se tournant vers sa fille, et d'une voix incisive, assourdie.

Deux ou trois phrases. Elle resta tête basse. Alors il répéta plusieurs fois le même mot d'un ton de commandement et Beetje articula en français :

— Il veut que je vous dise…

Son père l'épiait, comme pour deviner si elle traduisait exactement son discours.

— … qu'en Hollande les policiers ne donnent pas de rendez-vous aux jeunes filles la nuit dans la campagne…

Maigret rougit comme cela lui était rarement arrivé. Un flot de sang chaud fit bourdonner ses oreilles.

L'accusation était tellement stupide ! Elle révélait une telle mauvaise foi !…

Car enfin, Cornélius était là, tapi dans l'ombre, l'œil inquiet, les épaules serrées !

Et le père devait quand même bien savoir que c'était pour lui que Beetje était sortie ! Alors ?… Que répondre ?… Surtout en passant par le truchement d'une traductrice !…

D'ailleurs on n'attendait même pas sa réponse ! Le fermier faisait claquer ses doigts, comme pour appeler un chien, montrait le chemin à sa fille qui hésitait, qui se tournait vers Maigret, n'osait pas regarder son amoureux et marchait enfin devant son père.

Cornélius n'avait pas bougé. Il leva pourtant la main, peut-être pour arrêter le fermier au passage, mais il la laissa retomber. Le père et la fille s'éloignèrent. La porte de la ferme claqua un peu plus tard.

Est-ce que les grenouilles s'étaient tues pendant cette scène ? On n'eût pu l'affirmer, mais leur concert devint un vacarme assourdissant.

— Vous parlez le français ?

Cornélius ne répondit pas.

— Vous parlez le français ?

— Petit peu...

Il regardait haineusement Maigret, ne desserrait les dents qu'à regret, se tenait de travers comme pour donner moins de prise à une attaque.

— Pourquoi avez-vous si peur ?

Des larmes jaillirent, mais pas un sanglot. Cornélius se moucha longuement. Ses mains tremblaient. Peut-être allait-il avoir une nouvelle crise ?

— Vous craignez vraiment qu'on vous accuse d'avoir tué votre professeur ?...

Et Maigret ajouta d'une voix bourrue :

— Marchons !...

Il le poussa dans la direction de la ville. Il parla longuement, parce qu'il sentait que la moitié des mots échappaient à son interlocuteur.

— C'est pour vous que vous avez peur ?

Un gosse ! Un maigre visage, aux traits encore flous, à la peau pâle. Des épaules étroites dans l'uniforme collant. La casquette d'aspirant de marine achevait de l'écraser, d'en faire un gamin habillé en marin.

Et de la défiance dans toutes ses attitudes, dans l'expression de sa physionomie. Si Maigret eût parlé fort, sans doute eût-il levé les bras pour parer les coups !

Le brassard noir, pourtant, apportait une note sévère, pitoyable. N'était-ce pas un mois plus tôt que le gosse avait appris que sa mère était morte aux Indes, peut-être un soir que lui, à Delfzijl, était très gai, peut-être le soir du bal annuel de l'école ?

Il retournerait chez lui dans deux ans, avec le grade de troisième officier, et son père irait lui montrer une tombe déjà vieille, voire une autre femme installée dans la maison.

Et la vie commencerait sur un grand vapeur : les heures de quart, les escales, Java-Rotterdam, Rotterdam-Java, deux jours ici, cinq ou six heures là…

— Où étiez-vous au moment où le professeur a été tué ?

Le sanglot jaillit, terrible, déchirant. Le gamin prit les deux revers de Maigret dans ses mains gantées de blanc qui tremblaient convulsivement.

— Pas vrai !… Pas vrai !… répéta-t-il une dizaine de fois pour le moins. *Nein !*… Vous pas comprendre !… Pas… Non !… Pas vrai…

Ils se heurtaient à nouveau au pinceau laiteux du phare. La lumière les aveuglait, les sculptait, mettant tous les détails en relief.

— Où étiez-vous ?…

— Par là…

Par là, c'était la maison des Popinga, le canal qu'il devait avoir l'habitude de traverser en sautant de tronc d'arbre en tronc d'arbre.

Ce détail était grave. Popinga était mort à minuit moins cinq. Cornélius était rentré à son bord à minuit cinq.

Or, pour parcourir le chemin par la route normale, c'est-à-dire par la ville, il fallait près de trente minutes.

Mais six ou sept seulement en franchissant le canal de la sorte et en évitant le détour !

Maigret marchait, lourd et lent, à côté du jeune homme qui tremblait comme une feuille et, au moment où retentit une fois encore le cri de l'âne, Cornélius tressaillit, pantela des pieds à la tête comme s'il eût été sur le point de s'enfuir à toutes jambes.

— Vous aimez Beetje ?

Silence obstiné.

— Vous l'avez vue revenir, après que votre professeur l'eut reconduite ?…

— Ce n'est pas vrai !… Pas vrai !… Pas vrai !…

Maigret fut sur le point de le calmer d'une bonne bourrade.

Et pourtant il l'enveloppa d'un regard indulgent, peut-être affectueux.

— Vous voyez Beetje tous les jours ?

Silence encore.

— À quelle heure devez-vous être rentré au bateau-école ?

— Dix heures… Sauf permission… quand j'allais chez le professeur, moi pouvoir…

— Rentrer plus tard ! Donc, pas ce soir ?…

Ils étaient au bord du canal, à l'endroit même où Cornélius l'avait traversé. Maigret, tout naturellement, se dirigea vers les troncs, posa le pied sur l'un d'eux, faillit tomber à l'eau parce qu'il manquait d'habitude et que le bois roulait sous sa semelle.

Cornélius hésitait.

— Allons ! Il va être dix heures…

Le gamin s'étonna. Il devait s'attendre à ne plus jamais revoir le bateau-école, à être arrêté, jeté en prison…

Et voilà que le terrible commissaire le reconduisait, prenait son élan pour bondir comme lui par-dessus les deux mètres d'eau du milieu du canal. Ils s'éclaboussèrent mutuellement. Sur l'autre rive, Maigret s'arrêta pour essuyer son pantalon.

— Où est-ce ?

Il n'était pas encore allé de ce côté. C'était un grand terrain vague situé entre l'*Amsterdiep* et le nouveau canal, large et profond, accessible aux bateaux de mer.

En se retournant, le commissaire aperçut une fenêtre éclairée, au premier étage de la maison Popinga. Il y avait une silhouette, celle d'Any, en mouvement derrière le rideau. C'était le cabinet de travail de Popinga.

Mais on ne pouvait deviner à quelle tâche s'obstinait la jeune avocate.

Cornélius s'était un peu calmé.

— Je jure… commença-t-il.

— Non !

Cela le désarçonna. Il regarda son compagnon avec un tel ahurissement que Maigret lui tapota l'épaule en disant :

— Il ne faut jamais jurer !… Surtout dans votre situation… Est-ce que vous auriez épousé Beetje ?…

— Ya !… Ya !…

— Son père aurait accepté ?…

Silence. Tête basse, Cornélius marchait toujours, parmi les vieilles barques mises à sec qui encombraient le terrain.

On aperçut la large surface de l'*Ems-Canal*. À un coude se dressait un gros bateau noir et blanc dont

tous les hublots étaient illuminés. Une proue très
haute. Un mât et ses vergues.

C'était un ancien bateau de la marine de guerre
néerlandaise, un bateau vieux de cent ans, qu'on avait
amarré là, incapable désormais de naviguer, pour
loger les élèves de l'École navale.

Alentour, des silhouettes sombres, des lueurs de
cigarettes. Une rumeur de piano venant de la salle de
jeu.

Soudain une cloche agitée à la volée, tandis que
toutes les silhouettes éparses sur le quai se formaient
en essaim devant la passerelle et qu'au loin, sur le
chemin conduisant à la ville, quatre retardataires arrivaient en courant.

Une vraie rentrée de classe, bien que tous ces
jeunes gens de seize à vingt-deux ans portassent l'uniforme d'officier de marine, les gants blancs, la casquette rigide aux galons dorés.

Un vieux quartier-maître, accoudé au bastingage,
les regardait défiler un à un en fumant sa pipe.

C'était vibrant, jeune, allègre. Des plaisanteries se
croisaient, que Maigret ne pouvait comprendre. Les
cigarettes étaient jetées au moment de franchir la passerelle. Et, à bord, des poursuites continuaient, des
feintes de bataille.

Les retardataires, essoufflés, atteignaient la passerelle. Cornélius, les traits tirés, les yeux rouges, le
regard fiévreux, se tourna vers Maigret.

— Allons, va !... grommela celui-ci.

L'autre comprit mieux le geste que les mots, porta
la main à sa casquette, esquissa gauchement un salut
militaire, ouvrit la bouche pour parler.

— Ça va !... File...

Car le quartier-maître allait rentrer, tandis qu'un élève prenait sa faction à l'entrée.

À travers les hublots, on pouvait apercevoir les jeunes gens qui déployaient les hamacs, lançaient leurs vêtements au petit bonheur.

Maigret resta à la même place jusqu'à ce qu'il eût vu Cornélius pénétrer dans la pièce, timide, gêné, les épaules de travers, recevoir un oreiller en pleine figure et se diriger vers un des hamacs du fond.

Une autre scène allait commencer, plus haute en couleur. Le commissaire n'avait pas fait dix pas dans la direction de la ville qu'il apercevait Oosting qui, comme lui, était venu assister à la rentrée des élèves.

Ils étaient tous les deux d'un certain âge, et gros, et lourds, et calmes.

Est-ce qu'ils n'étaient pas ridicules l'un comme l'autre en venant regarder des gosses qui grimpaient dans leur hamac et se battaient à coups d'oreiller ?

N'avaient-ils pas l'air de grosses mères poules sur-veillant un poussin aventureux ?

Ils se regardèrent. Le Baes ne broncha pas, mais toucha le bord de sa casquette.

Ils savaient d'avance que toute conversation était impossible entre eux, étant donné qu'ils ne parlaient pas la même langue.

— *Goed avond…* grommela pourtant l'homme de Workum.

— Bonne nuit ! fit Maigret comme un écho.

Ils suivaient la même route, un chemin qui, après deux cents mètres environ, devenait rue et pénétrait dans la ville.

Ils marchaient à peu près à même hauteur. Pour les séparer, il eût fallu que l'un d'eux ralentît ostensiblement le pas et ils ne voulaient le faire ni l'un ni l'autre.

Oosting en sabots. Maigret en tenue de ville. Ils fumaient tous les deux la pipe, à cette différence près que celle de Maigret était en bruyère et celle du Baes en terre blanche.

La troisième maison qu'ils aperçurent était un café et Oosting y entra, après avoir secoué ses sabots, qu'il laissa d'ailleurs sur le paillasson, selon la mode hollandaise.

Maigret ne réfléchit qu'une seconde, entra à son tour.

Ils étaient une dizaine de marins et de mariniers autour de la même table, à fumer des pipes et des cigares, à boire de la bière et du genièvre.

Oosting serra quelques mains, avisa une chaise sur laquelle il s'assit lourdement, écouta la conversation générale.

Maigret s'installa à l'écart, sentant bien qu'en réalité, l'attention était concentrée sur sa personne. Le patron, qui était dans le groupe, attendit quelques instants avant de venir lui demander ce qu'il buvait.

Le genièvre coula d'une fontaine de porcelaine et de cuivre. C'était son odeur qui régnait là comme dans tous les cafés hollandais et qui rendait l'atmosphère si différente de celle d'un café de France.

Les petits yeux d'Oosting riaient chaque fois qu'ils se fixaient sur le commissaire.

Celui-ci allongea les jambes, les rentra sous sa chaise, les allongea à nouveau, bourra une pipe, par contenance, et le patron se leva tout exprès pour venir lui donner du feu.

— *Moïe veer !...*

Maigret ne comprenait pas, fronçait les sourcils, faisait répéter.

— *Moïe veer, ya !... Oost vind...*

Tous les autres écoutaient, se poussaient du coude. Il y eut quelqu'un pour montrer la fenêtre, le ciel étoilé.

— *Moïe veer !...* Bel temps !...

Et il essayait d'expliquer que le vent venait de l'est, ce qui était parfait.

Oosting choisissait parmi les cigares d'une caisse. Il en remua cinq ou six qu'on avait posés devant lui. Ostensiblement, il prit un manille noir comme du charbon dont il cracha le bout par terre avant de l'allumer.

Puis il montra sa casquette neuve à ses compagnons.

— *Vier gulden...*

Quatre florins ! Quarante francs ! Ses yeux rigolaient toujours.

Mais quelqu'un entra, qui déploya un journal, parla des derniers cours du fret à la Bourse d'Amsterdam.

Et dans la conversation animée qui suivit, pareille à une dispute, à cause des voix sonores et de la dureté des syllabes, on oublia Maigret qui tira de la petite monnaie d'argent de sa poche et alla se coucher à l'hôtel Van Hasselt.

## *Les hypothèses de Jean Duclos*

Du café Van Hasselt, où il prenait le lendemain matin son petit déjeuner, Maigret assista à la perquisition, qui ne lui avait pas été annoncée. Il est vrai qu'il s'était contenté d'une brève entrevue avec la police néerlandaise.

Il pouvait être huit heures du matin. La brume n'était pas tout à fait dissipée, mais on sentait que le soleil d'une belle journée était derrière elle. Un cargo finlandais sortait du port, traîné par un remorqueur.

Devant un petit café, à l'angle du quai, il y avait une grande réunion d'hommes, tous en sabots et en casquette de marin, qui discutaient par petits groupes.

C'était la Bourse des *schippers*, c'est-à-dire des mariniers dont les bateaux de tous modèles emplissaient un bassin du port, grouillants de femmes et d'enfants.

Plus loin, un autre groupe, une poignée d'hommes : le Club des Rats de Quai.

Or, deux gendarmes en uniforme venaient d'arriver. Ils étaient montés sur le pont du bateau d'Oosting et celui-ci avait jailli de l'écoutille, car, quand il était à Delfzijl, il couchait toujours à son bord.

Un civil arrivait à son tour : M. Pijpekamp, l'inspecteur qui avait la direction de l'enquête. Il retira son chapeau, parla poliment. Les deux gendarmes disparurent à l'intérieur.

La perquisition commençait. Tous les *schippers* s'en étaient aperçus. Et pourtant il n'y eut pas le moindre rassemblement, pas même un mouvement de curiosité apparente.

Le Club des Rats de Quai ne bronchait pas davantage. Quelques regards, en tout et pour tout.

Cela dura une bonne demi-heure. Les gendarmes, en sortant, firent le salut militaire. M. Pijpekamp parut s'excuser.

Seulement, ce matin-là, le Baes n'eut pas l'air de vouloir descendre à terre. Au lieu d'aller rejoindre le groupe de ses amis un peu plus loin, il s'assit sur le banc de quart, jambes croisées, regarda vers le large où le cargo finlandais évoluait lourdement, et resta immobile à fumer sa pipe.

Quand Maigret se retourna, Jean Duclos descendait de sa chambre, les bras encombrés d'une serviette, de livres, de dossiers qu'il alla poser sur la table qu'il s'était réservée.

Il affecta de questionner, sans saluer Maigret :

— Eh bien ?…

— Eh bien ! je crois que je vous souhaite le bonjour…

L'autre le regarda avec un certain étonnement, haussa les épaules, comme pour dire que ce n'était vraiment pas la peine de se froisser.

— Vous avez découvert quelque chose ?

— Et vous ?

— Vous savez bien qu'en principe je n'ai pas le droit de sortir d'ici. Votre collègue hollandais a heureusement compris que mes connaissances pouvaient lui être utiles et je suis tenu au courant des résultats de l'enquête... Ce sont des usages dont pourrait parfois s'inspirer la police française...

— Parbleu !

Le professeur se précipita vers Mme Van Hasselt qui entrait, les cheveux sur des épingles, la saluait comme il l'eût fait dans un salon et lui demandait apparemment des nouvelles de sa santé.

Maigret, lui, regardait les papiers étalés, reconnaissait de nouveaux plans et schémas, non seulement de la maison des Popinga, mais de la ville presque entière, avec des traits pointillés qui devaient figurer le chemin suivi par certaines personnes.

Le soleil, qui traversait les vitraux multicolores des fenêtres, emplissait la salle aux cloisons vernies de lumière verte, rouge et bleue. Un camion de brasseur s'était arrêté devant la porte et, pendant toute la conversation qui suivit, deux colosses ne cessèrent de rouler des tonneaux sur le plancher, surveillés par Mme Van Hasselt en toilette du matin. Jamais l'odeur de genièvre et de bière n'avait été aussi dense. Jamais non plus Maigret n'avait senti à ce point la Hollande.

— Vous avez découvert le coupable ? dit-il, mi-figue, mi-raisin, en désignant les dossiers.

Un regard vif, aigu de Duclos. Et la réplique :

— Je commence à croire que les étrangers ont raison ! Le Français est avant tout un homme qui ne peut renoncer à l'ironie… En l'occurrence, elle tombe à faux, monsieur !

Maigret le regardait en souriant, nullement démonté. Et l'autre poursuivait :

— Je n'ai pas découvert l'assassin, non ! J'ai peut-être fait un peu plus. J'ai analysé le drame. Je l'ai disséqué. J'en ai isolé tous les éléments et maintenant…

— Maintenant ?…

— C'est sans doute un homme comme vous qui, profitant de mes déductions, terminera l'affaire.

Il s'était assis. Il était bien décidé à parler, même dans cette ambiance que lui-même avait rendue hostile. Maigret s'installa en face de lui, commanda un verre de *Bols*.

— Je vous écoute !

— Vous remarquerez d'abord que je ne vous demande même pas ce que vous avez fait, ni ce que vous pensez. J'en arrive au premier assassin possible, c'est-à-dire moi… J'avais, si je puis dire, la position stratégique la meilleure pour tuer Popinga et, en outre, on m'a vu avec l'arme du crime à la main quelques instants après l'attentat…

» Je ne suis pas riche, et, si je suis connu dans le monde entier, ou à peu près, c'est par un petit nombre d'intellectuels. J'ai une existence difficile, médiocre… Seulement, il n'y a pas eu vol et d'aucune manière je ne pouvais espérer un profit de la mort du professeur…

» Attendez ! Cela ne veut pas dire qu'on ne puisse retenir de charges contre moi. Et l'on ne manquera pas de rappeler qu'au cours de la soirée, comme nous discutions police scientifique, j'ai défendu la thèse qu'un homme intelligent commettant un crime, de sang-froid, en faisant appel à toutes ses facultés, pouvait tenir tête à une police mal instruite…

» D'où des gens déduiront que j'ai voulu illustrer ma théorie par un exemple. Entre nous, je puis vous affirmer que, s'il en était ainsi, la possibilité de me soupçonner n'eût même pas existé.

— À votre santé ! dit Maigret qui suivait les allées et venues des brasseurs au col de taureau.

— Je continue. Et je prétends que si je n'ai pas commis ce crime, que s'il a été commis néanmoins, comme tout le laisse supposer, par quelqu'un se trouvant dans la maison, toute la famille est coupable…

» Ne sursautez pas ! Regardez ce plan ! Et surtout essayez de comprendre les quelques considérations psychologiques que je vais développer…

Cette fois, Maigret ne put s'empêcher de sourire devant la condescendance méprisante du professeur.

— Vous avez sans doute entendu dire que Mme Popinga, née Van Elst, appartient à la branche la plus rigoriste de l'Église protestante. Son père, à Amsterdam, fait figure de farouche conservateur. Et sa sœur Any, à vingt-cinq ans, se mêle déjà de politique, avec les mêmes idées…

» Vous n'êtes ici que depuis hier et il y a bien des traits de mœurs que vous ne connaissez pas encore. Par exemple savez-vous qu'un professeur à l'École navale s'attirerait une sévère réprimande de ses supérieurs si on le voyait seulement entrer dans un café comme celui-ci ?

» L'un d'eux a été cassé uniquement parce qu'il s'obstinait à recevoir un journal qui passe pour avancé…

» Je n'ai vu Popinga qu'un soir. Cela m'a suffi, surtout après avoir entendu parler de lui…

» Vous diriez un bon garçon ! Et même un bon gros garçon ! Un visage poupin !… Des yeux clairs, joyeux !…

» Seulement il a voyagé, comme marin. Il a endossé, au retour, comme un uniforme d'austérité. Mais l'uniforme craquait à toutes les coutures…

» Comprenez-vous ? Vous allez sourire ! Un sourire de Français. Il y a quinze jours, c'était la réunion hebdomadaire du club auquel il appartenait… Les Hollandais, n'allant pas au café, se réunissent sous prétexte de club dans une salle qui leur est réservée, jouent au billard, au bowling…

» Eh bien ! il y a quinze jours, Popinga, à onze heures du soir, était ivre… La même semaine, l'œuvre que préside sa femme faisait une collecte pour acheter des vêtements aux indigènes des îles océaniennes. Et on a entendu Popinga affirmer, les joues rouges, les yeux brillants :

» — Quelle sottise ! Alors qu'ils sont si bien tout nus !… Mais, au lieu de leur acheter des vêtements, nous ferions mieux de les imiter…

» Naturellement, vous souriez ! Cela n'a l'air de rien ! N'empêche que le scandale dure encore, que si les obsèques de Popinga ont lieu à Delfzijl, il y aura des gens pour éviter de s'y rendre !

» Je n'ai pris qu'un détail, entre cent, entre mille ! C'est sur toutes les coutures, comme je vous l'ai dit, que Popinga faisait craquer sa carapace de respectabilité !

» Tâchez seulement de mesurer l'importance du fait de s'enivrer, ici ! Des élèves l'ont rencontré dans cet état ! C'est peut-être pour cela qu'ils l'adorent !

» Maintenant, reconstituez l'atmosphère de la maison, au bord de l'*Amsterdiep*. Souvenez-vous de Mme Popinga, d'Any…

» Regardez par la fenêtre. Des deux côtés, vous voyez le bout de la ville. C'est tout petit. Tout le monde se connaît. Un scandale ne met pas une heure à être connu de la population entière…

» Jusqu'aux relations de Popinga avec celui qu'on appelle le Baes et qui, il faut bien le dire, est une espèce de brigand ! Ils sont allés chasser le chien de mer ensemble. Le professeur buvait du genièvre à bord du bateau d'Oosting…

» Je ne vous demande pas de conclure tout de suite. Je répète seulement, retenez bien la phrase, que *si le crime a été commis par quelqu'un de la maison, c'est toute la maison qui est coupable*…

» Reste cette petite folle de Beetje que Popinga ne manquait jamais de reconduire… Voulez-vous encore un trait de caractère ? Cette Beetje est la seule à se baigner chaque jour, non avec un costume de bain à jupe, comme toutes les dames d'ici, mais en maillot collant… Et rouge par surcroît !…

» Je vous laisse poursuivre votre enquête. J'ai tenu à vous donner quelques éléments que la police a l'habitude de négliger…

» Quant à Cornélius Barens, pour moi, il fait partie de la famille, côté femmes…

» D'une part, si vous voulez, Mme Popinga, sa sœur Any et Cornélius…

» De l'autre, Beetje, Oosting et Popinga…

» Si vous avez compris ce que je vous ai dit, vous arriverez peut-être à un résultat.

— Une question ! dit gravement Maigret.

— Je vous écoute.

— Vous êtes protestant aussi ?

— J'appartiens à l'Église réformée, sans appartenir à la même Église…

— De quel côté de la barricade vous placez-vous ?

— Je n'aimais pas Popinga !

— Si bien que ?…

— Je réprouve le crime, quel qu'il soit !

— N'a-t-il pas joué du jazz et dansé, tandis que vous parliez à ces dames ?…

— Un trait de caractère encore, que je n'avais pas songé à vous communiquer.

Maigret était magnifique de sérieux, voire de solennité, tandis qu'il se levait en déclarant :

— En somme, qui me conseillez-vous de faire arrêter ?

Le professeur Duclos eut un haut-le-corps.

— Je n'ai pas parlé d'arrestation. Je vous ai donné quelques directives générales, dans le domaine de l'idée pure, si je puis dire…

— Évidemment !… Mais, à ma place ?…

— Je n'appartiens pas à la police ! Je poursuis la vérité pour la vérité et le fait que je suis moi-même soupçonné n'est même pas capable d'influencer mon jugement…

— Si bien qu'il ne faut arrêter personne ?

— Je n'ai pas dit cela… Je…

— Je vous remercie ! conclut Maigret en tendant la main.

Et il frappa son verre avec une pièce de monnaie pour appeler la patronne. Duclos le regarda de travers.

— Un geste à éviter ici ! murmura-t-il. Du moins si vous voulez passer pour un gentleman...

On refermait la trappe par où on avait laissé descendre les tonneaux de bière à la cave. Le commissaire paya, jeta un dernier regard aux plans.

— Donc, ou bien vous, ou bien toute la famille...

— Je n'ai pas dit cela... Écoutez...

Mais il était déjà à la porte. Dos tourné, il laissait ses traits se détendre et, s'il ne riait pas à gorge déployée, du moins avait-il un sourire ravi.

Dehors, c'était un bain de soleil, de douce chaleur, de quiétude. Le quincaillier était sur le pas de sa porte. Le petit juif qui vendait du matériel pour bateaux comptait ses ancres et les marquait d'un trait de peinture rouge.

La grue déchargeait toujours du charbon. Des *schippers* hissaient leur voile, non pour partir, mais pour faire sécher la toile. Et dans le fouillis de mâts c'étaient comme de grandes draperies qui se balançaient mollement, blanches ou brunes.

Oosting fumait sa courte pipe en terre, à l'arrière de son cotre. Quelques Rats de Quai discutaient sans fièvre.

Mais, si l'on se tournait vers la ville, on voyait les maisons de bourgeois, bien peintes, avec leurs vitres nettes, leurs rideaux immaculés, des plantes grasses à toutes les fenêtres. Au-delà de ces fenêtres, une ombre impénétrable.

Cela ne prenait-il pas un sens nouveau, à la lueur de la conversation de Jean Duclos ?

D'une part, ce port, les hommes en sabots, les bateaux, les voiles, l'odeur de goudron et d'eau salée…

De l'autre, ces maisons bien closes, aux meubles cirés, aux tapisseries sombres, où l'on discutait quinze jours durant d'un professeur de l'École navale qui avait bu un verre ou deux de trop.

Un même ciel, d'une limpidité de rêve. Mais quelle frontière entre ces deux mondes !

Alors Maigret imaginait Popinga, qu'il n'avait jamais vu, même mort, mais qui avait une bonne tête rose trahissant ses gros appétits.

Il l'imaginait à cette frontière, regardant le bateau d'Oosting, le cinq-mâts dont l'équipage avait écumé tous les ports de l'Amérique du Sud, les paquebots hollandais au-devant desquels, en Chine, venaient des jonques pleines de femmes menues et jolies comme des bibelots d'étagère…

On ne lui permettait qu'un canot anglais bien verni, orné de cuivres astiqués, sur les eaux plates de l'*Amsterdiep*, où il fallait se glisser entre les troncs d'arbres venus du nord et des forêts équatoriales.

Il sembla à Maigret que le Baes le regardait d'une façon spéciale, comme s'il eût voulu s'approcher de lui, lui parler. Mais c'était impossible ! Ils ne pouvaient pas échanger deux mots !

Oosting le savait, restait immobile, se contentait de fumer un tout petit peu plus vite, tandis que ses paupières se fermaient à demi à cause du soleil.

Cornélius Barens, à cette heure, était assis sur les bancs de l'école et écoutait quelque leçon de trigonométrie ou d'astronomie. Il devait encore être tout pâle.

Le commissaire allait s'asseoir sur une bitte d'amarrage en bronze quand il aperçut l'inspecteur Pijpekamp qui s'avançait vers lui, la main tendue.

— Vous avez découvert quelque chose, ce matin, à
bord du bateau ?

— Pas encore… C'est une formalité…

— Vous soupçonnez Oosting ?

— Il y a la casquette…

— Et le cigare !

— Non ! Le Baes fume seulement des *brésil* et
celui-là était un *manille*…

— Si bien que… ?

Pijpekamp l'entraîna un peu plus loin, pour ne pas
rester sous le regard du patron de l'île de Workum.

— Le compas du bord a appartenu à un bateau
d'Helsingfors… Les bouées de sauvetage viennent
d'un charbonnier anglais… Et tout comme ça…

— Des vols ?…

— Non ! C'est toujours ainsi ! Quand un cargo
arrive dans un port, il y a toujours quelqu'un, un
mécanicien, un troisième officier, un matelot, quelquefois le capitaine, pour revendre quelque chose…
Vous comprenez ?… On dit à la compagnie que les
bouées ont été enlevées par un paquet de mer… Que
le compas ne marchait plus… Et les feux de position !… Et tout !… Quelquefois même un canot !…

— Si bien que cela ne prouve rien !

— Rien ! Le juif, dont vous voyez la boutique, ne
vit que de ce trafic…

— Alors, votre enquête… ?

L'inspecteur détourna la tête d'un air ennuyé.

— Je vous ai dit que Beetje Liewens n'était pas
rentrée tout de suite… Elle est revenue sur ses pas…
C'est correct ?… C'est français ?…

— Mais oui ! Allez-y !…

— Peut-être elle n'a pas tiré…

— Ah !

L'inspecteur n'était décidément pas à son aise. Il
éprouva le besoin de baisser la voix, d'entraîner Maigret vers une partie du quai absolument déserte pour
poursuivre :

— Il y a le tas de bois… Vous connaissez ?… Le
*timmerman*… vous dites en français le charpentier…
oui !… Le charpentier prétend qu'il a déjà vu, le soir,
Beetje et M. Popinga… Oui !… Tous les deux…

— Installés à l'ombre du tas de bois, quoi !

— Oui… Et je pense…

— Vous pensez ?…

— Il pouvait y avoir deux autres personnes
autour… Voilà ! Le jeune homme de l'école, Cornélius Barens. Il voulait épouser Beetje… On a trouvé
la photographie de la jeune fille dans sa cantine…

— Vraiment ?…

— Puis M. Liewens… Le père de Beetje… Il est
très important… Élevage de vaches pour l'exportation… Il en envoie même en Australie… Il est veuf…
Il n'a pas d'autre enfant…

— Il aurait pu tuer Popinga ?

L'inspecteur était tellement contraint que Maigret
en avait presque pitié. On sentait que cela lui était
pénible d'accuser un homme important, élevant des
vaches expédiées ensuite jusqu'en Australie.

— S'il a vu, n'est-ce pas ?…

Maigret était impitoyable.

— S'il a vu quoi ?

— Près du tas de bois… Beetje et le professeur…

— Ah ! oui.

— C'est tout à fait confidentiel…

— Parbleu !… Mais Barens ?…

— Il a peut-être vu aussi… Il a peut-être été jaloux… Pourtant, il était à l'école cinq minutes après le crime… Ça, je ne comprends pas…

— En résumé, dit le commissaire, avec la même gravité que quand il parlait à Jean Duclos, vous soupçonnez le père de Beetje et son amoureux Cornélius…

Silence embarrassé.

— Puis vous soupçonnez Oosting dont on a trouvé la casquette dans la baignoire…

Pijpekamp eut un geste découragé.

— Puis, bien entendu, l'homme qui a laissé dans la salle à manger un cigare en tabac de Manille… Il y a combien de marchands de cigares à Delfzijl ?

— Quinze…

— Cela ne facilite pas les choses. Enfin vous soupçonnez le professeur Duclos…

— À cause du revolver dans sa main… Je ne peux pas le laisser partir… Vous comprenez ?

— Si je comprends !

Ils firent une cinquantaine de mètres sans mot dire.

— Qu'est-ce que vous pensez ? murmura enfin le policier de Groningen.

— Voilà la question ! Et voilà bien la différence entre nous deux ! Vous, vous pensez quelque chose ! Vous pensez même des tas de choses ! Tandis que moi, je crois que je ne pense encore rien…

Et soudain une question :

— Est-ce que Beetje Liewens connaissait le Baes ?

— Je ne sais pas. Je ne crois pas…

— Est-ce que Cornélius le connaissait ?…

Pijpekamp se passa la main sur le front.

— Peut-être oui… Peut-être pas… Plutôt pas !… Je peux savoir…

— C'est cela ! Essayez de savoir s'ils avaient des rapports quelconques avant le drame…

— Vous croyez ?…

— Je ne crois rien du tout ! Encore une question : est-ce qu'il y a la T.S.F. à l'île de Workum ?…

— Je l'ignore !

— C'est à établir.

On n'eût pu dire comment cela était venu, mais il y avait maintenant une sorte de hiérarchie entre Maigret et son compagnon, qui le regardait à peu près comme il eût regardé un supérieur.

— Étudiez donc ces deux points-là ! Moi j'ai une visite à rendre…

Pijpekamp était trop poli pour poser une question au sujet de cette visite, mais ses yeux étaient pleins d'interrogation.

— À Mlle Beetje ! acheva Maigret. Le chemin le plus court ?…

— Le long de l'*Amsterdiep*…

On voyait le bateau-pilote de Delfzijl, un beau vapeur de cinq cents tonneaux, décrire une courbe sur l'Ems avant d'entrer dans le port. Et le Baes qui arpentait à pas lents, mais lourds, mais pleins de fièvre concentrée, le pont de son bateau, à cent mètres des Rats de Quai engourdis par le soleil.

# 6

## Les lettres

Ce fut un hasard si Maigret ne suivit pas l'*Amsterdiep*, mais prit le chemin traversant les terres.

La ferme, dans le soleil de onze heures du matin, lui rappela ses premières démarches sur le sol hollandais, la jeune fille en bottes vernies dans l'étable moderne, le salon bourgeois et la théière dans sa housse capitonnée.

Le même calme régnait. Très loin, presque au fond de l'horizon infini, une grande voile rousse flottait au-dessus des prés et cela faisait penser à quelque navire fantôme voguant dans un océan de gazon.

Comme la première fois, le chien aboya. Il se passa cinq bonnes minutes avant que la porte s'entrouvrît, mais de quelques centimètres à peine, juste de quoi laisser deviner le visage couperosé et le tablier quadrillé de la servante.

Au surplus, elle fut sur le point de refermer la porte avant même que Maigret eût parlé.

— Mlle Liewens ?… prononça-t-il.

Le jardin les séparait. La vieille restait sur le seuil et le commissaire était au-delà de la barrière. Entre eux, le chien qui observait l'intrus en montrant les dents.

La servante hocha négativement la tête.

— Elle n'est pas ici ?… *Niet hier ?…*

Maigret avait ramassé trois ou quatre mots de néerlandais.

Même signe négatif.

— Et monsieur ?… *Mijnheer ?…*

Un dernier signe et la porte se referma. Mais, comme le commissaire ne s'en allait pas tout de suite, l'huis bougea, de quelques millimètres cette fois, et Maigret devina la vieille en train de l'épier.

S'il s'attardait, c'est qu'il avait vu frémir un rideau, à la fenêtre qu'il savait être celle de la jeune fille. Derrière ce rideau, un visage s'était estompé. On le distinguait mal. Mais par exemple, ce que Maigret distingua très bien, ce fut un léger mouvement de la main, un mouvement qui était peut-être simplement un bonjour, mais qui plus probablement voulait dire : « Je suis ici… N'insistez pas… Attention !… »

La vieille derrière la porte, d'une part. Cette main laiteuse, de l'autre. Et le chien qui sautait sur la grille en aboyant. Alentour, les vaches, dans les prés, semblaient artificielles à force d'immobilité.

Maigret risqua une toute petite expérience. Il fit deux pas en avant, comme pour franchir malgré tout la grille. Il ne put s'empêcher de sourire, car non seulement la porte se referma précipitamment, mais le chien lui-même, si féroce, recula, la queue entre les jambes.

Cette fois le commissaire partit, prit le chemin de l'*Amsterdiep*. Tout ce qui ressortait de cet accueil, c'est que Beetje avait été enfermée et que des ordres avaient été donnés par le fermier pour éconduire le Français.

Maigret fumait sa pipe à petites bouffées réflé-
chies. Il regarda un moment les piles de bois où la
jeune fille et Popinga s'étaient arrêtés, s'arrêtaient
sans doute souvent, tenant leur vélo d'une main,
s'étreignant de l'autre bras...

Et ce qui continuait à dominer dans l'atmosphère,
c'était le calme. Un calme serein, presque trop absolu.
Un calme capable de faire croire à un Français que
toute cette vie était aussi artificielle qu'une carte
postale.

Par exemple, il se retourna soudain, vit à quelques
mètres de lui un bateau à l'étrave haute qu'il n'avait
pas entendu arriver. Il reconnut la voile, plus large
que le canal. C'était celle qu'il avait aperçue un peu
plus tôt au fond de l'horizon et qui était déjà là, sans
qu'il parût possible qu'elle eût parcouru tant de
chemin.

À la barre, une femme, qui donnait le sein à un
bébé tout en poussant le gouvernail de ses reins. Et un
homme, à cheval sur le beaupré, les jambes pendant
au-dessus de l'eau, réparait la sous-barbe.

Le bateau passa devant la maison des Wienands,
puis devant celle des Popinga, et la voile était plus
haute que les toits. Elle masquait un instant toute la
façade d'une grande ombre mouvante.

Une fois encore Maigret s'était arrêté. Il hésita. La
bonne des Popinga lavait le seuil, tête basse, reins
levés, et la porte était ouverte.

Elle sursauta en le sentant soudain derrière elle. Sa
main qui tenait le torchon trembla.

— Mme Popinga ?... dit-il en montrant l'intérieur
de la maison.

Elle voulut passer devant lui. Mais elle était gauche, embarrassée de son torchon qui laissait dégouliner de l'eau sale. Il pénétra le premier dans le corridor. Il entendit une voix d'homme dans le salon et il frappa.

Ce fut le silence, brusquement. Un silence complet, rigoureux. Et même plus que du silence : de l'attente, comme la suspension momentanée de toute vie.

Enfin deux pas. Une main toucha le bouton de la porte, à l'intérieur. L'huis bougea. Maigret vit d'abord Any, qui venait de lui ouvrir et qui le fixait durement. Puis il distingua une silhouette d'homme debout près de la table, des guêtres fauves, un complet de gros drap.

Le fermier Liewens !

Accoudée à la cheminée enfin, se cachant le visage de la main, Mme Popinga.

Il était clair que l'arrivée de l'intrus interrompait une conversation importante, une scène dramatique, probablement une dispute.

Sur la table couverte d'un surtout en broderie, des lettres étaient éparses comme si on les eût jetées violemment là, en désordre.

Le visage du fermier était le plus animé, mais il fut aussi celui qui se ferma le plus vite.

— Je vous dérange… commença Maigret.

Personne ne répondit. Personne n'ouvrit la bouche. Seulement Mme Popinga, après un regard éploré autour d'elle, quitta la pièce et se dirigea en courant presque vers la cuisine.

— Croyez que je regrette d'interrompre votre conversation…

Liewens parla enfin, en néerlandais. Il adressait à la jeune fille quelques phrases incisives et le commissaire ne put s'empêcher de questionner :

— Qu'est-ce qu'il dit ?

— Qu'il reviendra ! Que la police française…

Elle cherchait la suite avec embarras.

— … est d'un sans-gêne exagéré, n'est-ce pas ?… fit à sa place le policier. Nous avons déjà eu l'occasion de nous rencontrer, monsieur et moi…

L'autre essayait de comprendre en prêtant attention à l'intonation, aux expressions de Maigret.

Et le commissaire, lui, laissait tomber son regard sur les lettres, sur la signature de l'une d'elles : *Conrad*.

La gêne atteignit son point culminant. Le fermier alla prendre sa casquette sur une chaise, mais ne se résigna pas à partir.

— Il vient de vous apporter les lettres que votre beau-frère écrivait à sa fille ?

— Comment savez-vous ?…

Parbleu ! La scène était tellement facile à reconstituer, dans une atmosphère pareille, écœurante à force d'être épaisse ! Liewens qui arrivait, retenant son souffle à force de dominer sa colère. Liewens qu'on introduisait dans le salon où l'accueillaient deux femmes effrayées et qui parlait soudain, qui lançait les lettres sur la table !…

Mme Popinga, affolée, se cachant le visage de ses mains, refusant peut-être de croire à l'évidence, ou bien accablée au point de ne rien pouvoir dire…

Et Any essayant de tenir tête à l'homme, discutant…

C'est alors qu'on avait frappé à la porte, que tout le monde s'était figé, qu'Any avait ouvert.

Maigret, en tout cas, dans cette reconstitution, se trompait au moins sur le caractère d'un des personnages. Car Mme Popinga, qu'il imaginait dans la cuisine, effondrée à la suite de cette révélation, sans nerfs, sans ressort, rentrait quelques instants plus tard, calme comme on ne l'est qu'au point culminant de l'émotion.

Et lentement elle posait, elle aussi, des lettres sur la table. Elle ne les jetait pas. Elle les déposait. Elle regardait le fermier, puis le commissaire. Elle ouvrait plusieurs fois la bouche avant de parvenir à parler et elle disait alors :

— Il faut qu'on juge… Il faut que quelqu'un lise…

Le visage de Liewens, au même instant, était envahi par un flot de sang. Il était trop hollandais pour se précipiter vers les lettres, mais elles l'attiraient comme un vertige.

Une écriture de femme… Du papier bleuâtre… Des lettres de Beetje, évidemment…

Une chose frappait : la disproportion entre les deux tas. Peut-être y avait-il dix billets de Popinga, d'une seule feuille, couverts le plus souvent de quatre ou cinq lignes.

Il y avait trente lettres de Beetje, longues, compactes !

Conrad était mort. Il restait ces deux tas inégaux et les bois en piles, complices des rendez-vous, le long de l'*Amsterdiep*.

— Il vaut mieux vous calmer ! dit Maigret. Et peut-être est-il préférable de lire ces lettres, sans colère…

Le fermier le regardait avec une acuité extraordinaire et il dut comprendre, car il fit malgré lui un pas vers la table.

Maigret s'y appuyait des deux mains. Il prit un billet de Popinga, au hasard.

— Voulez-vous avoir l'obligeance de le traduire, mademoiselle Any ?

Mais la jeune fille n'avait pas l'air d'entendre. Elle regardait l'écriture sans rien dire. Sa sœur lui prit le billet des mains, grave et digne.

— Cela a été écrit à l'école, dit-elle. Il n'y a pas de date. Au-dessus, il est marqué *six heures*. Puis :

*Ma petite Beetje,*
*Il vaudra mieux ne pas venir ce soir, parce que le directeur vient prendre une tasse de thé à la maison.*
*À demain. Baisers.*

Elle regarda autour d'elle d'un air de calme défi. Elle prit un autre billet. Elle lut lentement :

*Petite Beetje jolie,*
*Tu dois te calmer. Et il faut penser que la vie est encore longue. J'ai beaucoup de travail à cause des examens des élèves de troisième. Je ne pourrai pas venir ce soir.*
*Pourquoi répètes-tu toujours que je ne t'aime pas ? Je ne peux pourtant pas quitter l'école. Qu'est-ce que nous ferions ?*

*Reste bien calme. Il y a du temps devant nous. Je t'embrasse affectueusement.*

Et, comme Maigret semblait dire que cela suffisait, Mme Popinga prit une autre lettre.

— Il y a celle-ci, peut-être la dernière :

*Ma Beetje,*
*C'est impossible ! Je te supplie d'être sage. Tu sais bien que je n'ai pas d'argent et qu'il faudrait longtemps pour trouver une situation à l'étranger.*
*Tu dois être plus prudente et ne pas t'énerver. Et surtout il faut avoir confiance !*
*Ne crains rien ! S'il arrivait ce que tu crains, je ferais mon devoir.*
*Je suis nerveux parce que j'ai beaucoup de travail en ce moment et que quand je pense à toi je travaille mal. Le directeur m'a fait une remarque hier. J'ai été très triste.*
*J'essaierai de sortir demain soir en disant que je vais voir un bateau norvégien dans le port.*
*Je te prends dans mes bras, petite Beetje.*

Mme Popinga les regarda tour à tour, lasse, les yeux voilés. Sa main s'avança vers l'autre tas, celui qu'elle avait apporté, et le fermier tressaillit. Elle prit une lettre, au hasard.

*Cher Conrad que j'aime,*
*Une bonne rouvelle : à l'occasion de mon anniversaire, papa a encore placé mille florins à mon compte en banque. C'est assez pour aller en Amérique, car j'ai*

*regardé dans le journal le tarif des bateaux. Et nous pouvons voyager en troisième classe !*

*Mais pourquoi n'es-tu pas plus pressé ? Moi, je ne vis plus. La Hollande m'étouffe. Il me semble que les gens de Delfzijl me regardent avec réprobation...*

*Et pourtant je suis si heureuse et si fière d'appartenir à un homme comme toi !*

*Il faut absolument partir avant les vacances, car papa veut que j'aille passer un mois en Suisse et je ne veux pas. Ou alors notre grand projet ne serait que pour l'hiver.*

*J'ai acheté des livres d'anglais. Je connais déjà beaucoup de phrases. Vite ! Vite ! Et ce sera la belle vie à nous deux ! N'est-ce pas ?... Il ne faut plus rester ici... Surtout maintenant !... Je crois que Mme Popinga me bat froid... Et j'ai toujours peur de Cornélius qui me fait la cour et que je ne parviens pas à décourager... C'est un bon garçon, bien élevé, mais qu'il est bête !...*

*Sans compter que ce n'est pas un homme, Conrad, un homme comme toi, qui a voyagé partout, qui sait tout...*

*Tu te souviens quand, il y a un an, je me mettais sur ton passage et que tu ne me regardais même pas !...*

*Et maintenant voilà que je vais peut-être avoir un enfant de toi !... En tout cas, je pourrais !...*

*Mais pourquoi es-tu si froid ?... Est-ce que tu m'aimes moins ?...*

La lettre n'était pas finie, mais la voix avait tellement faibli dans la gorge de Mme Popinga qu'elle se tut. Un instant ses doigts fouillèrent le tas de lettres. Elle cherchait quelque chose.

Elle lut encore une phrase prise au milieu d'un billet :

*… et je finis par croire que tu aimes mieux ta femme que moi, je finis par être jalouse d'elle, par la détester… Sinon, pourquoi refuserais-tu maintenant de partir ?…*

Le fermier ne pouvait comprendre les mots, mais son attention était tellement tendue qu'on eût juré qu'il devinait.

Mme Popinga avala sa salive, saisit une dernière feuille, lut d'une voix plus contenue encore :

*… J'ai entendu dire dans le pays que Cornélius serait plus amoureux de Mme Popinga que de moi et qu'ils s'entendraient très bien tous les deux… Si cela pouvait être vrai !… Alors, nous serions tranquilles et tu n'aurais plus de scrupule…*

Le papier lui glissa des mains, alla se poser lentement sur le tapis, au pied d'Any qui le regarda fixement.

Et ce fut un nouveau silence. Mme Popinga ne pleurait pas. Seulement tout en elle était tragique, tragique de douleur contenue, de dignité obtenue au prix d'un effort insensé, tragique aussi de par le sentiment admirable qui l'animait.

Elle était venue pour défendre Conrad ! Elle attendait une attaque. Elle allait lutter encore s'il le fallait.

— Quand avez-vous découvert ces lettres ? questionna Maigret avec gêne.

— Le lendemain du jour où…

Elle étouffa. Elle ouvrit la bouche pour boire une gorgée d'air. Ses paupières se gonflèrent.

— … où Conrad…

— Oui !

Il avait compris. Il la regardait avec compassion. Elle n'était pas jolie. Et pourtant elle avait les traits réguliers. Elle n'avait pas de ces déformations qui rendaient le visage d'Any déplaisant.

Elle était grande, forte sans être grasse. Un casque de beaux cheveux encadrait son visage un peu rose de Hollandaise.

Mais n'eût-il pas préféré qu'elle fût laide ? Il se dégageait de ces traits réguliers, de cette expression sage, réfléchie, comme un immense ennui.

Son sourire lui-même devait être un sourire sage, mesuré, sa joie une joie sage, en veilleuse !

Et, à six ans, elle devait être une enfant sérieuse ! À seize, elle devait être la même qu'aujourd'hui !

De ces femmes qui semblent être nées pour être des sœurs, ou des tantes, ou des infirmières, ou des veuves patronnant les bonnes œuvres.

Conrad n'était pas là et jamais Maigret ne l'avait senti aussi vivant qu'à cet instant, avec son visage bon enfant, sa gourmandise, son appétit de vie plutôt, sa timidité, sa peur de heurter quelqu'un de front et cette T.S.F. dont il tournait les boutons des heures durant pour accrocher un air de jazz à Paris, les tziganes de Budapest, l'opérette de Vienne, voire les appels lointains de bateau à bateau…

Any s'approcha de sa sœur, comme on s'approche de quelqu'un qui souffre et qui va faiblir. Mais Mme Popinga marcha vers Maigret, fit deux pas tout au moins.

— Je n'avais jamais pensé… souffla-t-elle. Jamais !… Je vivais… je… Et quand il est mort, je…

Il devina, à sa façon de respirer, qu'elle avait une maladie de cœur et l'instant d'après elle confirmait cette hypothèse en restant un long moment immobile, une main sur la poitrine.

Quelqu'un bougeait dans la pièce : le fermier, l'œil dur, fiévreux, qui s'était avancé vers la table et qui saisissait les lettres de sa fille avec une nervosité de voleur qui craint d'être surpris.

Elle le laissa faire. Maigret aussi.

Il n'osait pourtant pas s'en aller. On l'entendit parler, ne s'adressant à personne en particulier. Le mot *Franzose* frappa les oreilles de Maigret et il lui sembla qu'il comprenait le néerlandais comme, sans doute, Liewens, ce jour-là, avait compris le français.

Il reconstitua la phrase, à peu près : « Vous croyez qu'il était nécessaire de raconter ces choses au Français ?… »

Il laissa tomber sa casquette par terre, la ramassa, s'inclina devant Any qui était sur son chemin, mais devant elle seule, grommela encore des syllabes inintelligibles et sortit. La servante devait avoir fini de laver le seuil, car on entendit la porte d'entrée s'ouvrir et se refermer, puis des pas s'éloigner.

Malgré la présence de la jeune fille, Maigret questionna encore, avec une douceur dont on ne l'eût pas cru capable :

— Vous avez montré ces lettres à votre sœur ?

— Non ! Mais quand cet homme…

— Où étaient-elles ?

— Dans le tiroir de la table de nuit... Je ne l'ouvrais jamais... C'était là aussi qu'il y avait le revolver...

Any parla en néerlandais et Mme Popinga traduisit machinalement :

— Ma sœur me dit que je devrais me coucher... Parce que voilà trois nuits que je ne dors pas... Il ne serait pas parti... Il a dû être imprudent une fois, n'est-ce pas ?... Il aimait rire, jouer... Des détails me sont revenus... Beetje qui venait toujours apporter des fruits et des gâteaux qu'elle faisait elle-même... Je croyais que c'était pour moi... Puis elle venait nous demander de jouer au tennis... Toujours à l'heure où elle savait bien que je n'avais pas le temps !... Mais je ne voulais pas voir le mal... J'étais contente que Conrad se repose un peu... Parce qu'il travaillait beaucoup et que Delfzijl était triste pour lui... L'an dernier, elle a failli venir à Paris avec nous... Et c'était moi qui insistais !...

Elle disait cela simplement, avec une lassitude où il y avait à peine de la rancœur.

— Il ne voulait pas partir... Vous avez entendu... Mais il avait peur de faire de la peine... C'était son caractère... Il a reçu des réprimandes, parce qu'il donnait de trop bonnes notes aux examens... À cause de cela, mon père ne l'aimait pas...

Elle remit un bibelot à sa place et ce geste précis de ménagère trancha avec l'état d'esprit ambiant.

— Je voudrais seulement que tout soit fini... Parce qu'on ne veut même pas qu'il soit enterré... Vous comprenez ?... Je ne sais plus !... Qu'on me le rende !... Dieu se chargera bien de punir le coupable...

Elle s'anima. Elle poursuivit d'une voix plus ferme :

— Oui… C'est ce que je crois !… Ces choses-là, n'est-ce pas ? c'est une affaire entre Dieu et l'assassin… Nous, est-ce qu'on peut savoir ?…

Elle frémit, comme frappée d'une idée. Elle montra la porte. Elle dit très vite :

— Peut-être est-ce qu'il va la tuer !… Il en est capable !… Ce serait affreux…

Any la regardait avec une certaine impatience. Elle devait considérer toutes ces paroles comme inutiles et ce fut d'une voix très calme qu'elle prononça :

— Qu'est-ce que vous pensez, maintenant, monsieur le commissaire ?…

— Rien !…

Elle n'insista pas, mais son visage exprima le mécontentement.

— Je ne pense rien, parce qu'il y a avant tout la casquette d'Oosting ! dit-il. Vous avez entendu les théories de Jean Duclos. Vous avez lu les ouvrages de Grosz dont il vous a parlé… Un principe : ne pas se laisser détourner de la vérité par des considérations psychologiques… Suivre jusqu'au bout le raisonnement qui découle des indices matériels…

Impossible de savoir s'il persiflait ou s'il parlait sérieusement.

— Or, il y a une casquette et un bout de cigare ! Quelqu'un les a apportés, ou jetés dans la maison…

Mme Popinga soupira, pour elle-même :

— Je ne peux pas croire qu'Oosting…

Et soudain, dressant la tête :

— Cela me fait penser à une chose que j'avais oubliée…

Mais elle se tut, comme craignant d'en avoir trop dit, comme épouvantée par les conséquences de ses paroles !

— Dites !

— Non !… Cela ne signifie rien !…

— Je vous en prie…

— Quand Conrad allait chasser le chien de mer sur les bancs de Workum…

— Oui… Eh bien ?…

— Beetje allait avec eux… Parce qu'elle chasse aussi… Ici, en Hollande, les jeunes filles ont beaucoup de liberté…

— Ils couchaient en route ?…

— Parfois une nuit… Parfois deux…

Elle se prit la tête à deux mains, eut un mouvement d'impatience poussée au degré le plus extrême, gémit :

— Non ! je ne veux plus penser !… C'est trop affreux… Trop affreux…

Cette fois-ci, les sanglots étaient là. Ils naissaient. Ils allaient éclater et ce fut Any qui mit ses mains sur les épaules de sa sœur et la poussa doucement dans la pièce voisine.

# 7

*Un déjeuner chez Van Hasselt*

Quand Maigret arriva à l'hôtel, il comprit qu'il se passait quelque chose d'anormal. La veille, il avait dîné à une table voisine de celle de Jean Duclos.

Or, trois couverts étaient dressés sur la table ronde qui se trouvait au centre de la salle. La nappe était éblouissante, avec encore tous ses plis. Enfin il y avait trois verres par convive, ce qui, en Hollande, n'est de mise que pour une véritable cérémonie.

Dès l'entrée, le commissaire fut accueilli par l'inspecteur Pijpekamp qui s'avança vers lui la main tendue, avec un sourire d'homme qui a préparé une heureuse surprise.

Il était en tenue de gala ! Un faux col haut de huit centimètres ! Une jaquette ! Il était rasé de près. Il devait sortir des mains du coiffeur, car il répandait encore une odeur de lotion à la violette.

Plus terne, Jean Duclos se tenait derrière lui, l'air ennuyé.

— Vous m'excuserez, mon cher collègue… J'aurais dû vous prévenir ce matin… J'aimerais vous recevoir chez moi, mais j'habite Groningen et je suis célibataire… Alors, je me suis permis de vous inviter à déjeuner ici même !... Oh ! un petit déjeuner sans cérémonie.

Et tout en prononçant ces derniers mots il regardait les couverts, les cristaux, et attendait évidemment des protestations de Maigret.

Elles ne vinrent pas.

— J'ai pensé que, puisque le professeur est votre compatriote, vous seriez content de...

— Très bien ! Très bien ! dit le commissaire. Vous permettez que j'aille me laver les mains ?

Il le fit lentement, l'air grognon, dans le petit lavabo adjacent. La cuisine était proche et il entendait une rumeur affairée, des heurts de plats et de casseroles.

Quand il rentra dans la salle, Pijpekamp versait lui-même du porto dans des verres et murmurait avec un sourire ravi, modeste :

— Comme en France, n'est-ce pas ?... *Prosit !*... Santé, mon cher collègue...

Il était touchant de bonne volonté. Il s'appliquait à trouver des formules raffinées, à se montrer homme du monde jusqu'au bout des ongles.

— J'aurais dû déjà hier vous inviter... Mais j'ai été tellement... comment vous dites ?... secoué par cette affaire... Vous avez trouvé quelque chose ?...

— Rien !

Il y eut un éclair dans les prunelles du Hollandais et Maigret pensa : « Toi, mon petit bonhomme, tu as une victoire à m'annoncer et tu vas me sortir ça au dessert... À moins que tu n'aies pas la patience d'attendre jusque-là... »

Il ne se trompait pas. On servit d'abord de la soupe aux tomates, en même temps qu'un saint-émilion sucré à en donner mal au cœur, manifestement tripoté pour l'exportation.

— Santé !...

Brave Pijpekamp ! Il faisait tout son possible et même plus que son possible ! Et Maigret n'avait pas l'air de s'en apercevoir ! Il n'appréciait pas !

— En Hollande, on ne boit jamais en mangeant... Seulement après... Le soir, dans les grandes réunions, un petit verre de vin avec le cigare... On ne met pas de pain à table non plus...

Et il louchait vers le plat de pain qu'il avait commandé. Même le porto, qu'il avait choisi en remplacement du genièvre national !

Est-ce qu'on peut faire mieux ? Il en était tout rose ! Il regardait la bouteille de vin doré avec attendrissement. Jean Duclos mangeait en pensant à autre chose.

Et Pijpekamp eût tellement voulu mettre de l'entrain, de la gaieté, créer autour de ce déjeuner une atmosphère de folie, de vraie bombe à la française !

On apporta le *huchpot*. Le plat national. La viande nageait dans des litres de sauce et Pijpekamp prit un air mystérieux pour prononcer :

— Vous me direz si vous aimez !...

Le malheur, c'est que Maigret n'était pas en train. Il flairait autour de lui un petit mystère qu'il ne s'expliquait pas encore très bien.

Il lui semblait qu'il y avait une sorte de franc-maçonnerie entre Jean Duclos et le policier. Et, par exemple, chaque fois que ce dernier remplissait le verre de Maigret, il avait un bref regard au professeur.

Du bourgogne chambrait à côté du poêle.

— Je croyais que vous buviez beaucoup plus de vin…

— Cela dépend…

Duclos n'était certainement pas tout à fait à son aise. Il évitait de se mêler à la conversation. Il buvait de l'eau minérale, sous prétexte qu'il était au régime.

Pijpekamp ne put attendre plus longtemps. Il avait parlé de la beauté du port, de l'importance du trafic sur l'Ems, de l'université de Groningen où les plus grands savants du monde viennent donner des conférences.

— Vous savez qu'il y a du nouveau…

— Vraiment ?…

— À votre santé ! À la santé de la police française ! Oui, maintenant, le mystère est à peu près éclairci…

Maigret le regarda de ses yeux les plus glauques, sans la moindre trace d'émotion, ni même de curiosité.

— Ce matin, vers dix heures, on m'a prévenu que quelqu'un m'attendait à mon bureau… Devinez qui ?…

— Barens ! Continuez…

Pijpekamp en fut plus navré encore que du peu d'effet qu'avait produit sur son hôte la table si luxueusement servie.

— Comment savez-vous ?… On vous a dit, n'est-ce pas ?…

— Rien du tout ! Qu'est-ce qu'il voulait ?…

— Vous le connaissez… Il est très timide… très… le mot français… oui, renfermé… Il n'osait pas me regarder… On aurait cru qu'il allait pleurer… Il a avoué qu'en sortant, la nuit du crime, de la maison Popinga, il n'était pas rentré à bord tout de suite…

Et l'inspecteur esquissa toute une série d'œillades.

— Vous comprenez ?… Il aime Beetje !… Et il était jaloux, parce que Beetje avait dansé avec Popinga !… Et il était fâché parce qu'elle avait bu du cognac !… Il les a vus sortir tous les deux…

» Il a suivi, de loin… Il est revenu derrière son professeur…

Maigret était sans pitié. Il voyait pourtant que l'autre eût tout donné pour un signe d'étonnement, d'admiration, d'angoisse.

— À votre santé, monsieur le commissaire !… Barens n'a pas dit tout de suite, parce qu'il avait peur… Mais voilà la vérité !… Il a vu un homme, tout de suite après le coup de feu, qui courait vers les tas de bois où il a dû se cacher…

— Il vous l'a décrit minutieusement, n'est-ce pas ?

— Oui…

L'autre nageait. Il n'avait plus aucun espoir d'épater son collègue. Son histoire avait fait long feu.

— Un marin… Sûrement un marin étranger… Très grand, très maigre et tout rasé…

— Et il y a bien entendu un bateau qui est parti le lendemain…

— Il en est parti trois depuis… L'affaire est claire !… Ce n'est pas à Delfzijl qu'il faut chercher… C'est un étranger qui a tué… Sans doute un matelot qui a connu Popinga autrefois, quand il naviguait… Un matelot qu'il aura fait punir quand il était officier, ou capitaine…

Jean Duclos présentait obstinément son profil au regard de Maigret. Pijpekamp faisait signe à Mme Van Hasselt, qui, en grande tenue, se tenait à la caisse, d'apporter une nouvelle bouteille.

Il restait à manger un chef-d'œuvre, un gâteau garni de trois sortes de crème sur lequel, par surcroît, le nom de Delfzijl s'inscrivait en chocolat.

Et l'inspecteur baissait modestement les yeux.

— Si vous voulez couper…

— Vous avez remis Cornélius en liberté ?…

Du coup, son voisin sursauta, regarda Maigret en se demandant s'il ne devenait pas fou.

— Mais…

— Si cela ne vous fait rien, nous le questionnerons ensemble tout à l'heure…

— C'est très facile ! Je vais téléphoner à l'école…

— Tant que vous y êtes, téléphonez aussi qu'on amène Oosting, que nous interrogerons ensuite…

— À cause de la casquette ?… Maintenant, cela s'explique, n'est-ce pas ?… Un marin, en passant, a vu la casquette sur le pont… Il l'a prise et…

— Naturellement !…

Pijpekamp aurait bien pleuré. Cette ironie lourde, à peine perceptible, de Maigret le déroutait au point qu'il se heurta au chambranle de la porte en pénétrant dans la cabine téléphonique.

Le commissaire resta un moment seul avec Jean Duclos, qui tenait le nez baissé sur son assiette.

— Vous ne lui avez pas dit, tant que vous y étiez, de me glisser discrètement quelques florins ?

Ces mots furent prononcés doucement, sans aigreur, et Duclos leva la tête, ouvrit la bouche pour protester.

— Chut !… Nous n'avons pas le temps de discuter… Vous lui avez conseillé de m'offrir un bon déjeuner, largement arrosé… Vous lui avez dit qu'en France c'est ainsi qu'on avait raison des fonctionnaires…

Silence, vous dis-je !… Et qu'après ça je serais coulant comme du miel…

— Je vous jure que…

Maigret alluma sa pipe, se tourna vers Pijpekamp qui revenait du téléphone et qui, regardant la table, bafouilla :

— Vous accepterez bien un petit verre de cognac… Il y en a du vieux…

— Vous permettez que ce soit moi qui vous l'offre ! Veuillez seulement dire à madame de nous apporter une bouteille de fine et des verres à dégustation…

Mais Mme Van Hasselt apporta des petits verres. Le commissaire se leva, alla lui-même en prendre d'autres sur une étagère, les remplit à plein bord.

— À la santé de la police hollandaise ! dit-il.

Pijpekamp n'osait pas protester. L'alcool lui fit venir des larmes aux yeux, tant il était fort. Mais le commissaire, souriant, féroce, levait sans cesse son verre, répétait :

— À la santé de votre police !… À quelle heure Barens sera-t-il à votre bureau ?

— Dans une demi-heure !… Un cigare ?…

— Merci ! Je préfère ma pipe…

Et Maigret emplit à nouveau les verres, avec une telle autorité que ni Pijpekamp ni Duclos n'osèrent refuser de boire.

— C'est une belle journée ! dit-il à deux ou trois reprises. Je me trompe peut-être ! Mais j'ai l'impression que, ce soir, l'assassin de ce pauvre Popinga sera arrêté…

— À moins qu'il soit en train de naviguer dans la Baltique ! répliqua Pijpekamp.

— Bah !… Vous le croyez si loin ?…

Duclos leva un visage pâle.

— C'est une insinuation, commissaire ? questionna-t-il d'une voix coupante.

— Quelle insinuation ?

— Vous paraissez prétendre que, s'il n'est pas loin, il est peut-être très près…

— Quelle imagination, professeur !

On avait été à deux doigts de l'incident. Cela devait tenir en partie aux grands verres de fine. Pijpekamp était tout rouge. Ses yeux luisaient.

Chez Duclos, au contraire, l'ivresse se traduisait par une pâleur morbide.

— Un dernier verre, messieurs, et nous irons interroger ce pauvre petit !

La bouteille était sur la table. Chaque fois que Maigret servait, Mme Van Hasselt mouillait de ses lèvres la pointe de son crayon et marquait les consommations dans son livre.

On plongea, la porte franchie, dans une atmosphère lourde de soleil et de calme. Le bateau d'Oosting était à sa place. Pijpekamp éprouva le besoin de se tenir beaucoup plus raide que d'habitude.

Il n'y avait que trois cents mètres à parcourir. Les rues étaient désertes. Les boutiques s'alignaient, vides, mais propres et achalandées comme pour une exposition universelle dont les portes eussent été sur le point de s'ouvrir.

— Ce sera presque impossible de découvrir le matelot… dit Pijpekamp. Mais c'est bien qu'on sache que c'est lui, car ainsi on ne soupçonne plus personne… Je vais faire un rapport pour que M. Duclos, votre compatriote, soit tout à fait libre…

Il entra d'une démarche pas très assurée dans les bureaux de la police locale et il heurta un meuble en passant, s'assit d'une façon un peu trop brutale.

Il n'était pas ivre à proprement parler. Mais l'alcool lui enlevait une partie de cette douceur, de cette politesse qui caractérise la plupart des Hollandais.

Ce fut d'un geste dégagé qu'il pressa un timbre électrique, tout en renversant sa chaise en arrière. Il s'adressa en néerlandais à un agent en uniforme qui disparut et revint l'instant d'après en compagnie de Cornélius.

Bien que le policier reçût celui-ci avec une cordialité exagérée, le jeune homme sembla perdre pied en entrant dans le bureau, et cela parce que son regard s'était aussitôt fixé sur Maigret.

— Le commissaire veut vous demander quelques petites choses ! dit Pijpekamp en français.

Maigret ne se pressait pas. Il arpentait le bureau de long en large en tirant de petites bouffées de sa pipe.

— Dites donc, mon petit Barens ! Qu'est-ce que le Baes vous a raconté, hier au soir ?

L'autre tourna sa tête maigre dans tous les sens, comme un oiseau affolé.

— Je... je crois...

— Bon ! Je vais vous aider... Vous avez encore un papa, n'est-ce pas ? là-bas, aux Indes... Il serait très triste s'il vous arrivait quelque chose... Des ennuis... Je ne sais pas, moi !... Eh bien ! un faux témoignage, dans une affaire comme celle-ci, se paie par quelques mois de prison...

Cornélius étouffait, n'osait pas faire un mouvement, n'osait plus regarder personne.

— Avouez que c'est Oosting, qui vous attendait hier sur la berge de l'*Amsterdiep*, qui vous a dit de répondre à la police ce que vous avez répondu... Avouez que vous n'avez jamais vu d'homme grand et maigre autour de la maison des Popinga...

— Je...

Non ! Il n'avait plus la force de résister. Il éclatait en sanglots. Il s'écroulait.

Et Maigret regardait d'abord Jean Duclos, ensuite Pijpekamp, de ce regard lourd mais impénétrable qui le faisait passer auprès de certaines gens pour un imbécile. Car ce regard était si stagnant qu'il paraissait vide !

— Vous croyez... ? commença l'inspecteur.

— Voyez vous-même !

Le jeune homme, que sa tenue d'officier rendait encore plus étroit, par contraste, se mouchait, serrait les dents pour étouffer ses sanglots, balbutiait enfin :

— Je n'ai rien fait...

On fut quelques instants à le regarder tandis qu'il essayait de se calmer.

— C'est tout ! trancha enfin Maigret. Je n'ai pas dit que vous aviez fait quelque chose. Oosting vous a demandé de prétendre que vous avez vu un étranger à proximité de la maison... Il vous a sans doute dit que c'était le seul moyen de sauver certaines personnes... Qui ?...

— Je jure sur la tête de ma mère qu'il n'a pas précisé... Je ne sais pas... Je voudrais mourir...

— Parbleu ! À dix-huit ans, on veut toujours mourir... Vous n'avez plus rien à lui demander, monsieur Pijpekamp ?

Celui-ci haussa les épaules dans un geste qui signifiait qu'il n'y comprenait rien.

— Alors, mon petit, vous pouvez filer…

— Vous savez que ce n'est pas Beetje…

— C'est bien possible !… Il est temps que vous alliez rejoindre vos camarades à l'école…

Et il le poussa dehors, grogna :

— À l'autre !… Oosting est arrivé ?… Malheureusement, celui-là ne comprend pas le français…

La sonnerie électrique résonna. L'agent introduisit un peu plus tard le Baes, qui tenait à la main sa casquette neuve en même temps que la pipe qu'il avait laissé éteindre.

Il eut un regard, un seul, à Maigret. Et, chose étrange, c'était un regard de reproche. Il se tint debout devant le bureau de l'inspecteur, qu'il salua.

— Cela ne vous dérange pas de lui demander où il était à l'heure où Popinga a été tué ?…

Le policier traduisit. Oosting commença un long discours que Maigret ne comprit pas, ce qui ne l'empêcha pas de trancher :

— Non ! Arrêtez-le ! Une réponse en trois mots !

Pijpekamp traduisit encore. Nouveau regard de reproche. Une réplique, aussitôt traduite.

— Il était à bord de son bateau !

— Dites-lui que ce n'est pas vrai !

Et Maigret allait et venait toujours, les mains derrière le dos.

— Qu'est-ce qu'il répond à cela ?

— Qu'il le jure !

— Bon ! Qu'il vous dise, dans ce cas, qui lui a volé sa casquette…

Pijpekamp était d'une docilité absolue. Il est vrai que Maigret donnait une telle impression de puissance !

— Eh bien ?

— Il était dans sa cabine… Il faisait des comptes… Il a vu, par les hublots, des jambes sur le pont… Il a reconnu un pantalon de marin…

— Et il a suivi l'homme ?

Oosting hésita, ferma à demi les paupières, fit claquer les doigts et parla avec volubilité.

— Qu'est-ce qu'il dit ?

— Qu'il préfère dire la vérité ! Qu'il sait bien qu'il faudra qu'on reconnaisse son innocence… Quand il est monté sur le pont, le marin s'éloignait… Il l'a suivi de loin… Il a été conduit ainsi, le long de l'*Amster-diep*, jusqu'à proximité de la maison des Popinga… Là, le marin s'est caché… Intrigué, Oosting a attendu, caché de son côté…

— Il a entendu le coup de feu, deux heures plus tard ?

— Oui… Mais il n'a pu rattraper l'homme qui s'enfuyait…

— Il a vu cet homme entrer dans la maison ?

— Dans le jardin tout au moins… Il suppose qu'il est monté au premier étage en se servant de la gouttière…

Maigret souriait. Un sourire vague, bienheureux, d'homme qui fait une excellente digestion.

— Il reconnaîtrait l'homme ?

Traduction. Haussement d'épaules du Baes.

— Il ne sait pas…

— Il a vu Barens guetter Beetje et le professeur ?…

— Oui…

— Et, comme il a craint d'être accusé, comme d'autre part il a voulu donner la bonne piste à la police, il a chargé Cornélius de parler à sa place…

— C'est ce qu'il prétend… Je ne dois pas le croire, n'est-ce pas ?… Il est coupable, c'est évident…

Jean Duclos donnait des signes d'impatience. Oosting était calme, en homme qui s'attend désormais à tout. Il prononça une phrase que le policier traduisit.

— Il dit maintenant qu'on peut faire de lui ce qu'on voudra, mais que Popinga était à la fois son ami et son bienfaiteur.

— Et qu'est-ce que vous allez faire ?

— Le garder à la disposition de la Justice… Il avoue qu'il était là…

Toujours à cause du cognac, la voix de Pijpekamp était plus forte que d'habitude, ses gestes plus violents, et ses décisions s'en ressentaient. Il voulait paraître catégorique. Il était en face d'un collègue étranger et il tenait à sauver sa réputation en même temps que celle de la Hollande.

Il prit une mine grave, pressa une fois de plus le timbre électrique.

Et, à l'agent qui s'empressait, il commanda, avec des petits coups de coupe-papier sur le bureau :

— Arrêtez cet homme… Qu'on l'emmène !… Je le verrai plus tard…

C'était dit en néerlandais, mais le ton suffisait à faire comprendre les mots.

Sur ce, il se leva, expliqua :

— Je vais achever d'éclaircir cette affaire… Je ne manquerai pas de faire ressortir le rôle que vous avez joué… Bien entendu, votre compatriote est libre…

Il ne se doutait pas que Maigret, en le voyant gesti-
culer, les yeux brillants, songeait à part lui : « Toi,
mon pauvre vieux, tu regretteras rudement ce que tu
viens de faire quand, dans quelques heures, tu seras
calmé !… »

Pijpekamp ouvrait la porte. Le commissaire ne se
décidait pas à partir.

— Je voudrais vous demander une dernière
faveur ! dit-il avec une politesse inaccoutumée.

— Je vous écoute, mon cher collègue…

— Il n'est pas encore quatre heures… Ce soir,
nous pourrions reconstituer le drame, avec tous ceux
qui y ont été mêlés de près ou de loin… Voulez-vous
prendre note des noms ?… Mme Popinga… Any…
M. Duclos… Barens… les Wienands… Beetje… Oosting… Et enfin M. Liewens, le père de Beetje…

— Vous voulez… ?

— Reprendre les événements à partir du moment
où, dans la salle Van Hasselt, la conférence s'est
terminée…

Il y eut un silence, Pijpekamp réfléchissait.

— Je vais téléphoner à Groningen, dit-il enfin,
pour demander conseil à mes chefs…

Il ajouta, sans être trop sûr de sa plaisanterie et en
guettant l'expression de ses interlocuteurs :

— Par exemple, il manquera quelqu'un… Conrad
Popinga, qui ne pourra pas…

— C'est moi qui tiendrai ce rôle… acheva Maigret.

Et il partit, suivi de Jean Duclos, après avoir
prononcé :

— Et merci de votre excellent déjeuner !

## 8

*Maigret et les jeunes filles*

Le commissaire, au lieu de prendre à travers la ville pour aller du bureau de police à l'hôtel Van Hasselt, faisait le détour par les quais, suivi de Jean Duclos, dont la démarche, le port de tête et le visage exhalaient de la mauvaise humeur.

— Vous savez que vous vous rendrez odieux ? mâchonna-t-il enfin tout en regardant la grue en action dont le croc venait de frôler leur tête.

— Parce que ?...

Duclos haussa les épaules, fit quelques pas sans répondre.

— Vous ne comprendrez quand même pas ! Ou bien vous ne voudrez pas comprendre ! Vous êtes comme tous les Français...

— Il me semblait que nous étions de même nationalité...

— Seulement, moi, j'ai beaucoup voyagé... J'ai une culture universelle... Je sais me mettre au diapason du pays où je vis... Vous, depuis que vous êtes ici, vous foncez droit devant vous, sans vous inquiéter des contingences...

— Sans m'inquiéter de savoir, par exemple, si on désire découvrir le coupable !

Duclos s'anima.

— Et pourquoi pas ?… Il ne s'agit pas d'un crime crapuleux… Donc, l'auteur n'est pas un professionnel de l'assassinat et du vol… Ce n'est pas un individu qu'il faut nécessairement mettre à l'ombre pour protéger la société…

— Et dans ce cas ?…

Maigret avait une façon réjouie de fumer sa pipe, de tenir les mains derrière le dos.

— Regardez… murmura Duclos en désignant le décor autour d'eux, la ville proprette où tout était en ordre comme dans le buffet d'une bonne ménagère, le port trop petit pour que l'atmosphère en fût âpre, les gens sereins plantés dans leurs sabots jaunes.

Puis il reprit :

— Chacun gagne sa vie… Chacun est à peu près heureux… Et surtout, chacun refrène ses instincts, parce que c'est la règle, c'est une nécessité si l'on veut vivre en société… Pijpekamp vous confirmera que les vols sont une chose rarissime… Il est vrai que celui qui dérobe un pain de deux livres ne s'en tire pas à moins de quelques semaines de prison… Où voyez-vous du désordre ?… Pas de rôdeurs !… Pas de mendiants… C'est la propreté organisée…

— Et je viens bousculer la porcelaine !

— Attendez ! Les maisons, à gauche, près de l'*Amsterdiep*, sont les maisons des notables, des riches, de ceux qui détiennent un pouvoir quelconque… Tout le monde les connaît… Il y a le maire, les pasteurs, les professeurs, les fonctionnaires, tous ceux qui veillent à ce que la ville ne soit pas troublée, à ce que chacun se tienne à sa place sans heurter le voisin… Ces gens-là, je crois que je vous l'ai dit, ne se reconnaissent même pas le droit d'aller au café, car ce serait donner le mauvais exemple… Or, un crime est commis… Vous flairez un drame de famille…

Maigret écoutait tout en regardant les bateaux qui avaient leur pont beaucoup plus haut que le quai, se dressaient comme des murs bariolés, car c'était marée haute.

— Je ne connais pas l'opinion de Pijpekamp, qui est un inspecteur très estimé. Ce que je sais, c'est qu'il était préférable pour tout le monde d'annoncer ce soir que l'assassin du professeur est un matelot étranger et que les recherches continueront… Pour tout le monde ! Pour Mme Popinga ! Pour sa famille ! Pour son père, entre autres, qui est un intellectuel notoire ! Pour Beetje et pour M. Liewens… Mais surtout pour l'exemple !… Pour les gens de toutes les petites maisons de la ville qui regardent ce qui se passe dans les grandes maisons de l'*Amsterdiep* et qui sont prêts à faire la même chose… Vous, vous voulez la vérité pour la vérité, pour la gloriole de démêler une affaire difficile…

— C'est ce que Pijpekamp vous a dit ce matin ?… Il vous a demandé par la même occasion comment on pourrait bien calmer mon ardeur brouillonne… Et vous lui avez dit qu'en France, les gens comme moi, on les a avec un bon déjeuner, voire avec un pourboire…

— Nous n'avons pas prononcé de phrases aussi précises…

— Savez-vous à quoi je pense, monsieur Jean Duclos ?

Maigret s'était arrêté pour mieux savourer le panorama du port. Un tout petit bateau, aménagé en boutique, allait de navire en navire, accostait péniches et voiliers, pétaradant et fumant de son moteur à essence, vendant du pain, des épices, du tabac, des pipes et du genièvre.

— Je vous écoute…

— Je pense que vous avez de la chance d'être sorti de la salle de bains avec le revolver à la main.

— C'est-à-dire ?…

— Rien ! Répétez-moi seulement que vous n'avez vu personne dans cette salle de bains ?

— Je n'ai vu personne.

— Et vous n'avez rien entendu ?

Il détourna la tête.

— Je n'ai rien entendu de précis… Peut-être ai-je eu l'impression que quelque chose remuait sous le couvercle de la baignoire…

— Vous permettez ?… J'aperçois quelqu'un qui m'attend…

Et il se dirigea à grands pas vers la porte de l'hôtel Van Hasselt où l'on voyait Beetje Liewens qui arpentait le trottoir en guettant son arrivée.

Elle essaya de lui sourire, comme les autres fois, mais son sourire manqua d'entrain. On la sentait nerveuse. Elle continuait à observer la rue comme si elle eût craint de voir surgir quelqu'un.

— Il y a près d'une demi-heure que je vous attends.

— Voulez-vous entrer ?

— Pas dans le café, n'est-ce pas ?…

Dans le corridor, il hésita une seconde. Il ne pouvait pas non plus la recevoir dans sa chambre. Alors il poussa la porte de la salle de bal, vaste et vide, où les voix résonnèrent comme dans un temple.

À la lumière du jour, le décor de la scène était terne, poussiéreux. Le piano était ouvert. Il y avait une grosse caisse dans un coin et des chaises entassées jusqu'au plafond.

Derrière, des guirlandes en papier qui avaient dû servir pour un bal de société.

Beetje gardait son air de santé. Elle portait un tailleur bleu et sa poitrine était plus aguichante que jamais sous un chemisier de soie blanche.

— Vous avez pu sortir de chez vous ?

Elle ne répondit pas tout de suite. Elle avait évidemment beaucoup de choses à dire, mais elle ne savait par où commencer.

— Je me suis sauvée ! déclara-t-elle enfin. Je ne pouvais plus rester. J'avais peur ! C'est la servante qui est venue me dire que mon père était furieux, qu'il serait capable de me tuer... Déjà il m'avait enfermée dans ma chambre, sans parler... Car il ne dit jamais rien quand il est en colère... L'autre nuit, nous sommes rentrés sans un mot... Il a fermé la porte à clef... Cet après-midi, la servante m'a parlé par la serrure... Il paraît qu'à midi il est revenu, tout pâle... Il a déjeuné, puis il s'est promené à grands pas autour de la ferme... Enfin il est parti sur la tombe de ma mère...

» Il y va chaque fois qu'il a une grande décision à prendre... Alors, j'ai cassé un carreau. La servante m'a passé un tournevis et j'ai dévissé la serrure...

» Je ne veux plus retourner là-bas... Vous ne connaissez pas mon père...

— Une question ! l'interrompit Maigret.

Et il regardait le petit sac en chevreau verni qu'elle tenait à la main.

— Combien d'argent avez-vous emporté ?

— Je ne sais pas... Peut-être cinq cents florins.

— Qui étaient dans votre chambre ?

Elle rougit, balbutia :

— Qui étaient dans le bureau... Je voulais d'abord aller à la gare... Mais il y a un policier en face... J'ai pensé à vous...

Ils étaient là comme dans une salle d'attente où il est impossible de créer une atmosphère intime et ils ne songeaient même pas à prendre deux des chaises entassées pour s'asseoir.

Si Beetje était nerveuse, elle n'était pas affolée. Peut-être était-ce pour cela que Maigret la regardait avec une certaine hostilité, qui perça surtout dans sa voix lorsqu'il demanda :

— À combien d'hommes avez-vous déjà proposé de vous enlever ?

Elle perdit pied. Elle détourna la tête, balbutia :

— Qu'est-ce que vous dites ?...

— À Popinga d'abord... Était-ce le premier ?

— Je ne comprends pas.

— Je vous demande si c'était votre premier amant...

Un assez long silence. Puis :

— Je ne croyais pas que vous seriez si méchant avec moi... Je venais...

— Était-ce le premier ?... En somme, il y a un peu plus d'un an que cela dure... Mais avant cela ?...

— Je... j'ai flirté avec le professeur de gymnastique du lycée, à Groningen...

— Flirté ?...

— C'est lui qui... qui a...

— Bon ! Donc vous aviez déjà eu un amant avant Popinga... Pas d'autres ?...

— Jamais ! s'écria-t-elle avec indignation.

— Et vous avez été la maîtresse de Barens ?

— Ce n'est pas vrai... Je le jure !...

— Vous aviez des rendez-vous avec lui...

— ... Parce qu'il était amoureux... Il osait à peine m'embrasser...

— Et, lors de votre dernier rendez-vous, celui-là qui a été interrompu par mon arrivée et par celle de votre père, vous lui avez offert de partir tous les deux...

— Comment savez-vous ?...

Il faillit éclater de rire ! C'était déroutant d'ingénuité ! Elle avait repris une partie de son sang-froid ! Elle parlait de ces choses-là avec une remarquable candeur !

— Il n'a pas voulu ?

— Il avait peur... Il me disait qu'il n'avait pas d'argent...

— Et vous lui proposiez d'en prendre chez vous... En bref, vous avez depuis longtemps la marotte de l'évasion... Votre grand objectif dans la vie est de quitter Delfzijl en compagnie d'un homme quelconque...

— Pas quelconque ! rectifia-t-elle, vexée. Vous êtes méchant ! Vous ne voulez pas comprendre !

— Mais si ! Mais si ! C'est même d'une simplicité enfantine ! Vous aimez la vie ! Vous aimez les hommes ! Vous aimez toutes les joies qu'il est possible de s'offrir…

Elle baissa les yeux, tripota son sac à main.

— Vous vous ennuyez dans la ferme modèle de votre papa ! Vous avez envie d'autre chose ! Vous commencez au lycée, à dix-sept ans, par le professeur de gymnastique… Impossible de le décider à partir… À Delfzijl, vous passez les hommes en revue et vous en découvrez un qui paraît plus audacieux que les autres… Popinga a voyagé… Il aime la vie aussi… Les préjugés le gênent aux entournures… Vous vous jetez à son cou…

— Pourquoi vous dites…

— J'exagère peut-être ! Mettons que, comme vous êtes une jolie fille, appétissante en diable, il vous fasse un brin de cour ! Mais un brin de cour timide, car il a peur des complications, peur de sa femme, d'Any, de son directeur, de ses élèves…

— Surtout d'Any !

— Nous en parlerons tout à l'heure… Il vous embrasse dans les coins… Je parierais qu'il n'avait même pas l'audace d'en désirer davantage… Seulement vous croyez que c'est arrivé… Vous êtes tous les jours sur son chemin… Vous lui apportez des fruits, chez lui… Vous vous incrustez dans le ménage… Vous vous faites reconduire en vélo et vous vous arrêtez derrière le tas de bois… Vous lui écrivez des lettres où vous lui dites votre volonté d'évasion…

— Vous avez lu ?

— Oui !

— Et vous croyez que ce n'est pas lui qui a commencé ?

Elle s'emballait.

— Au début, il me disait qu'il était très malheureux, que Mme Popinga ne le comprenait pas, qu'elle
ne pensait qu'au *qu'en-dira-t-on*, que c'était une vie
bête, et tout...

— Parbleu !

— Vous voyez bien que...

— Soixante hommes mariés sur cent disent cela à
la première jeune fille séduisante qu'ils rencon-
trent... Seulement, le malheureux est tombé sur une
jeune fille qui l'a pris au mot...

— Vous êtes méchant, méchant...

Elle était prête à pleurer. Elle se contenait, tapait
du pied pour souligner le mot méchant.

— Bref, il a toujours remis à plus tard ce fameux
départ et vous avez bien senti qu'il ne le réaliserait
jamais...

— Ce n'est pas vrai !

— Mais si ! Et la preuve c'est que vous vous assu-
riez en quelque sorte contre cette éventualité en
acceptant les hommages de Barens... Prudemment !... Parce que, lui, c'est un jeune homme timide,
bien élevé, respectueux, qu'il ne faut pas
effaroucher...

— C'est horrible !

— C'est une petite histoire vécue...

— Vous me détestez, n'est-ce pas ?

— Moi ?... Pas du tout...

— Vous me détestez ! Et cependant je suis mal-
heureuse... J'aimais Conrad...

— Et Cornélius ?... Et le professeur de
gymnastique ?...

Cette fois, elle pleura. Elle trépigna.

— Je vous défends...

— De dire que vous ne les aimiez pas ! Pourquoi pas ? Vous les aimiez dans la mesure où ils représentaient pour vous une autre vie, le grand départ qui vous a toujours hantée…

Elle n'écoutait plus. Elle gémissait :

— Je n'aurais pas dû venir… Je croyais…

— Que j'allais vous prendre sous ma protection ?… Mais je le fais !… Seulement je ne vous considère pas pour la cause comme une victime, ni comme une héroïne… Vous êtes une petite fille gourmande, un peu sotte, un peu égoïste, et voilà tout !… Une petite fille comme il y en a beaucoup…

Elle montra un œil humide où il y avait déjà de l'espoir.

— Tout le monde me déteste ! gronda-t-elle.

— Qui, tout le monde ?…

— Mme Popinga, d'abord, parce que je ne suis pas comme elle ! Elle voudrait que je fasse toute la journée des vêtements pour les indigènes de l'Océanie, ou que je tricote pour les pauvres… Je sais qu'elle a dit à des jeunes filles de l'ouvroir de ne pas m'imiter… Et elle a même annoncé que je finirais mal si je ne trouvais pas rapidement un mari… On me l'a répété…

C'était à nouveau comme une bouffée du parfum un peu rance de la petite ville : l'ouvroir, les papotages, les jeunes filles de bonne famille réunies autour d'une dame patronnesse, les conseils et les confidences perfides.

— Mais c'est surtout Any…

— Qui vous déteste ?

— Oui !… Et même, la plupart du temps, quand j'arrivais, elle quittait le salon et montait dans sa chambre… Je jurerais qu'elle a depuis longtemps deviné la vérité… Mme Popinga, malgré tout, est une brave femme… Elle essayait seulement de me faire changer d'allures, de transformer la coupe de mes robes… Et surtout de me faire lire autre chose que des romans !… Mais elle ne soupçonnait rien… C'était elle qui disait à Conrad de me reconduire…

Un drôle de sourire flottait sur le visage de Maigret.

— Any, ce n'est pas la même chose !… Vous l'avez vue !… Elle est laide !… Elle a les dents de travers !… Jamais un homme ne lui a fait la cour !… Elle le sait bien !… Elle sait qu'elle restera vieille fille… Et c'est pour cela qu'elle a étudié, qu'elle a voulu avoir un métier… Elle fait semblant de détester les hommes !… Elle est dans des ligues féministes…

Beetje s'animait à nouveau. On sentait une vieille rancune qui éclatait enfin.

— Alors, elle était toujours à rôder dans la maison, à surveiller Conrad… Puisqu'elle est condamnée à rester vertueuse, elle voudrait que tout le monde le soit… Vous comprenez ?… Elle a deviné, j'en suis sûre… Elle a dû essayer de détourner son beau-frère de moi… Et même Cornélius !… Elle voyait bien que tous les hommes me regardaient, y compris Wienands, qui pourtant n'a jamais rien osé me dire, mais qui devient tout rouge quand je danse avec lui… Sa femme aussi me déteste, à cause de ça !… Peut-être qu'Any n'a rien dit à sa sœur… Peut-être qu'elle lui a dit… Peut-être même que c'est elle qui a trouvé mes lettres…

— Et qui a tué ? questionna brutalement Maigret.

Elle bafouilla.

— Je jure que je ne sais pas… Je n'ai pas dit ça !…
Mais Any est un poison !… Est-ce que c'est ma faute
si elle est laide ?…

— Vous êtes sûre qu'elle n'a jamais eu
d'amoureux ?

Ah ! le sourire, le petit rire plutôt de Beetje, ce rire
instinctivement triomphant de femme désirable qui
écrase un laideron !

À croire qu'il ne s'agissait que de petites filles, au
pensionnat, en lutte pour une vétille quelconque.

— En tout cas pas à Delfzijl…

— Elle détestait son beau-frère aussi ?

— Je ne sais pas… Ce n'est pas la même chose !…
Il était de la famille… Et est-ce que toute la famille ne
lui appartenait pas un petit peu ?… Alors, il fallait le
surveiller, le garder…

— Mais pas le tuer ?

— Qu'est-ce que vous croyez ?… Vous dites toujours ça !…

— Je ne crois rien ! Répondez-moi ! Oosting était
au courant de vos relations avec Popinga ?

— On vous a dit ça aussi ?

— Vous alliez ensemble, à bord de son bateau,
jusqu'aux bancs de Workum… Il vous laissait seuls ?

— Oui ! Il conduisait, sur le pont…

— Et il vous laissait la cabine…

— C'était naturel… Il faisait frais, dehors…

— Vous ne l'avez pas revu depuis… depuis la
mort de Conrad ?

— Non !… Je le jure…

— Il ne vous a jamais fait la cour ?

Elle rit, du bout des dents.

— Lui ?…

Et, pourtant, elle avait à nouveau envie de pleurer, d'énervement. Mme Van Hasselt, qui avait fini par entendre du bruit, passa la tête par l'entrebâillement d'une porte, bredouilla des excuses et regagna sa caisse. Il y eut un silence.

— Vous croyez que votre père est vraiment capable de vous tuer ?

— Oui !… Il le ferait…

— Donc, il aurait été capable de tuer votre amant…

Elle écarquilla les yeux avec épouvante, protesta brusquement :

— Non !… Ce n'est pas vrai !… Ce n'est pas papa qui…

— Pourtant, quand vous êtes arrivée chez vous, le soir du crime, il n'y était pas…

— Comment savez-vous ?…

— Il est rentré un peu après vous, n'est-ce pas ?

— Tout de suite après… Mais…

— Dans vos dernières lettres, vous manifestiez de l'impatience. Vous sentiez que Conrad vous échappait, que l'aventure commençait à l'effrayer, qu'en tout cas il n'abandonnerait jamais son foyer pour partir avec vous à l'étranger…

— Qu'est-ce que vous voulez dire ?

— Rien ! Je fais une petite mise au point. Votre père ne tardera certainement pas à arriver…

Elle regarda avec angoisse autour d'elle. Elle semblait chercher une issue…

— Ne craignez rien… J'ai besoin de vous, ce soir…

— Ce soir ?…

— Oui ! Nous allons reconstituer les faits et gestes de chacun la nuit du crime…

— Il me tuera !

— Qui ?…

— Mon père !

— Je serai là. Ne craignez rien.

— Mais…

La porte s'ouvrit. Jean Duclos entra, la referma vivement sur lui, tourna la clef dans la serrure, s'avança d'un air affairé.

— Attention !… Le fermier est ici… Il…

— Conduisez-la dans votre chambre…

— Dans ma… ?

— Dans la mienne si vous préférez !

On entendait des pas dans le couloir. Il y avait près de la scène une porte qui communiquait avec l'escalier de service. Le couple passa par là. Maigret tourna la clef, se trouva nez à nez avec le fermier Liewens qui regarda par-dessus l'épaule du commissaire.

— Beetje ?…

C'était à nouveau la question des langues qui jouait. Ils ne pouvaient pas se comprendre. Maigret se contenta, de son corps épais, de faire de l'obstruction, de gagner quelques instants, tout en évitant de mettre son interlocuteur en colère.

Jean Duclos ne tarda pas à descendre, en prenant un air faussement dégagé.

— Dites-lui que sa fille lui sera rendue ce soir, qu'on aura besoin de lui aussi pour la reconstitution du crime…

— Il faut ?…

— Mais traduisez, sacrebleu, puisque je vous le dis !

Duclos le fit, d'une voix douceâtre. Le fermier les regarda tous les deux.

— Dites-lui encore que, ce soir, l'assassin sera sous les verrous…

Ce fut traduit. Et alors Maigret eut juste le temps de bondir, de renverser Liewens qui avait saisi un revolver et qui essayait d'en tourner le canon vers sa tempe.

Le combat fut bref. Maigret était si lourd que son adversaire ne tarda pas à être immobilisé, désarmé, tandis qu'une pile de chaises, heurtée par les deux corps, s'écroulait avec fracas, blessait légèrement le commissaire au front.

— Fermez la porte à clef ! cria Maigret à Duclos. Pas la peine qu'on entre…

Et il se redressa en soufflant.

# 9

## *Reconstitution*

Les Wienands arrivèrent les premiers, à sept heures et demie précises. Il n'y avait, à ce moment, dans la salle des fêtes de l'hôtel Van Hasselt, que trois hommes qui attendaient sans se grouper, sans s'adresser la parole : Jean Duclos, un peu nerveux, allant et venant d'un bout à l'autre de la pièce, le fermier Liewens, renfrogné, immobile sur une chaise, et Maigret, adossé au piano, la pipe aux dents.

Personne n'avait pensé à allumer toutes les lampes. Une seule grosse ampoule, pendue très haut, diffusait une lumière grise. Les chaises étaient toujours entassées dans le fond, sauf un rang, le premier, que Maigret avait fait reconstituer.

Sur la petite scène vide, une table couverte d'un tapis vert, une chaise.

Les Wienands étaient endimanchés... Ils avaient obéi à la lettre aux instructions qui leur avaient été données, puisqu'ils avaient emmené leurs deux enfants. On sentait qu'ils avaient dîné en hâte, qu'ils avaient laissé là-bas la salle à manger en désordre pour être à l'heure.

Wienands se découvrit en entrant, chercha quelqu'un à saluer et, après une velléité de se diriger vers le professeur, il entraîna sa famille dans un coin où il attendit, en silence. Son faux col était trop haut, sa cravate mal faite.

Cornélius Barens arriva presque aussitôt après, si pâle, si nerveux, qu'il semblait sur le point de fuir à la moindre alerte. Il chercha, lui aussi, à joindre quelqu'un, à former groupe, mais il n'osa s'avancer vers personne et il s'adossa au tas de chaises.

L'inspecteur Pijpekamp amena Oosting, dont le regard pesa sur Maigret. Et ce furent les dernières arrivées : Mme Popinga et Any, qui entrèrent en marchant vite, s'arrêtèrent une seconde, se dirigèrent vers le premier rang des chaises.

— Faites descendre Beetje ! dit Maigret à l'inspecteur. Qu'un de vos agents surveille Liewens et Oosting. Ils n'étaient pas ici le soir du drame. Nous n'en aurons besoin que tout à l'heure. Ils peuvent se tenir au fond de la salle…

Quand Beetje fut là aussi, d'abord déroutée, puis volontairement raidie dans un sursaut d'orgueil à la vue d'Any et de Mme Popinga, il y eut comme un temps d'arrêt dans toutes les respirations.

Et ce n'était pas parce que l'atmosphère était dramatique ! Elle ne l'était pas ! Elle était sordide, au contraire !

Cela avait l'air d'une pincée d'humains, dans cette grande salle vide au plafond éclairé par une seule lampe.

Il fallait un effort pour se dire que quelques jours plus tôt des gens, les notables de Delfzijl, avaient payé le droit de s'asseoir sur une des chaises empilées, étaient entrés en posant pour la galerie, avaient échangé des sourires, des poignées de main, s'étaient assis face à la scène, endimanchés, avaient applaudi l'arrivée de Jean Duclos.

C'était exactement comme si, soudain, on eût vu le même spectacle par le petit bout de la lunette !

Par le fait de l'attente, de l'incertitude dans laquelle chacun était de ce qui allait se passer, les visages n'exprimaient même pas de l'inquiétude, ou de la douleur. C'était autre chose ! Des yeux mornes, vides de pensée. Les traits tirés, brouillés.

Et la lumière rendait toutes les peaux grises. Beetje elle-même n'avait plus rien d'excitant.

C'était sans prestige, sans grandeur. C'était pitoyable ou risible.

Dehors, des gens s'étaient groupés, silencieux, parce que le bruit avait couru vers la fin de l'après-midi qu'il allait se passer quelque chose. Mais nul n'imaginait certes que le spectacle était si peu passionnant.

C'est vers Mme Popinga que Maigret se dirigea d'abord.

— Voulez-vous vous installer à la même place que l'autre soir ? dit-il.

Chez elle, quelques heures plus tôt, elle était pathétique. C'était fini. Elle paraissait plus vieille. On remarquait que son tailleur, mal coupé, lui faisait une épaule un peu plus large que l'autre et qu'elle avait de grands pieds. Et aussi une cicatrice au cou, en dessous de l'oreille.

C'était pis pour Any, dont le visage n'avait jamais été aussi dissymétrique. Son accoutrement était ridicule, étriqué, son chapeau de mauvais goût.

Mme Popinga s'assit au milieu du premier rang, à la place d'honneur. L'autre jour, dans les lumières, avec tout Delfzijl derrière elle, elle devait être rose d'orgueil et de plaisir.

— Qui était à côté de vous ?

— Le directeur de l'École navale…

— De l'autre côté ?

— M. Wienands…

Il fut prié de venir prendre sa place. Il n'avait pas quitté son pardessus. Il s'assit gauchement, en regardant ailleurs.

— Mme Wienands ?…

— Tout au bout du rang, à cause des enfants.

— Beetje ?…

Celle-ci alla prendre sa place d'elle-même, laissant une chaise vide entre elle et Any : la chaise de Conrad Popinga.

Pijpekamp se tenait debout à quelque distance, dérouté, ahuri, mal à l'aise, inquiet par surcroît. Jean Duclos attendait son tour.

— Montez sur la scène ! lui dit Maigret.

Ce fut peut-être celui qui perdit le plus de prestige. Il était maigre, mal habillé. On avait de la peine à réaliser que certain soir cent personnes s'étaient dérangées pour venir l'entendre.

Le silence était aussi angoissant que cette lumière à la fois trop précise et insuffisante qui tombait du plafond lointain. Dans le fond de la salle, le Baes toussa quatre ou cinq fois, exprimant le malaise général.

Maigret lui-même n'était pas sans trahir quelque inquiétude. Il surveillait sa mise en scène. Son regard lourd allait d'un personnage à l'autre, s'arrêtant sur de menus détails, sur la pose de Beetje, sur la jupe

trop longue d'Any, sur les ongles mal soignés de
Duclos qui, tout seul devant sa table de conférencier,
essayait de garder une contenance.

— Vous avez parlé pendant combien de temps ?

— Trois quarts d'heure…

— Vous lisiez votre conférence ?

— Pardon ! C'est la vingtième fois que je la fais. Je
ne me sers même plus de mes notes…

— Donc, vous regardiez la salle…

Et il alla s'asseoir un instant entre Beetje et Any.
Les chaises étaient assez serrées. Son genou toucha
celui de Beetje.

— À quelle heure la soirée a-t-elle pris fin ?

— Un peu avant neuf heures… Car, auparavant,
une jeune fille a joué du piano…

Ce piano était toujours ouvert, avec une *Polonaise*,
de Chopin, sur le pupitre. Mme Popinga commençait à mordiller son mouchoir. Oosting remuait, dans
le fond. Ses pieds bougeaient sans cesse sur le plancher couvert de sciure.

Il était huit heures et quelques minutes. Maigret se
leva, se mit à marcher.

— Voulez-vous, monsieur Duclos, me résumer le
thème de votre conférence ?

Mais Duclos resta incapable de parler. Ou plutôt il
voulut commencer sa causerie textuelle. Il murmura
après des toussotements :

— Ce n'est pas à l'intelligente population de Delfzijl que je ferai l'injure de…

— Pardon ! Vous parliez de criminalité. Dans quel
sens ?

— De la responsabilité des criminels…

— Et vous prétendiez ?…

— Que c'est notre société qui est responsable des fautes qui se commettent dans son sein et qu'on appelle des crimes... Nous avons organisé la vie pour le plus grand bien de tous... Nous avons créé des classes sociales et il est nécessaire de faire entrer chaque individu dans l'une d'elles...

Il fixait le tapis vert, tout en parlant. Sa voix manquait de netteté.

— Cela suffit ! grogna Maigret. Je connais : « Il y a des individus d'exception, des malades ou des inadaptés... Ils se heurtent à des cloisons infranchissables... Ils sont rejetés de part et d'autre et échouent dans le crime... » Je suppose que c'est bien cela ?... Ce n'est pas nouveau... Conclusion : « Plus de prisons, mais des centres de rééducation, des hôpitaux, des maisons de repos, des cliniques... »

Duclos, renfrogné, ne répondit pas.

— Bref, vous avez dit cela en trois quarts d'heure, avec quelques exemples frappants... Vous avez cité Lombroso, Freud et compagnie.

Il regarda sa montre, s'adressa surtout au premier rang de chaises.

— Je vous demande d'attendre encore quelques minutes...

À ce moment précis un des enfants Wienands se mit à pleurer. Et sa mère, trop nerveuse, le secoua pour le calmer. Wienands, voyant qu'elle n'arrivait à rien, prit le gosse sur ses genoux, commença par le caresser avec douceur, puis lui pinça le bras pour le faire taire.

Il fallait regarder la chaise vide, entre Any et Beetje, pour se souvenir qu'il s'agissait d'un drame. Et encore ! Est-ce que Beetje, avec sa figure saine, mais banale, méritait de jeter le trouble dans un ménage ?

Il n'y avait qu'une chose en elle pour attirer et c'était la magie de cette mise en scène de souligner ainsi la vérité pure, de ramener les événements à leur crudité première : deux beaux seins que la soie rendait plus aguichants, des seins de dix-neuf ans qui tremblaient à peine sous la blouse, juste de quoi les rendre plus vivants.

Un peu plus loin, Mme Popinga qui, même à dix-neuf ans, n'avait pas eu de seins pareils, Mme Popinga trop habillée, avec des couches de vêtements sobres, de bon ton, qui lui enlevaient tout attrait charnel.

Puis Any, pointue, laide, plate, mais énigmatique.

Popinga avait rencontré Beetje, un Popinga bon vivant, un Popinga qui avait tellement envie de savourer des bonnes choses !… Et il n'avait pas vu le visage de Beetje, ses yeux de faïence, il n'avait surtout pas deviné la volonté d'évasion qui se cachait derrière ce visage de poupée.

Il avait vu cette poitrine vivante, ce corps sain, attirant !

Mme Wienands, elle, n'était même plus femme. Elle était la mère, la ménagère. Elle était en train de moucher son gamin qui n'avait plus la force de pleurer.

— Je dois rester ici ? questionna Jean Duclos, de l'estrade.

— Je vous en prie…

Et Maigret s'approcha de Pijpekamp, lui dit quelques mots à voix basse. Le policier de Groningen sortit un peu plus tard avec Oosting.

Des gens jouaient au billard dans le café. On entendait le heurt des billes.

Et, dans la salle, les poitrines étaient oppressées. Cela sentait la réunion spirite, l'attente de quelque chose d'effrayant. Any fut la seule à oser se lever soudain, à prononcer après avoir hésité un bon moment :

— Je ne vois pas où vous voulez en venir… C'est… c'est…

— Il est l'heure… Pardon ! Où est Barens ?…

Il n'y avait plus pensé. Il le trouva assez loin dans la salle, appuyé à un mur.

— Pourquoi n'avez-vous pas pris votre place ?

— Vous avez dit : comme l'autre soir…

Le regard était mobile, la voix haletante.

— L'autre soir, j'étais dans les places à cinquante *cents*, avec les autres élèves…

Maigret ne s'en occupa plus. Il alla ouvrir la porte communiquant avec un porche débouchant lui-même dans la rue et permettant de ne pas passer par le café. Il ne vit que trois ou quatre silhouettes dans l'obscurité.

— Je suppose que, la conférence finie, il y a eu un groupement au pied de l'estrade… Le directeur de l'école… Le pasteur… Quelques notables félicitant l'orateur…

Personne ne répondit, mais ces mots suffisaient à évoquer la scène : tous les rangs de spectateurs se dirigeant vers la sortie, les bruits de chaises, les conversations, et là, près de la scène, un groupe, des poignées de main, des éloges…

La salle se vidant… Le dernier groupe se dirigeant enfin vers la porte… Barens rejoignant les Popinga…

— Vous pouvez venir, monsieur Duclos…

Tout le monde se leva. Mais chacun avait l'air
d'hésiter sur le rôle qu'il avait à jouer. On regardait
Maigret. Any et Beetje feignaient de ne pas se voir.
Wienands, gauche, emprunté, portait son plus jeune
bébé.

— Suivez-moi…

Et, un peu avant la porte :

— Nous allons nous diriger vers la maison dans le
même ordre que le jour de la conférence… Madame
Popinga et monsieur Duclos…

Ils se regardèrent, hésitèrent, firent quelques pas
dans la rue obscure…

— Mademoiselle Beetje !… Vous marchiez avec
Popinga… Allez toujours… Je vous rejoindrai tout à
l'heure…

Elle osait à peine se diriger toute seule vers la ville
et surtout elle craignait son père, gardé dans un coin
de la salle par un policier.

— Monsieur et madame Wienands…

Ils furent les plus naturels, parce qu'ils devaient
s'occuper des enfants.

— Mademoiselle Any et Barens…

Ce dernier faillit éclater en sanglots, dut se mordre
les lèvres, passa pourtant devant Maigret.

Alors le commissaire se tourna vers le policier qui
gardait Liewens.

— Le soir du drame, à cette heure, il était chez lui.
Voulez-vous l'y conduire et lui faire faire exactement
ce qu'il a fait alors ?…

Cela ressemblait à un cortège mal réglé. Les premiers partis s'arrêtaient, se demandant s'ils devaient
continuer leur route. Il y avait des hésitations, des
haltes.

Mme Van Hasselt, de son seuil, assistait à la scène tout en répondant aux joueurs de billard qui lui parlaient.

La ville était aux trois quarts endormie, les boutiques closes. Mme Popinga et Duclos prirent directement le chemin du quai et on devinait que le professeur essayait de rassurer sa compagne.

Il y avait des alternatives de lumière et d'ombre, car les becs de gaz étaient espacés.

On distingua l'eau noire, les bateaux qui se balançaient, avec chacun un fanal dans la mâture. Beetje, sentant Any derrière elle, essayait de marcher d'une allure dégagée mais le fait qu'elle était seule rendait cette attitude difficile.

Il y avait quelques pas entre chaque groupe. Cent mètres plus loin, on vit nettement le bateau d'Oosting, parce qu'il était le seul à être peint en blanc. Il n'y avait pas de lumière aux hublots. Le quai était désert.

— Voulez-vous vous arrêter tous à la place où vous êtes ! fit Maigret de façon à être entendu de tous les groupes.

Ils restèrent figés. La nuit était noire. Le pinceau lumineux du phare passait très haut au-dessus des têtes et n'éclairait rien.

Alors Maigret s'adressa à Any :

— Vous étiez bien à cette place dans le cortège ?

— Oui…

— Et vous, Barens ?

— Oui… Je crois…

— Vous en êtes certain ?… Vous marchiez en compagnie d'Any ?…

— Oui… Attendez… Ce n'est pas ici, mais dix mètres plus loin, qu'Any m'a fait remarquer que le manteau d'un des enfants traînait par terre…

— Et vous avez fait quelques pas en avant pour en avertir Wienands ?

— Mme Wienands…

— Cela n'a duré que quelques secondes ?

— Oui… Les Wienands ont continué à marcher… J'ai attendu Any…

— Vous n'avez rien remarqué d'anormal ?

— Rien !…

— Avancez tous de dix mètres !… commanda Maigret.

Et alors il se fit que la sœur de Mme Popinga était juste à hauteur du bateau d'Oosting.

— Marchez vers les Wienands, Barens…

Et, à Any :

— Prenez cette casquette qui est sur le pont !

Il n'y avait que trois pas à faire, à se pencher. La casquette était là, noir sur blanc, bien visible, avec son écusson qui avait un reflet métallique.

— Pourquoi voulez-vous… ?

— Prenez-la !

On devinait les autres, plus loin, qui essayaient de se rendre compte de ce qui se passait.

— Mais je n'ai pas…

— Peu importe !… Nous ne sommes pas au complet… Chacun doit jouer plusieurs rôles… Ce n'est qu'une expérience…

Elle prit la casquette.

— Cachez-la sous votre manteau… Rejoignez Barens…

Il monta lui-même sur le pont du bateau, appela :

— Pijpekamp !

— Ya !…

Et le policier se montra, à l'écoutille d'avant. C'était l'écoutille du poste où couchait Oosting. Dans le poste, il n'y avait pas assez de hauteur pour qu'un homme pût se tenir debout, si bien qu'il était logique, pour fumer une dernière pipe, par exemple, de laisser dépasser la tête, de s'accouder au pont.

Oosting était précisément là, dans cette pose. Du quai, de l'endroit où se trouvait la casquette, on ne pouvait le voir, mais lui voyait parfaitement le voleur de casquette.

— Bon !… Faites-lui faire la même chose que l'autre nuit…

Et Maigret remonta les groupes.

— Continuez à marcher ! Je prends la place de Popinga…

Il se trouva au côté de Beetje, avec devant lui Mme Popinga et Duclos, derrière les Wienands, puis enfin Any et Barens. On percevait du bruit plus loin encore : Oosting, surveillé par l'inspecteur, qui se mettait en marche.

Désormais, on ne devait plus passer par des rues éclairées. Après le port, on côtoyait l'écluse déserte séparant la mer du canal. Puis c'était le chemin de halage, avec des arbres à droite et, à un demi-kilomètre, la maison des Popinga.

Beetje balbutia :

— Je ne comprends pas…

— Chut !… La nuit est calme… On peut nous entendre comme nous percevons les voix de ceux qui nous précèdent et de ceux qui nous suivent… Donc,

Popinga vous a parlé à voix haute de choses et d'autres, sans doute de la conférence…

— Oui…

— Seulement, à voix basse, vous lui avez fait des reproches…

— Comment le savez-vous ?

— Peu importe… Attendez !… Pendant la conférence, vous étiez près de lui… Vous avez essayé de toucher sa main… Est-ce qu'il ne vous a pas repoussée ?

— Oui ! balbutia-t-elle, impressionnée, en le regardant avec des prunelles écarquillées.

— Et vous avez recommencé…

— Oui… Jadis, il n'était pas si prudent… Il m'embrassait même chez lui, derrière la porte… Mieux !… Une fois, dans la salle à manger, alors que Mme Popinga était dans le salon et nous parlait… C'était les derniers temps qu'il était peureux.

— Donc, vous lui avez fait des reproches… Vous lui avez répété que vous vouliez partir avec lui, sans cesser la conversation à voix haute…

Et l'on entendait des pas devant, des pas derrière, des murmures, Duclos qui disait :

— … vous assure que cela ne correspond à aucune méthode d'investigation policière…

Et, derrière, Mme Wienands qui grondait son gosse en néerlandais.

On aperçut la maison, dans l'ombre. Il n'y avait aucune lumière. Mme Popinga s'arrêta sur le seuil.

— Vous vous êtes arrêtée de même, n'est-ce pas ? parce que c'est votre mari qui avait la clef ?

— Oui…

Les groupes se rejoignaient.

— Ouvrez ! dit Maigret. La bonne était couchée ?

— Oui... comme aujourd'hui...

La porte ouverte, elle tourna le commutateur électrique. Le corridor fut éclairé, et le portemanteau de bambou, à gauche.

— Popinga était très gai, dès ce moment ?...

— Très gai ! Mais pas naturel... Il parlait trop fort...

On se débarrassait des manteaux et des chapeaux.

— Pardon ! Tout le monde s'est déshabillé ici ?

— Sauf Any et moi ! dit Mme Popinga. Nous sommes montées dans les chambres, pour faire un peu de toilette...

— Sans entrer d'abord dans une autre pièce ? Qui a éclairé le salon ? ...

— Conrad...

— Montez, voulez-vous ?...

Et il monta avec elles.

— Any ne s'est pas arrêtée dans votre chambre, qu'elle devait traverser pour gagner la sienne ?

— Non... Je ne crois pas...

— Répétez, je vous prie, les mêmes gestes... Mademoiselle Any, veuillez aller déposer chez vous la casquette, votre manteau et votre chapeau... Qu'est-ce que vous avez fait l'une et l'autre ce soir-là ?...

La lèvre inférieure de Mme Popinga se souleva.

— Un peu de poudre... dit-elle d'une voix d'enfant. Un coup de peigne... Mais je ne peux pas... C'est affreux !... Il me semble... J'entendais la voix de Conrad, en bas... Il parlait de T.S.F., de prendre *Radio-Paris*...

Mme Popinga jeta son manteau sur son lit. Elle pleurait sans larmes, d'énervement. Any, toute droite au milieu du cabinet de travail qui lui servait de chambre, attendait.

— Vous êtes descendues ensemble ?

— Oui… Non !… Je ne sais plus… Je crois qu'Any est descendue un peu après moi… Je pensais au thé à préparer…

— Dans ce cas, voulez-vous bien descendre ?

Il resta seul avec Any, ne dit pas un mot, lui prit la casquette des mains, regarda autour de lui et la cacha sous le divan.

— Venez…

— Est-ce que vous croyez… ?

— Non ! Venez… Vous n'avez pas mis de poudre…

— Jamais !

Elle avait les yeux cernés. Maigret la fit passer devant lui. Les marches de l'escalier craquèrent. En bas, c'était un silence absolu. Au point que, quand ils entrèrent dans le salon, l'ambiance était irréelle. Cela ressemblait à un musée de figures de cire. Personne n'avait osé s'asseoir. Seule Mme Wienands arrangeait les cheveux en désordre de son aîné.

— Prenez place, comme l'autre soir… Où est l'appareil de T.S.F. ?…

Il le trouva lui-même, tourna les boutons, fit gicler des sifflements, éclater des voix, des résidus de musique, accrocha enfin un poste où deux comiques jouaient un sketch français.

*Le colon disait au capiston…*

La voix s'amplifia avec la mise au point. Deux ou trois sifflements encore.

*... et c'est un bon type, le capiston... Mais le colon, mon vieux...*

Et cette voix faubourienne, gouailleuse, résonnait dans le salon bien rangé, où tout le monde gardait une immobilité absolue.

— Asseyez-vous ! tonna Maigret. Qu'on fasse le thé ! Qu'on parle...

Il voulut voir à travers la fenêtre, mais les volets étaient clos. Il alla ouvrir la porte, appela :

— Pijpekamp !

— Oui... fit une voix dans l'ombre.

— Il est là ?

— Derrière le deuxième arbre, oui !

Maigret rentra. La porte claqua. Le sketch était fini et la voix du speaker annonçait :

*... disque Odéon numéro vingt-huit mille six cent soixante-quinze...*

Un grattement. Un air de jazz. Mme Popinga se collait au mur. À travers l'audition, on devinait une autre voix qui nasillait dans une langue étrangère et parfois il y avait un craquement, après quoi la musique reprenait...

Maigret chercha Beetje des yeux. Elle était écroulée dans un fauteuil. Elle pleurait à chaudes larmes. Elle balbutiait entre ses sanglots :

— Pauvre Conrad !... Conrad !...

Et Barens, exsangue, se mordait les lèvres.

— Le thé !... commanda Maigret à Any.

— Ce n'était pas encore maintenant… On avait roulé le tapis… Conrad dansait…

Beetje eut un sanglot plus aigu. Maigret regarda le tapis, la table de chêne et son surtout brodé, la fenêtre, Mme Wienands qui ne savait que faire de ses enfants.

## 10

*Quelqu'un qui attend l'heure*

Maigret les dominait de toute sa taille, ou plutôt de toute sa masse. Le salon était petit. Adossé à la porte, le commissaire semblait trop grand pour lui. Il était grave. Peut-être ne fut-il jamais plus humain que quand il prononça, lentement, d'une voix un peu sourde :

— La musique continue... Barens aide Popinga à rouler le tapis... Dans un coin, Jean Duclos parle et s'écoute parler, face à Mme Popinga et à Any... Wienands et sa femme songent à partir, à cause des enfants, se le disent à voix basse... Popinga a bu un verre de cognac... C'est assez pour l'exciter... Il rit... Il fredonne... Il s'approche de Beetje et l'invite à danser...

Mme Popinga regardait fixement le plancher. Any gardait ses prunelles fiévreuses braquées sur le commissaire, qui acheva :

— L'assassin sait déjà qu'il tuera... Il y a quelqu'un qui regarde danser Conrad et qui sait que dans deux heures cet homme qui rit d'un rire un peu trop sonore, qui voudrait s'amuser malgré tout, qui a soif de vie et d'émotions, ne sera plus qu'un cadavre...

On sentit le choc, littéralement. La bouche de Mme Popinga s'ouvrit pour un cri qu'elle n'articula pas. Beetje sanglotait toujours.

L'atmosphère, du coup, était changée. Pour un peu, on eût cherché Conrad des yeux. Conrad qui dansait ! Conrad que deux prunelles d'assassin guettaient !

Il n'y eut que Jean Duclos pour laisser tomber :

— Très fort !

Et, comme personne ne l'écoutait, il poursuivit pour lui-même, avec l'espoir d'être entendu de Maigret :

— Maintenant, j'ai compris votre méthode, qui n'est pas nouvelle ! Terroriser le coupable, le suggestionner, le remettre dans l'atmosphère de son crime pour le forcer à avouer... On en a vu qui, traités de la sorte, répétaient malgré eux les mêmes gestes...

Mais ce n'était qu'un bourdonnement confus. Ces mots-là n'étaient pas de ceux qu'on pouvait entendre à pareil moment.

Le haut-parleur continuait à répandre sa musique et cela suffisait à hausser l'atmosphère d'un ton.

Wienands, après que sa femme lui eut chuchoté quelque chose à l'oreille, se leva timidement.

— Oui ! Oui ! Vous pouvez aller ! lui dit Maigret avant qu'il eût parlé.

Pauvre Mme Wienands, petite bourgeoise bien élevée, qui aurait voulu dire au revoir à tout le monde, faire saluer ses enfants, et qui ne savait comment s'y prendre, qui serrait la main de Mme Popinga sans rien trouver à dire !

Il y avait une pendule sur la cheminée. Elle marquait dix heures cinq minutes.

— Ce n'est pas encore le moment du thé ? questionna Maigret.

— Oui ! répondit Any en se levant et en se dirigeant vers la cuisine.

— Pardon, madame ! Vous n'êtes pas allée préparer le thé avec votre sœur ?

— Un peu plus tard…

— Vous l'avez trouvée dans la cuisine ?

Mme Popinga se passa la main sur le front. Elle faisait un effort pour ne pas sombrer dans l'hébétude. Elle fixa le haut-parleur avec désespoir.

— Je ne sais plus… Attendez !… Je crois qu'Any sortait de la salle à manger, parce que le sucre est dans le buffet…

— Il y avait de la lumière ?

— Non… Peut-être… Non ! Il me semble que non…

— Vous ne vous êtes rien dit ?

— Oui ! J'ai dit : *Il ne faut pas que Conrad boive d'autres verres, autrement il ne sera plus correct…*

Maigret se dirigea vers le corridor, au moment où les Wienands refermaient la porte d'entrée. La cuisine était très claire, d'une propreté méticuleuse. De l'eau chauffait sur un réchaud à gaz. Any retirait le couvercle d'une théière.

— Ce n'est pas la peine de faire du thé.

Ils étaient seuls. Any le regarda dans les yeux.

— Pourquoi m'avez-vous forcée à prendre la casquette ? questionna-t-elle.

— Peu importe… Venez…

Dans le salon, personne ne parlait, personne ne bougeait.

— Vous comptez laisser jouer cette musique jusqu'au bout ? se décida pourtant à protester Jean Duclos.

— Peut-être. Il y a encore quelqu'un que je voudrais voir : c'est la servante.

Mme Popinga regarda Any, qui répondit :

— Elle est couchée... Elle se couche toujours à neuf heures...

— Eh bien ! allez lui dire de descendre un moment... Ce n'est pas la peine qu'elle s'habille...

Et, de la même voix de récitant qu'il avait adoptée au début, il répéta, obstiné :

— Vous dansiez avec Conrad, Beetje... Dans le coin, on parlait gravement... Et quelqu'un savait qu'il y aurait un mort... Quelqu'un savait que c'était le dernier soir de Popinga...

On perçut du bruit, des pas, un claquement de porte au deuxième étage de la maison, étage qui n'était composé que de mansardes. Puis un murmure se rapprocha. Any entra la première. Une silhouette restait debout dans le corridor.

— Venez !... grogna Maigret. Que quelqu'un lui dise de ne pas avoir peur, d'entrer...

La servante avait des traits flous, un grand visage plat, ahuri. Sur une chemise de nuit en pilou crème, qui lui tombait sur les pieds, elle s'était contentée de passer un manteau. Ses yeux étaient brouillés de sommeil, ses cheveux en désordre. Elle sentait le lit tiède.

Le commissaire s'adressa à Duclos.

— Demandez-lui en néerlandais si elle était la maîtresse de Popinga…

Mme Popinga détourna la tête douloureusement. La phrase fut traduite. La domestique secoua énergiquement la tête.

— Répétez votre question ! Demandez-lui si jamais son patron n'a essayé d'obtenir quelque chose d'elle…

Nouvelles protestations.

— Dites-lui qu'elle risque la prison si elle ne dit pas la vérité ! Divisez la question. L'a-t-il déjà embrassée ? A-t-il parfois pénétré dans sa chambre quand elle y était ?…

Ce fut brutalement une crise de larmes de la fille en chemise de nuit, qui s'écria :

— Je n'ai rien fait !… Je jure que je n'ai rien fait…

Duclos traduisit. Les lèvres pincées, Any fixait la bonne.

— Elle était tout à fait sa maîtresse ?

Mais la servante était incapable de parler. Elle protestait. Elle pleurait. Elle demandait pardon. Elle articulait des mots dévorés à moitié par les sanglots.

— Je ne crois pas ! traduisit enfin le professeur. À ce que je comprends, il la lutinait. Quand il était seul avec elle dans la maison, il tournait autour d'elle à la cuisine… Il l'embrassait… Une fois il a pénétré dans sa chambre comme elle s'habillait… Il lui donnait du chocolat en cachette… Mais pas plus !…

— Elle peut aller se recoucher…

On entendit la jeune fille monter l'escalier. Quelques instants plus tard, il y avait des allées et venues dans sa chambre. Maigret s'adressa à Any.

— Voulez-vous avoir l'obligeance de voir ce qu'elle fait ?

On le sut très vite.

— Elle veut partir tout de suite ! Elle a honte ! Elle ne veut pas rester une heure de plus dans la maison ! Elle demande pardon à ma sœur… Elle dit qu'elle ira à Groningen ou ailleurs, mais qu'elle ne vivra plus à Delfzijl…

Et Any d'ajouter, agressive :

— C'est cela que vous cherchez ?

L'horloge marquait dix heures quarante. Une voix, dans le haut-parleur, annonçait :

*Notre audition est terminée. Bonsoir mesdames, bonsoir mesdemoiselles, bonsoir messieurs…*

Puis on entendait une musique lointaine, très assourdie, celle d'un autre poste.

Maigret, nerveusement, coupa le contact et ce fut le silence brutal, absolu. Beetje ne pleurait plus, mais elle continuait à se cacher le visage de ses deux mains.

— La conversation a continué ? questionna le commissaire avec une lassitude sensible.

Personne ne répondit. Les traits étaient encore plus burinés que dans la salle de l'hôtel Van Hasselt.

— Je vous demande pardon de cette soirée pénible…

Maigret s'adressait surtout à Mme Popinga.

— … mais n'oubliez pas que votre mari était encore en vie… Il était ici, un peu excité par le cognac… Il a dû en boire à nouveau…

— Oui…

— Il était condamné, vous comprenez !... Et par quelqu'un qui le regardait... Et d'autres, qui sont ici en ce moment, refusent de dire ce qu'ils savent, se font ainsi les complices de l'assassin...

Barens eut un hoquet, se mit à trembler.

— N'est-ce pas, Cornélius ?... lui dit Maigret à brûle-pourpoint, en le regardant dans les yeux.

— Non !... Non !... Ce n'est pas vrai...

— Alors, pourquoi tremblez-vous ?...

— Je... je...

Il était sur le point de céder à une nouvelle crise, comme sur le chemin de la ferme.

— Écoutez-moi !... Il va être l'heure à laquelle Beetje est partie avec Popinga... Vous êtes sorti tout de suite après, Barens... Vous les avez suivis un moment... Vous avez vu quelque chose...

— Non !... Ce n'est pas vrai...

— Attendez !... Après ce triple départ, il ne restait ici que Mme Popinga, Any et le professeur Duclos... Ces trois personnes ont gagné le premier étage...

Any approuva de la tête.

— Chacun est entré dans sa chambre, n'est-ce pas ?... Dites-moi ce que vous avez vu, Barens !...

Il s'agita vainement. Maigret le tenait, tout palpitant, sous son regard.

— Non !... Rien !... Rien !...

— Vous n'avez pas vu Oosting, caché derrière un arbre ?

— Non !

— Et pourtant vous avez rôdé autour de la maison... Donc, vous aviez vu quelque chose...

— Je ne sais pas... Je ne veux pas... Non !... C'est impossible !...

Tout le monde le regardait. Lui n'osait regarder personne. Et Maigret, impitoyable :

— C'est d'abord sur la route que vous avez vu quelque chose. Les deux vélos étaient partis... Ils devaient passer à l'endroit éclairé par le phare... Vous étiez jaloux... Vous attendiez... Et vous avez dû attendre longtemps... Un temps qui ne correspondait pas à la longueur du chemin...

— Oui...

— Autrement dit, le couple s'était arrêté dans l'ombre des piles de bois... Ce n'était pas assez pour vous effrayer... Seulement assez pour vous mettre en colère, ou pour vous désespérer... Donc, vous avez vu autre chose, d'effrayant... Assez effrayant, en tout cas, pour que vous restiez par ici alors qu'il était l'heure de rentrer à l'école... Vous vous trouviez dans la direction du tas de bois... Vous ne pouviez voir qu'une fenêtre...

Du coup, Barens se dressa, affolé, perdant tout contrôle de lui-même.

— Ce n'est pas possible que vous sachiez... Je... je...

— ... La fenêtre de Mme Popinga... Il y avait quelqu'un à cette fenêtre... Quelqu'un qui avait vu, comme vous, le couple passer beaucoup trop tard dans le rayon lumineux du phare, quelqu'un qui savait donc que Conrad et Beetje s'étaient arrêtés dans l'ombre, longtemps...

— Moi ! dit avec netteté Mme Popinga.

Et ce fut au tour de Beetje de s'affoler, de la regarder avec des yeux écarquillés par la terreur.

Contrairement à l'attente, Maigret ne posa plus une seule question. Cela créa d'ailleurs un malaise. On avait l'impression qu'arrivé au point culminant on s'arrêtait soudain.

Et le commissaire allait ouvrir la porte d'entrée, appelait :

— Pijpekamp !... Venez, je vous prie... Laissez Oosting à sa place... Je suppose que vous avez vu les fenêtres des Wienands s'éclairer et s'éteindre... Ils doivent être couchés...

— Oui...

— Et Oosting ?

— Il est resté derrière l'arbre...

L'inspecteur de Groningen regardait autour de lui avec étonnement. Tout était d'un calme incompréhensible. Et les visages étaient des visages de gens ayant passé des nuits et des nuits sans dormir !

— Voulez-vous rester ici un moment ?... Je vais sortir avec Beetje Liewens, comme l'a fait Popinga... Mme Popinga montera dans sa chambre, ainsi qu'Any et le professeur Duclos... Je leur demande de faire les mêmes gestes que l'autre nuit...

Et, se tournant vers Beetje :

— Veuillez venir...

Il faisait frais, dehors. Maigret contourna le bâtiment, trouva dans la remise le vélo de Popinga et deux vélos de femme.

— Prenez-en un...

Puis, tandis qu'ils roulaient doucement sur le chemin de halage, vers le chantier de bois :

— Qui a proposé de s'arrêter ?

— C'est Conrad...

— Il était toujours gai ?

— Non… Dès qu'on a été dehors, j'ai vu qu'il devenait triste…

Les tas de bois étaient déjà atteints.

— Descendons… Il était amoureux ?…

— Oui et non… Il était triste… Je crois que c'est à cause du cognac… D'abord, cela lui avait donné de la gaieté… Il m'a prise dans ses bras, ici… Il m'a dit qu'il était très malheureux, que j'étais une bonne petite fille… Oui, il a dit le mot… Que j'étais une bonne petite fille, mais que j'arrivais trop tard et que, si on ne prenait pas de précautions, cela finirait par un malheur…

— Les vélos ?…

— Nous les avions appuyés ici… Je sentais qu'il avait envie de pleurer… Je l'avais déjà vu comme ça, des soirs où il avait bu un verre… Il a ajouté qu'il était un homme, que pour lui ça n'avait pas d'importance, mais qu'une jeune fille comme moi ne devait pas jouer sa vie dans une aventure… Puis il jurait qu'il m'aimait bien, qu'il n'avait pas le droit de gâcher ma vie, que Barens était un brave garçon et que je finirais par être heureuse avec lui…

— Alors ?…

Elle respira avec force. Elle éclata.

— J'ai crié qu'il était un lâche et j'ai voulu remonter sur mon vélo…

— Qu'est-ce qu'il a fait ?

— Il tenait le guidon… Il essayait de m'empêcher de partir… Il disait :

» — *Laisse-moi t'expliquer… Ce n'est pas pour moi… C'est…*

— Qu'a-t-il expliqué ?…

— Rien ! Parce que je lui ai déclaré que s'il ne me lâchait pas j'allais crier... Il a lâché... J'ai pédalé... Il m'a suivie, en parlant toujours... Mais je roulais plus vite... Je n'entendais que :

» — *Beetje !... Beetje !... Écoute un moment...*

— C'est tout ?

— Quand il a vu que j'arrivais à la barrière de la ferme, il a fait demi-tour... Je me suis retournée... Je l'ai aperçu, penché sur sa bicyclette, fort triste...

— Et vous avez couru après lui ?...

— Non !... Je le détestais, parce qu'il voulait me faire épouser Barens... Il voulait être tranquille, n'est-ce pas ?... Seulement, au moment de pousser la porte, je me suis aperçue que je n'avais plus mon écharpe... On pouvait la retrouver... Je suis partie la rechercher... Je n'ai rencontré personne... Mais, quand je suis enfin rentrée à la maison, mon père n'était pas là... Il est revenu plus tard... Il ne m'a pas dit bonsoir... Il était pâle, l'œil méchant... J'ai pensé qu'il nous avait guettés et qu'il était peut-être caché derrière le tas de bois...

» Le lendemain, il a dû fouiller ma chambre... Il a trouvé les lettres de Conrad, car je ne les ai pas revues... Puis il m'a enfermée.

— Venez !

— Où ?...

Il ne répondit même pas. Il roula vers la maison des Popinga. Il y avait de la lumière à la fenêtre de Mme Popinga, mais on n'apercevait pas celle-ci.

— Vous croyez que c'est elle ?

Le commissaire grommelait à part lui :

— Il est revenu comme ceci, inquiet... Il est descendu de machine, sans doute à cet endroit... Il a contourné la maison en tenant son vélo par le guidon… Il sentait sa quiétude menacée, mais il était incapable de fuir avec sa maîtresse…

Et, soudain impératif :

— Restez là, Beetje.

Il conduisit le vélo le long de l'allée qui suivait le bâtiment. Il entra dans la cour, se dirigea vers le hangar où le canot verni dessinait un long fuseau.

La fenêtre de Jean Duclos était éclairée. On devinait le professeur assis devant une petite table. À deux mètres, la fenêtre de la salle de bains, entrouverte, mais dans l'ombre.

— Il ne devait pas être pressé de rentrer… monologua encore Maigret. Il s'est penché, comme ceci, pour glisser le vélo sous le toit…

Il chipotait. Il avait l'air d'attendre quelque chose. Et il se passa quelque chose, en effet, mais quelque chose de saugrenu : un tout petit bruit, là-haut, à la fenêtre de la salle de bains, un bruit métallique, le déclic d'un revolver non chargé.

Puis aussitôt une rumeur de combat singulier, la chute de deux corps sur le sol.

Maigret entra dans la maison par la cuisine, monta vivement au premier étage, poussa la porte de la salle de bains et tourna le commutateur électrique.

Deux corps gigotaient par terre : celui de l'inspecteur Pijpekamp et celui de Barens qui, le premier, s'immobilisa tandis que sa main droite, en s'ouvrant, lâchait le revolver.

## 11

### *La fenêtre éclairée*

— Imbécile !...

Ce fut le premier mot de Maigret, qui ramassa Barens, dans toute l'acception du mot, le mit debout, le soutint un instant, car sans cela le jeune homme fût sans doute tombé à nouveau. Des portes s'ouvraient. Maigret tonna :

— Que tout le monde descende !

Il avait le revolver à la main. Il le maniait sans précaution, car c'était lui qui avait mis à la place des balles originales des cartouches sans poudre.

Pijpekamp brossait son veston poussiéreux du revers de la main. Jean Duclos questionnait en désignant Barens :

— C'est lui ?...

Le jeune élève de l'École navale était piteux, non comme un grand coupable mais comme un écolier pris en faute. Il n'osait regarder personne. Il ne savait que faire de ses mains, de son regard.

Maigret alluma les lampes du salon. Any y entra la dernière. Mme Popinga refusa de s'asseoir et on devinait sous la robe que ses genoux tremblaient.

Alors, pour la première fois, on vit le commissaire embarrassé. Il bourra une pipe, l'alluma, la laissa éteindre, s'assit dans un fauteuil mais se leva aussitôt.

— Je me suis mêlé à une affaire qui ne me regardait pas ! dit-il très vite. Un Français était soupçonné et on m'a envoyé pour éclaircir l'affaire…

Il ralluma sa pipe, pour se donner le temps de réfléchir. Il se tourna vers Pijpekamp.

— Beetje est dehors, ainsi que son père et Oosting… Il faut leur dire de rentrer chez eux, ou d'entrer… Cela dépend… Est-ce que vous voulez qu'on sache la vérité ?…

L'inspecteur se dirigea vers la porte. Quelques instants plus tard, Beetje entrait, humble et timide, puis Oosting, le front têtu, puis enfin, en même temps que Pijpekamp, un Liewens blême et farouche.

Alors on vit Maigret ouvrir la porte de la salle à manger. On l'entendit tripoter dans une armoire. Quand il revint, il tenait à la main une bouteille de cognac et un verre.

Il but tout seul. Il était maussade. Tout le monde était debout autour de lui et il semblait intimidé.

— Vous voulez savoir, Pijpekamp ?

Et brutalement :

— Tant pis, n'est-ce pas ?… Oui ! tant pis si votre méthode est la bonne !… Nous sommes de pays différents, de races différentes… Et les climats sont différents… Quand vous avez flairé un drame de famille, vous avez sauté sur le premier témoignage vous permettant de classer l'affaire… Crime d'un matelot étranger !… C'est peut-être préférable pour la santé publique… Pas de scandale !… Pas de mauvais exemple donné par la bourgeoisie au peuple !…

Seulement, moi, je revois toujours Popinga, ici même, faisant de la T.S.F. et dansant sous les yeux de l'assassin…

Il grogna, sans regarder personne :

— Le revolver a été retrouvé dans la salle de bains… Donc, le coup de feu est parti de l'intérieur. Car c'est idiot de croire que le coupable, son crime accompli, a eu la présence d'esprit de viser une fenêtre entrouverte pour lancer son arme… Et surtout d'aller mettre une casquette dans une baignoire, un bout de cigare dans la salle à manger !…

Il se mit à marcher de long en large, en évitant toujours de regarder ses interlocuteurs. Oosting et Liewens, qui ne le comprenaient pas, le regardaient intensément, pour deviner le sens de son discours.

— Cette casquette, ce bout de cigare, et enfin l'arme prise dans la table de nuit de Popinga lui-même, c'était trop… Vous comprenez ?… On voulait trop prouver… On voulait trop brouiller les cartes… Un Oosting, ou n'importe qui venu du dehors, eût peut-être laissé la moitié de ces indices, mais pas tout !…

» Donc, préméditation… Donc, volonté d'échapper au châtiment…

» Il ne reste qu'à procéder par élimination… Le Baes est éliminé le premier… Quelle raison d'entrer dans la salle à manger d'abord, d'y laisser un cigare, de monter dans la chambre chercher le revolver et enfin de laisser sa casquette dans la baignoire ?…

» Puis c'est Beetje qui est écartée, Beetje qui, au cours de la soirée, n'est pas allée au premier étage, n'a pu y déposer la casquette et n'a même pas pu la voler à bord, puisqu'elle marchait côte à côte avec Popinga...

» Son père aurait pu tuer, après l'avoir surprise avec son amant... Mais, à cet instant, il était trop tard pour monter dans la salle de bains...

» Reste Barens... Il n'est pas allé là-haut davantage... Il n'a pas volé la casquette... Il était jaloux de son professeur mais, une heure plus tôt, il n'avait encore aucune certitude...

Maigret se tut, vida sa pipe en la frappant contre son talon, sans souci du tapis.

— C'est à peu près tout. Il nous reste le choix entre Mme Popinga, Any et Jean Duclos. Aucune preuve contre l'un des trois. Mais aucune impossibilité matérielle non plus. Jean Duclos est sorti de la salle de bains avec le revolver à la main. On peut prendre cela comme un gage de son innocence. Mais cela peut être aussi une suprême habileté... Pourtant, comme il marchait, en revenant de la ville, avec Mme Popinga, il n'a pas pu voler la casquette... Et Mme Popinga, qui était avec lui, n'a pas pu le faire davantage...

» La casquette ne pouvait être volée que par le dernier groupe : Barens ou Any... Et tout à l'heure il a été démontré qu'Any était restée seule un moment en face du bateau d'Oosting...

» Je ne parle pas du cigare... Il suffit de se baisser, n'importe où, pour cueillir un vieux mégot...

» De tous ceux qui étaient ici le soir du crime, Any est la seule à être restée là-haut sans témoin, à avoir pénétré en outre dans la salle à manger...

» Mais elle avait, quant au crime, le meilleur des alibis...

Et Maigret, le regard toujours fuyant, évitant de fixer ses interlocuteurs, mit sur la table le plan des lieux dressé par Duclos.

— Any ne peut gagner la salle de bains qu'en passant par la chambre de sa sœur ou par celle du Français. Un quart d'heure avant le meurtre, elle est chez elle... Comment ira-t-elle dans la salle de bains ?... *Comment a-t-elle la certitude de passer, le moment venu, par une des deux chambres ?...* N'oubliez pas qu'elle a étudié, non seulement le droit, mais les ouvrages de police scientifique... Elle en a discuté avec Duclos. Ils ont parlé ensemble de la possibilité du crime mathématiquement impuni...

Any, toute droite, était exsangue, gardait pourtant son sang-froid.

— Il faut que je fasse une parenthèse. Je suis le seul ici à n'avoir pas connu Popinga. J'ai dû me faire une idée de lui d'après des témoignages... Il avait soif de jouissances autant qu'il était timide devant les responsabilités et surtout devant les principes établis... Il a caressé Beetje, un jour de gaieté... Et elle est devenue sa maîtresse... Surtout parce qu'elle l'a voulu !... J'ai interrogé la domestique, tout à l'heure... Il l'a caressée aussi, comme ça, en passant... Mais il n'a pas été plus loin parce qu'il n'y a pas été particulièrement encouragé...

» Autrement dit, il a envie de toutes les femmes... Il commet de petites imprudences... Il vole un baiser, une caresse... Mais il tient avant tout à sa sécurité...

» Il a été capitaine au long cours... Il a connu le charme des escales sans lendemain... Mais il est fonctionnaire de Sa Majesté et il tient à sa place, comme il tient à sa maison, à son foyer, à sa femme...

» C'est un compromis d'appétits et de refoulements, de folie et de sagesse !...

» À dix-huit ans, Beetje ne l'a pas compris et a cru qu'il s'enfuirait avec elle...

» Any vit dans son intimité... Qu'importe qu'elle ne soit pas jolie ?... C'est une femme... C'est le mystère... Un jour...

Le silence, autour de lui, était pénible.

— Je ne prétends pas qu'il soit son amant... Mais, avec elle aussi, il a été imprudent... Elle l'a cru... Elle s'est prise de passion pour lui... D'une passion moins aveugle que celle de Mme Popinga...

» Ils ont vécu ainsi tous trois... Mme Popinga confiante... Any plus renfermée, plus passionnée, plus jalouse, plus subtile...

» Elle a deviné, elle, ses relations avec Beetje... Elle a senti l'ennemie... Peut-être a-t-elle cherché, a-t-elle trouvé les lettres...

» Elle acceptait le partage avec sa sœur... Elle ne pouvait accepter cette belle fille saine et jeune avec qui il était question de fuir...

» Elle a décidé de tuer...

Et Maigret de conclure :

— C'est tout ! Un amour qui se mue en haine ! Un amour-haine ! Un sentiment complexe, farouche, capable de tout inspirer... Elle a décidé de tuer... Elle l'a décidé froidement. De tuer sans donner prise à la moindre accusation !...

» Et le professeur, ce soir-là, a parlé des crimes impunis, des assassins scientifiques...

» Elle est aussi fière de son intelligence que passionnée... Elle a commis le beau crime... Un crime qui devait fatalement être mis sur le compte d'un rôdeur...

» La casquette... Le cigare... Et l'alibi irréfutable : elle ne pouvait sortir de sa chambre pour tuer sans passer par la chambre de sa sœur ou par celle du Français...

» Pendant la conférence, elle a vu des mains qui se cherchaient... En chemin, Popinga a marché avec Beetje... Ils ont bu et ils ont dansé... Ils sont partis ensemble, en vélo...

» Il ne restait qu'à immobiliser Mme Popinga à sa fenêtre, qu'à insinuer le soupçon en elle...

» Et, tandis qu'on la croyait dans sa chambre, elle a pu passer, déjà en combinaison, derrière son dos... Tout était prévu... Elle a gagné la salle de bains... Elle a tiré... Le couvercle de la baignoire était ouvert... La casquette s'y trouvait... Elle n'avait qu'à s'y glisser...

» Après le coup de feu, Duclos est entré, a trouvé l'arme sur l'appui de fenêtre, est sorti précipitamment et, rencontrant Mme Popinga sur le palier, est descendu avec elle...

» Any, déjà prête, déjà à demi dévêtue, les a suivis... Qui pouvait soupçonner qu'elle ne sortait pas de sa chambre, qu'elle n'était pas affolée, elle dont la pruderie était légendaire et qui se montrait dans cette tenue ?...

» Pas de pitié ! Pas de remords ! Ces haines amoureuses éteignent tous les autres sentiments. La volonté de vaincre, seulement !...

» Oosting, qui avait vu voler la casquette, s'est tu... À la fois son respect pour le mort et son amour de l'ordre !... Il ne fallait pas de scandale autour du décès de Popinga... Il a même dicté à Barens une déposition laissant croire à un crime crapuleux commis par un matelot inconnu...

» Liewens, qui a vu sa fille revenir vers la maison après que Popinga l'eut reconduite et qui, le lendemain, a lu les lettres, a cru à la culpabilité de Beetje, l'a enfermée, s'est obstiné à découvrir la vérité...

» Supposant que j'allais l'arrêter, tout à l'heure, il a essayé de se tuer...

» Et Barens enfin... Barens soupçonnant tout le monde, se débattant contre le mystère et se sentant soupçonné lui-même...

» Barens qui avait vu Mme Popinga à sa fenêtre... N'était-ce pas elle qui avait tiré après avoir découvert qu'elle était trompée ?...

» Il a été reçu ici comme un enfant de la maison... Orphelin, il a trouvé en elle une nouvelle maman...

» Il a voulu se dévouer... Il a voulu la sauver... On l'avait oublié dans la distribution des rôles... Il est allé chercher le revolver... Il a gagné la salle de bains. Il a voulu tirer... *Tuer le seul homme qui savait et sans doute se tuer ensuite !...*

» Un pauvre gosse héroïque... De la générosité comme on n'en a qu'à dix-huit ans !...

» C'est tout !... À quelle heure y a-t-il un train pour la France ?...

Pas un mot. Des gens raidis par la stupeur, par l'angoisse, par la peur ou par l'horreur. Enfin Jean Duclos prononça :

— Vous voilà bien avancé...

Cependant Mme Popinga sortait, d'une démarche d'automate, et quelques instants plus tard on la trouvait étendue sur son lit, en proie à une crise cardiaque.

Any n'avait pas bougé. Pijpekamp tenta de la faire parler :

— Vous avez quelque chose à répondre ?

— Je parlerai en présence du juge d'instruction.

Elle était toute pâle. Le cerne de ses yeux mangeait la moitié des joues.

Il n'y avait qu'Oosting à être calme, mais à regarder Maigret avec des yeux pleins de reproche.

Et le fait est qu'à cinq heures cinq du matin le commissaire, tout seul, prenait le train à la petite gare de Delfzijl. Personne ne l'avait accompagné. Personne ne l'avait remercié. Jusqu'à Duclos qui avait prétendu qu'il ne pouvait prendre que le train suivant !

Le jour se leva comme le train traversait un pont, sur un canal. Des bateaux attendaient, voiles molles. Un fonctionnaire était prêt à faire pivoter le pont dès le passage du convoi.

Ce ne fut que deux ans plus tard que le commissaire rencontra à Paris Beetje, qui était devenue la femme d'un dépositaire de lampes électriques hollandaises et qui avait engraissé. Elle rougit en le reconnaissant.

Elle lui annonça qu'elle avait deux enfants, mais lui laissa entendre que son mari lui faisait une vie médiocre.

— Any ?... lui demanda-t-il.

— Vous ne savez pas ?... Tous les journaux de Hollande en ont parlé... Elle s'est tuée, avec une fourchette, le jour du procès, quelques minutes avant de paraître devant le tribunal...

Et elle ajouta :

— Vous viendrez nous voir… Avenue Victor-
Hugo, au 28… Ne tardez pas trop, car nous partons
la semaine prochaine aux sports d'hiver, en Suisse…

Ce jour-là, à la Police Judiciaire, il trouva le moyen
d'engueuler tous ses inspecteurs.

# Table

# Table

Composition réalisée par FACOMPO (Lisieux)

Achevé d'imprimer en juillet 2011 en Espagne par
BLACK PRINT CPI IBERICA, S.L.
08740 Sant Andreu de la Barca (Barcelone)
Dépôt légal 1re publication : août 2011
LIBRAIRIE GÉNÉRALE FRANÇAISE
31, rue de Fleurus – 75278 Paris Cedex 06